Sous les étoiles
de Bloomstone Manor

Casterman
Rue Haute 139
1000 Bruxelles
Belgique
www.casterman.com

ISBN : 978-2-203-24445-0
N° d'édition : L.10EJDN002679.A002

Composition et mise en pages
Nord Compo à Villeneuve-d'Ascq
Achevé d'imprimer en janvier 2023, en Espagne, par Liberdúplex,
(Carretera BV-2249 Km. 7,4, Polígono Industrial Torrentfondo,
08791 Sant Llorenç d'Hortons, Barcelone).
Dépôt légal : février 2023 ; D.2023/0053/60
Déposé au ministère de la Justice, Paris (loi n° 49.956
du 16 juillet 1949 sur les publications destinées à la jeunesse).

PEFC PEFC/14-38-00302

Mary Orchard

Sous les étoiles de Bloomstone Manor

casterman

À Rémy,
pour les aubes radieuses
et les crépuscules étoilés.

PROLOGUE

LA SOIRÉE

Bruissement de robe, claquement de l'éventail qu'on referme. Je trouve refuge dans un recoin de la salle, près d'une fenêtre encadrée de lourds rideaux verts. Dehors, un brouillard abstrait enveloppe Londres et dissimule les étoiles. Quelle triste nuit, vraiment.

Mère court dans tous les sens et complimente toute personne susceptible d'avoir encore un fils célibataire, désespérée de voir mon carnet de bal si vide pour la dernière réception de la saison. En arrivant, je l'ai soupçonnée de préparer quelque vilaine entrevue avec John Ravencourt, le fils d'un des associés du cabinet notarial. Alors que l'orchestre entame un quadrille, le jeune homme me détaille maintenant de bas en haut et je comprends que j'ai visé juste. John Ravencourt est l'essence même de l'âge ingrat, et ce à tous les niveaux.

Il marche vers moi, conquérant, persuadé que mon air exaspéré n'a pour cause que l'absence de galant à mon bras – alors que la seule chose qui me tienne à cœur est de trouver une excuse valable pour mettre fin à cette soirée ridicule.

— Chère Miss Langley, me susurre-t-il en levant sa coupe de champagne, j'espère ne pas vous avoir fait trop attendre.

Sûrement pas, vu que nous n'avions pas rendez-vous. Je souris bêtement pour faire semblant d'être polie :

— Pas le moins du monde.

— Vous savez que vous êtes parmi les jeunes filles les plus inaccessibles de cette soirée. On raconte que vous éconduisez tous vos prétendants. Rassurez-vous, vous ne craignez rien avec moi, je ne vous importunerai pas comme ce goujat de Stratington. Le pauvre, qui ne s'intéresse qu'à sa médecine...

Tout d'un coup, Stratington, tout goujat qu'il soit, remonte dans mon estime.

— J'ai un profil bien plus attrayant, vous en conviendrez, d'autant que nos parents sont amis. Pour vous comme pour moi, ce serait une belle affaire.

— Je ne suis pas certaine de vous suivre.

Contiens-toi, Agathe, contiens-toi.

— Allons, ma chère, ne prenez pas ces airs de vierge effarouchée. Vous êtes toujours plongée dans vos livres. Des romans d'amour, je présume. C'est d'un ennui ! Je m'en passe volontiers. Pour reprendre la part du cabinet notarial, il suffit de savoir additionner et soustraire.

Et parfaitement idiot, avec ça. Il rit d'ailleurs comme le dernier des imbéciles, trop heureux d'étaler son ignorance. Voyant que je ne réponds pas, il enchaîne :

— J'ose espérer que nos parents n'organisent pas le mariage dans notre dos, au moins ?

Avec lui ? Plutôt mourir.

— Je ne crois pas, non. Veuillez m'excuser, j'ai d'autres engagements.

J'allais m'éloigner mais il me barre brusquement la route et quelques regards curieux commencent à se tourner vers nous.

— Restez donc. Vous n'avez pas d'autres engagements, vous n'en avez jamais. Je ne vous fais pas peur, j'espère ?

— Non, vous me faites pitié.

Voilà, je recommence. Le problème, c'est qu'une fois lancée, je ne m'arrête plus :

— Vous êtes comme tous les autres, sans une once de bienséance, sans culture et avec le niveau d'éducation d'un enfant de huit ans. Vous n'êtes même pas assez intelligent pour constater la vacuité de votre propre esprit. Vous ne m'intéressez pas.

Autant dire que cela jette un froid. Je distingue mes parents, à quelques pas de là. Mère est à deux doigts de s'évanouir, Père sue à grosses gouttes. Au moins, j'ai atteint mon but.

Nous serons partis d'ici dix minutes.

1

L'INVITATION

Le fiacre cahote sur la route qui nous mène de la maison à Bloomstone Manor. La pluie a détrempé les feuilles dorées des arbres, certaines se détachent déjà de leurs branches avec langueur. C'est une de ces journées de début d'automne où chaque son s'embourbe dans la grisaille maussade du Suffolk.

À ma gauche, Mère resserre les pans de son châle.

— Quel temps affreux ! Si j'avais su que le trajet serait si long, j'aurais pris une couverture. Je croyais Mr Stone notre voisin et nous voilà partis depuis vingt bonnes minutes.

Père penche la tête et sort sa montre de son gousset.

— Il *est* notre voisin, très chère. Nous avons passé le portail de sa résidence il y a environ dix minutes et traversons actuellement le parc. Et c'est *Lord* Stone, ajoute-t-il en se rengorgeant.

Père ferait n'importe quoi pour s'attirer les faveurs de la bonne société. C'est d'ailleurs sous l'influence de ses associés au cabinet et de leur principal client, Lord Bancroft, que nous sommes partis de Londres pour nous installer à Chester House. Quand nous avons reçu l'invitation à venir prendre le thé à Bloomstone Manor, la semaine dernière, il en a presque sauté de joie.

— Agathe, je t'en prie, tiens-toi droite. Nous devons absolument faire bonne impression, insiste Père en rangeant sa montre. Lord Stone est un excentrique, paraît-il, mais il n'en reste pas moins l'une des plus grandes fortunes de la région.

— L'as-tu déjà rencontré ? demande Mère.

— Non, mais Lord Bancroft m'en a brièvement parlé. Il a été un des plus jeunes professeurs de Cambridge il y a quelques années, avant de se retirer ici pour s'occuper de ses affaires.

Je relève les yeux, soudainement intéressée.

— Qu'enseignait-il à Cambridge ?

Père soupire et m'avoue à contrecœur :

— La physique.

Je garde mon masque de fille sage, mais tout en moi jubile. La physique ! Mes parents dédaignent mon dévouement à la discipline et trouvent cela fort inconvenant pour une demoiselle de dix-neuf ans. Voilà pourquoi Père a soupiré et que Mère me glisse un « J'espère que tu sauras te tenir, cette fois » désapprobateur.

— Oui, Mère.

C'est plus fort que moi. Je ne peux m'empêcher de répondre, de dire ce que je pense. Le récent fiasco avec Ravencourt n'en est qu'un parmi tant d'autres, mais je ne regrette rien. Comment quelqu'un, qui jouit de tous les privilèges de l'éducation masculine, décide-t-il de se limiter aux additions et aux soustractions en y trouvant de surcroît matière à plaisanterie ? Cela me dépasse. Il y a tant à apprendre dans le monde, et des idiots comme lui prennent la place... une place que je pourrais occuper si seulement je n'étais pas moi. Cette injustice me révolte, sans compter que la plupart des jeunes femmes de mon âge ne semblent même pas s'en apercevoir ou, pire, l'entretiennent. Je me souviens d'un bal particulièrement raté durant lequel Millicent Davenport, avec qui je m'étais toujours bien entendue, m'a lancé un persiflant : « Personne ne veut d'une fille qui essaie de réfléchir comme un homme. » Je ne me rappelle plus exactement ce que je lui ai rétorqué, mais elle en a été si choquée qu'elle a gardé le lit pendant deux jours.

Mes parents ont tout essayé et, je le jure, j'ai fait de mon mieux pour me départir de ce tempérament, en vain. Ils ne comprennent pas comment ils ont pu élever deux filles aussi radicalement différentes. Ma sœur Euphemia, qui a quelques années de plus que moi, est la douceur incarnée. Elle s'est mariée l'année dernière et elle est tout ce dont un homme peut rêver. Pour elle, tout semble si simple. Je souhaiterais vraiment ne pas embarrasser mes parents, mais les tâches ménagères, la couture ou la mode me sont tout à fait indifférentes. Ce qui m'intéresse, ce sont les sciences, et plus particulièrement l'astrophysique. Mère a bien tenté de me faire lire les manuels destinés à l'éducation des jeunes filles, sans succès. Je préfère emprunter le dernier numéro de l'*Astronomical Journal*[1] à la bibliothèque.

La bibliothèque… C'est la seule chose qui me manque de Londres. Chaque fois que j'y pense, une douleur cruelle m'étreint le cœur. Mes parents n'en savent rien et tant mieux.

— Ah ! s'exclame Père, m'extirpant de ma rêverie. Nous arrivons !

J'écarte les rideaux de la fenêtre. La résidence est invisible, mais le jardin s'étire devant mes yeux et se déploie comme dans les contes de fées qu'on me racontait le soir. La pelouse, ni trop rase, ni trop haute, recouvre le sol en un tapis lustré. Une forêt dense cerne le parc, auréolée des premières dorures de la saison. Pourtant, par petites touches, subsiste encore un peu d'été. Les feuilles d'un peuplier ondulent et miroitent dans le ciel gris ; des arbustes exhibent leurs dernières fleurs avec tant de fierté que c'en est touchant. Je distingue, au fond à droite, un pavillon tout en colonnades bordées de buissons foncés, parsemés de fleurs roses et blanches. Bien qu'enfermée dans le fiacre, je respire mieux devant cet océan de verdure. Mère s'extasie également, preuve que l'enchantement opère aussi sur elle.

Mon regard se détache avec difficulté du spectacle et se pose sur le manoir qui apparaît au centre du

1. NdA : *The Astronomical Journal* est une revue américaine d'astronomie, fondée en 1849 et dont la publication a toujours cours aujourd'hui.

domaine. L'étrange construction s'inspire de la rigueur de l'architecture Tudor, mais a certainement fait l'objet d'importantes restaurations au fil du temps. La couleur de la pierre n'est pas tout à fait uniforme et le rosier qui grimpe sur la façade principale ne s'est pas développé sur l'annexe qui s'avance dans la cour ; un ajout postérieur évident, avec de grandes fenêtres à croisillons de plomb dignes d'une chapelle. Une bonne dizaine de cheminées parsèment le toit en ardoise et laissent échapper des panaches de fumée. De larges plates-bandes s'étirent le long des fondations et accueillent un mélange de glaïeuls, de cosmos, de pieds d'aster et de campanules multicolores.

— Tout cela doit coûter une fortune ! souffle Père, impressionné, tandis que le fiacre s'immobilise.

Il sort à peine de la voiture que la porte d'entrée du manoir s'ouvre et un majordome roux s'avance vers nous. Il n'affiche pas cet air perpétuellement contrit des employés de maison. Son expression est neutre, ses traits détendus. Il effectue ses gestes avec rigueur et professionnalisme, et à voir la tête que fait Père en montant les marches, il est positivement ravi d'être traité avec autant d'égards. Une fois dans le vestibule, une voix enjouée s'élève :

— Bienvenue à Bloomstone Manor, monsieur Langley.

Le majordome disparaît avec nos manteaux et ce n'est que quand mes parents s'écartent que j'aperçois enfin celui que je suppose être notre hôte. Père s'incline sobrement :

— Lord Stone, nous nous rencontrons enfin. Permettez-moi de vous présenter mon épouse Katherine et ma fille Agathe.

— Charmé, madame. Nathanael Stone, pour vous servir.

Je profite qu'il se tourne vers Mère pour l'observer. Excentrique, peut-être, mais il fait preuve d'un goût certain. Son costume de velours côtelé est impeccablement coupé et la teinte beige se marie parfaitement avec le foulard brique qui entoure son cou. Âgé d'une quarantaine d'années environ, il a les cheveux blonds caractéristiques de l'aristocratie anglaise, avec quelques éclats de cuivre. Ce qui retient le plus mon attention, toutefois, c'est ce regard bleu pétillant de malice qu'il dirige maintenant vers moi.

— Miss Agathe, donc. À la française ?

— La défunte mère de mon épouse était française, s'excuse Père, qui regrette ce choix de prénom depuis dix-neuf ans.

Je déteste le formalisme des présentations.

— Je suis ravie de faire votre connaissance, Lord Stone.

Une fois relevée de ma légère révérence, je perçois du mouvement derrière notre hôte. Un jeune homme brun, en complet bleu nuit, simple et élégant, se tient à quelques pas. Le dos raide, les jointures de ses grandes mains blanchies, il ne doit guère être plus âgé que moi et semble tout aussi mal à l'aise. Ses traits délicats et sa peau pâle offrent un contraste saisissant avec le noir abyssal de ses yeux. Je détourne le regard. J'ai promis de bien me comporter. On ne dévisage pas les gens de cette façon, encore moins les hommes. Lord Stone poursuit :

— Ah, et voici mon cousin, Adrian Carver. Adrian, je te présente Mr Langley, notre voisin de Chester House, son épouse et leur fille, Miss Agathe.

— Mr et Mrs Langley. Miss Agathe, répète-t-il en se tournant vers moi, c'est un plaisir.

Il doit parler français, car il a prononcé mon nom à la perfection.

Je me contente d'une seconde révérence polie, discrète, bien qu'un peu empruntée. Personne ne semble le remarquer, toutefois, car le majordome est réapparu.

— Le thé est servi, Lord Stone.

C'est étrange. Je jurerais qu'il a souri en prononçant ces deux derniers mots. Que peut-il y avoir de drôle dans une phrase aussi banale ? Je n'irais pas jusqu'à dire que son comportement est déplacé, mais enfin...

— Parfait, Blackwood. Je vous en prie, ajoute Lord Stone à notre intention, veuillez me suivre. Le thé est une délicieuse tradition et il serait dommage de ne pas profiter de chaque seconde.

Il nous entraîne à travers le vestibule. Nous longeons un majestueux escalier en pierre et nous retrouvons dans un corridor aux portes fermées, occupé par de nombreux portraits de famille et quelques miroirs pour faire circuler la lumière du jour.

— Ma famille est propriétaire du domaine depuis de nombreuses générations, explique Lord Stone, mais il avait subi les affres du temps et était inhabitable il y a quarante ans. Mon père a entrepris sa restauration peu après ma naissance et nous nous sommes définitivement installés ici. Chacun de nous y a fait des aménagements et la conception du jardin est l'œuvre de ma mère.

— Le parc est tout à fait admirable ! s'exclame Mère. Puis-je me montrer indiscrète et vous demander d'où vient ce nom, Bloomstone Manor ?

— Le rosier que vous avez aperçu à l'entrée est en réalité un rosier sauvage qui a poussé sur les ruines de l'ancienne demeure de style Tudor. Sans ses racines, nous aurions vu s'effondrer toute la façade. Il fleurit abondamment chaque année, d'où le nom de Bloomstone. En outre, il me semble que je détiens désormais la plus grande collection de roses de la région.

Le majordome nous fait entrer dans une salle à manger lumineuse et meublée de façon exquise. De hautes fenêtres laissent passer le jour à travers des voilages blancs. Au fond, une immense baie vitrée donne sur une verrière aménagée en jardin d'hiver, et un petit feu crépite dans la cheminée. Une longue table rectangulaire, recouverte d'une épaisse nappe immaculée, occupe le centre de la pièce. Alors que nous nous rapprochons, des effluves de pâtisserie embaument l'air.

Je suis assise à côté de Mère ; Adrian et notre hôte s'installent en face de mes parents. Je ne peux m'empêcher de saliver par avance ; ce n'est pas un thé, c'est un festin ! Des scones frais s'entassent dans un panier, près d'un bol de crème du Devon et de plusieurs pots de confiture. Deux assiettes de sandwiches se superposent sur un présentoir et une cloche de verre abrite un superbe gâteau nappé de glaçage. Le majordome apporte une théière en porcelaine très sobre, qui contraste avec les arabesques fleuries des tasses et des soucoupes. Une fois le thé servi, il pose le pot à lait et la coupelle avec un citron tranché, puis s'éclipse discrètement.

— Nous avons une cuisinière hors pair, chanceux que nous sommes ! commente Lord Stone en examinant les plats. Si je ne m'abuse, elle nous a préparé son fameux gâteau à l'orange. Je vous en prie, mangeons tant que le thé est chaud !

Je commence par un sandwich aux œufs parfumé au curry et lorsque mon tour arrive, je m'empare des pinces et attrape un scone encore tiède. Après l'avoir tartiné de crème et de confiture de myrtilles, je mords poliment dedans et retiens une exclamation. Les superlatifs me manquent : c'est de loin le meilleur scone que j'ai mangé depuis longtemps. Je ne sais pas si la cuisinière est douée ou si c'est l'ambiance générale du manoir qui me subjugue, mais j'en oublie tout le reste, à commencer par les conversations des autres convives. Je ne reviens à la réalité qu'en faisant passer le citron à Adrian qui me remercie d'un bref hochement de tête.

— Lord Stone, commence Père une fois sa part de gâteau terminée, notre ami commun Lord Bancroft m'a appris que vous étiez professeur à Cambridge, il y a quelques années.

— C'est exact. J'étais chargé des enseignements de physique théorique et dynamique.

Mon cœur s'emballe. Je garde les yeux rivés sur ma tasse.

— C'est-à-dire ? Je n'entends rien à ces choses-là.

— Eh bien, la physique théorique étudie les concepts connus, les lois de Newton, par exemple…

Mécanique des points.

— … de base à notre approche moderne…

Mécanique des fluides.

— … des travaux récents en Allemagne…

Cinétique.

— … qui s'oppose donc à…

Je n'y tiens plus et complète précipitamment :

— À la physique dynamique qui s'intéresse aux mouvements des corps les uns par rapport aux autres, à travers l'étude des diverses forces exercées sur eux.

Je n'aurais pas dû, je le sais, mais pour une fois que j'ai quelqu'un avec qui discuter ! Mère se raidit à côté de moi, Père repose sa cuillère un peu trop vivement dans son assiette. J'ai parlé sans y être autorisée et j'ai coupé la parole à notre hôte. Tandis que Lord Stone et son cousin me fixent, Père s'éclaircit la gorge :

— Veuillez excuser ma fille. Ses lectures lui sont montées à la tête.

Contre toute attente, l'aristocrate me sourit :

— Il n'y a rien à excuser, Miss, car vous avez on ne peut plus raison ! Je n'aurais pas mieux dit moi-même.

C'est impossible.

— Vous vous intéressez donc aux sciences, Miss Agathe ? demande Adrian avec une curiosité bienveillante.

Il a des lèvres pleines et une voix de contrebasse.

— En effet.

Je ne sais pas ce qu'il se passe, mais à Londres, on m'aurait déjà mise à la porte.

— Et vous, monsieur Carver ? intervient subitement Mère pour changer de sujet. Avez-vous des domaines de prédilection ?

— Je... j'ai un diplôme d'humanités de l'université d'Oxford, madame. J'ai étudié la littérature classique et je réfléchis à une spécialisation en lettres modernes.

— C'est tout à fait passionnant.

Mes parents se détendent, l'incident semble passé, mais Lord Stone me lance des regards en coin que je ne parviens pas à interpréter. J'adorerais qu'il réoriente la conversation vers les sciences, mais Père a bifurqué sur la situation géopolitique au Soudan. Je goûte une part de gâteau à l'orange, fondant à souhait, mais je n'ai plus aucun appétit. Ma déception est trop amère, sans compter les remontrances qui m'attendent pendant le voyage du retour.

Le reste de l'après-midi se déroule sans encombre. Je fais profil bas et ne parle plus que lorsqu'on me pose une question. Lord Stone se comporte en hôte exemplaire. Il évite avec adresse tous les écueils protocolaires et les discussions stériles sans tomber dans une éloquence pompeuse. Il semble être quelqu'un de bon et cultivé. Mon jugement peut paraître hâtif, mais j'ai décidé que je l'aimais bien : c'est le premier homme à avoir compris le fond de mes paroles sans les dénigrer. Adrian est discret, presque taciturne. Cela passerait facilement pour de l'impolitesse s'il n'écoutait pas chacun des échanges avec intérêt.

La lumière du jour décline progressivement. Une jeune domestique glisse son bras par la porte et active un bouton sur le mur : le lustre s'allume et illumine la pièce.

— Ça alors ! Vous avez l'électricité ? s'étonne Père.

— Bien sûr, répond Lord Stone avec un sourire. Je l'ai fait installer dans toutes les pièces de la maison il y a quelques années. Cela a demandé quelques aménagements, mais c'est d'une commodité !

— Ne craignez-vous pas que ce ne soit dangereux ? demande Mère, que toute notion de modernité effraie.

— Je ne m'inquiète pas, tout a été réalisé avec beaucoup de soin, tout comme la mise en service du téléphone.

— Le téléphone ? Ici ?

Père en a le souffle coupé.

— Nous sommes éloignés de tout. Les Rutherford, du domaine voisin, se sont raccordés au réseau il y a quelques mois. Le médecin du village également et le comté a installé une cabine publique en face de l'épicerie. En cas d'urgence, c'est très pratique.

Père acquiesce et soupire :

— Bien sûr, bien sûr. Il se fait tard, nous n'allons pas vous retenir plus longtemps. Merci beaucoup pour cette délicieuse après-midi.

— Tout le plaisir était pour moi. Je vais appeler Blackwood pour vos manteaux, mais avant, permettez-moi de vous réinviter la semaine prochaine.

Devant l'air interdit de mes parents, il se tourne vers moi et continue :

— Voyez-vous, Miss, je ne connais rien de plus admirable que l'intérêt d'une jeune personne pour les sciences. Aussi, je souhaiterais poursuivre notre début de conversation au sujet de la physique, si vous le voulez bien. Je suis sûr que ce sera tout à fait passionnant.

— Enfin, milord..., balbutie Père, nous sommes très touchés, évidemment, mais ma fille n'a que de faibles connaissances en la matière. Elle n'a rien d'une scientifique !

Je bous intérieurement. S'il savait ce que je fais de mon temps libre avec la complicité de ma gouvernante !

— À entendre son explication sur la dynamique des corps, cher ami, je suis convaincu du contraire. Vraiment, j'insiste.

Autrement dit, question de rang, question de politesse, l'invitation devient un ordre. La sueur perle au front de Père lorsqu'il articule avec difficulté :

— Eh bien, dans ce cas, nous acceptons avec joie.

Je réprime un grand sourire en enfilant mon manteau. Nous saluons nos hôtes en les remerciant encore, avant de remonter dans le fiacre. Mère se jette sur moi dès que nous nous éloignons de Bloomstone Manor :

— Tu es IN-SOR-TABLE ! Comment as-tu pu nous embarrasser de cette façon ? Heureusement que Lord Stone s'est montré compréhensif, ou nous aurions pu dire adieu à notre plus prestigieux voisin ! Tu n'as aucune tenue, tu devrais avoir honte !

— Calme-toi, ma chère, lui intime Père. L'incident est clos, ce n'était pas si grave, en fin de compte.

Père se range de mon côté, c'est tout à fait inédit.

— Et puis, continue-t-il, ces inepties scientifiques auront au moins servi à quelque chose aujourd'hui... Nous y avons gagné une nouvelle invitation !

J'aurais dû m'en douter. Je ravale mes larmes, car pour la première fois depuis notre déménagement, je reprends espoir.

Il me tarde d'être à la semaine prochaine.

2

LE CONCOURS

Une semaine que je ne pense qu'à notre seconde invitation à Bloomstone Manor. À peine ai-je ouvert les yeux que je suis déjà levée. Je tire les rideaux et laisse la lumière inonder la pièce. La matinée s'annonce radieuse ! Tout en m'apprêtant pour le petit déjeuner, je réfléchis déjà à ma toilette pour cette après-midi. Je termine de discipliner mes épaisses boucles brunes à grand renfort d'épingles, l'esprit plein de fleurs, de thé, de pâtisseries et de discussions scientifiques enflammées, lorsque Miss Davies frappe trois coups légers à la porte pour me faire savoir qu'on m'attend en bas. Mon rêve éveillé s'estompe, je reprends mon sérieux. Pas de faux pas avant notre départ, sinon mes parents me mèneront une vie infernale malgré toutes les protestations de la gouvernante.

— J'arrive.

Miss Margaret Davies est à notre service depuis huit ans. Outre sa position de gouvernante, elle remplit également le rôle de dame de compagnie de ma mère, conseillère en couture et autres divertissements féminins auxquels je n'accorde guère d'importance. Pour moi, Miss Davies est bien plus que cela : elle est mon ange gardien. Sans elle, j'aurais dépéri depuis de nombreuses années déjà. Constatant que mon appétit pour les sciences ne faisait que croître, et devant la réaction de mes parents à ce sujet, elle a imaginé un remarquable subterfuge. Sous prétexte qu'il me serait profitable d'observer le comportement des femmes du monde en société – dans les grands magasins, les jardins botaniques, et tous les lieux où il serait de bon ton que l'on me voie –, elle m'a prescrit entre deux et quatre heures de sortie tous les deux jours. Mère a trouvé l'initiative excellente et a fortement encouragé la démarche, sauf que Miss Davies n'avait aucunement l'intention de suivre ce programme. À la place, elle m'a fait découvrir un endroit où je n'aurais jamais rêvé de mettre les pieds : la London Library. Son frère y travaille comme petite main. Il m'a fourni presque tous les ouvrages et traités que je voulais, les périodiques comme l'*Astronomical Journal*, ou les essais sur la philosophie des sciences, qui sont d'ordinaire inaccessibles au public. Voilà comment j'ai construit ma propre éducation : j'ai emprunté des livres d'une réserve interdite, travaillé mes démonstrations mathématiques sur un pupitre bancal au fin fond de la London Library, appris mes théorèmes sur les bancs des Kews Gardens, tout cela avec la bénédiction de ma gouvernante. C'est notre petit secret, notre petit rituel. Mais, depuis que nous avons emménagé à Chester House il y a plusieurs semaines, j'ai le sentiment qu'on m'a déracinée. Les rayonnages de la bibliothèque sont désormais hors de ma portée. Père se rendra souvent à Londres pour son travail, mais Mère, Miss Davies et moi ne le suivront que rarement.

Je prends place à la table du petit déjeuner, où Mère se ressert une tasse de thé. Père a disparu derrière le *Times*, comme d'habitude. Miss Davies m'apporte mon assiette de toasts et profite qu'elle m'installe ma serviette sur les genoux pour me murmurer « Dans le journal. Page 8 ». J'acquiesce silencieusement et entame la première tartine, quand Père replie le journal dans un froissement de papier et semble remarquer seulement maintenant mon arrivée.

— Agathe, tu es levée. Parfait. Nous t'attendions. J'ai reçu un courrier du cabinet, je dois me rendre à Londres dès demain matin.

Un billet de retour, éphémère, à la bibliothèque ?

— Ta mère m'accompagnera. Nous serons absents une semaine et logerons chez Euphemia et Eric. Tu resteras ici avec Miss Davies et nous comptons sur toi pour travailler tes manières.

La voilà, la punition pour avoir pris la parole la dernière fois.

— Ne fais pas cette tête ! s'agace Mère. Estime-toi déjà heureuse d'intéresser suffisamment Lord Stone pour qu'il nous invite à nouveau malgré ton impertinence.

Au moindre mot de travers, je peux dire adieu à la visite de cette après-midi.

— Je comprends.

Devant ma réponse si soumise, Père se détend un peu et se tourne vers Mère.

— Je ne saurais trop te conseiller de sortir tes tenues, Katherine, que la bonne ait le temps de les empaqueter pendant que nous irons prendre le thé à Bloomstone Manor.

— Tu as raison, j'y vais de ce pas. Je prendrai également ma boîte à broder, Euphemia m'a dit qu'elle travaillait sur de nouveaux coussins.

Tout compte fait, il est peut-être préférable que je reste à la maison.

Mère monte à l'étage. Je me force à manger lentement un toast qui me paraît désormais sans saveur. Finalement, Père se lève à son tour, abandonnant le journal sur la table. Je le récupère et grimpe jusqu'à ma chambre où Miss Davies m'attend déjà. C'est une grande dame toute fine et anguleuse, les cheveux châtain clair et des yeux sans couleur vraiment établie, qui pour tout le monde respire le calme et la maîtrise de soi.

— Alors, alors ? Vous avez regardé ?

Sauf pour moi. Elle ne partage pas ma passion des sciences, mais elle part du principe que, fille ou non, j'ai le droit de creuser les sujets qui m'intéressent. Je lui soupçonne un tempérament farouchement rebelle derrière son indéfectible optimisme.

— Pas encore.

— Page 8 !

J'étale le journal sur mon lit et tourne les pages. Page 8, un encart titre :

THE TIMES

La Royal Society organise pour cette fin de siècle un concours inédit de sciences naturelles ! Il aura pour but de mettre en valeur le savoir accumulé au cours des dernières années pour faire du XXe siècle à venir une ère de progrès scientifique inégalée !

Veuillez trouver les règles du concours ci-après :

– Le concours est ouvert à toute personne souhaitant soumettre un projet, sous réserve de présenter une lettre de référence d'un membre de la communauté scientifique.

– Vous devrez remettre un projet de recherche de votre choix sur un sujet précis. Aucune théorie généraliste ne sera acceptée.

– Votre projet devra comporter trois parties principales : vos références bibliographiques, les théories proposées ainsi que des pistes de réflexion pour en démontrer la véracité et/ou la faisabilité.

– Sont admises les recherches en histoire naturelle, biologie, médecine, chimie, physique et leurs différents sous-domaines d'expertise.

– Le projet sera à déposer en personne, dans une enveloppe scellée, à nos locaux de Burlington House à Londres. Aucun projet envoyé par courrier ne sera accepté.

– Les projets sont à remettre au plus tard le 30 avril 1899 à minuit. Les propositions seront examinées par le conseil des Pairs avec le soutien des différentes sociétés académiques de Burlington House. Le gagnant du concours recevra une bourse de recherche de mille livres sterling qui lui permettra de mener à bien le projet choisi par le conseil à partir du 1er janvier 1900.

NULLIUS IN VERBA

J'en reste sans voix. À côté de moi, Miss Davies trépigne.

— Ne serait-ce pas formidable ?

À regret, je bredouille ce que je sais être la vérité :

— Personne n'acceptera de parrainer une femme. Et si par miracle je trouvais quelqu'un, jamais mes parents ne me laisseront participer. Nous sommes si loin de Londres ! Il me faudrait tous les rayonnages de votre frère rien que pour la première partie du projet !

— Je peux lui envoyer une lettre. Faites-moi une liste des premiers livres dont vous aurez besoin !

Ça vaut la peine d'essayer.

— Je vous préparerai ça ce soir. Mes parents seront déjà dans le train quand nous la posterons demain matin.

— Oh, que c'est excitant !

J'aimerais avoir autant d'enthousiasme, mais quelque chose me retient. Tout cela, bien qu'amusant, me semble irréalisable. J'arpente Chester House sans but, rongée par l'impatience, ce qui a le don d'exaspérer Mère qui m'ordonne de faire mes exercices de violon. C'est le seul instrument qui trouve grâce à mes yeux, sans compter que mon piano est d'une pauvreté sans nom.

Je joue quelques morceaux et, très honnêtement, je les bâcle un peu. Je n'ai pas la tête à ça, mais au moins, cela amène un peu de vie au rez-de-chaussée. Je le constate de plus en plus : nous vivons dans une maison triste. Peu de sentiments, encore moins de passion, plus aucune histoire à raconter. Nous nous trouvons simplement là ensemble, par un hasard malencontreux.

Arrive enfin l'heure du déjeuner, et Mère ne peut pas s'empêcher d'insister :

— J'ignore comment, mais tu intéresses Mr Stone, et tu devrais en être honorée. Ce n'est certainement pas pour ton savoir-vivre.

— J'en *suis* honorée ! J'ai été la première surprise de l'invitation et je suis ravie d'y retourner !

— *Lord* Stone, corrige Père. Au moins, tu es consciente de ta chance, alors ne la gâche pas. C'est l'occasion de renforcer nos appuis dans la région, de nous faire un nom, et pourquoi pas de gagner des clients au cabinet. Les informations circulent. Plus vite nous nous en ferons un ami, mieux ce sera.

Même si ça implique de se servir de ce qu'il déteste le plus chez moi. Je ne suis pas dupe, mais pour le moment, la situation est à mon avantage.

— Donc, continue-t-il, tu te comporteras bien, tu répondras à ses questions s'il t'en pose. Ne fais pas étalage de tes connaissances outre mesure, quelles qu'elles soient. Lord Stone a été professeur, après tout !

Je hoche la tête tout en prenant une résolution majeure. Peu importe ce qui arrivera, j'ai bien l'intention de discuter avec Lord Stone de la manière dont je l'entends.

Je compte chaque minute, je me prépare avec soin, et quand le fiacre se poste devant la maison, je suis la première prête.

Le temps est plus clément que la semaine dernière. Sur le chemin de Bloomstone Manor, je contemple la magnifique arrière-saison du Suffolk pendant que mes parents échangent au sujet des activités qu'ils ont prévues à Londres. La lumière de l'automne embrase le domaine, caresse le toit du hangar à droite du portail, près d'un potager où s'affairent deux hommes en tenue de travail. Le soleil inonde la pelouse et le feuillage foncé du rosier qui encadre l'entrée du manoir ressort sur les pierres.

Le majordome a déjà ouvert la porte. J'attends que Père sorte, puis Mère, mais ce protocole me frustre comme jamais auparavant.

— Miss Agathe, c'est un plaisir de vous revoir ici, me salue Lord Stone, toujours aussi charmant et courtois.

— Merci pour votre invitation, Lord Stone. Le plaisir est partagé, croyez-le bien.

Du coin de l'œil, je vois Mère redresser la tête. Elle doit se féliciter de ma bonne éducation.

— Le thé nous attend, nous aurons tout le loisir de discuter. Monsieur et madame Langley, par ici. Adrian, voudriez-vous escorter Miss Agathe ?

Une étrange expression glisse sur le visage du jeune homme, sans que je puisse l'identifier. Il me tend alors son coude, que je saisis poliment, même si je ne comprends vraiment pas pourquoi j'aurais besoin d'une escorte pour faire vingt pas dans un couloir. Une fois dans la salle à manger, Lord Stone ne laisse aucune échappatoire à mes parents et m'installe en face de lui. La qualité du service est aussi somptueuse que la dernière fois ; notre hôte se plie aux mondanités d'usage avec efficacité pendant que nous dégustons chacun une part de tarte aux pommes. À peine ses couverts posés, il plonge ses yeux bleus dans les miens et s'éclaircit la voix :

— Alors, Miss Agathe. Depuis quand êtes-vous intéressée par la physique ? Avez-vous un domaine de prédilection ?

Sans malice, sans ironie. Ce que j'ai à dire semble vraiment l'intéresser.

— J'ai vraiment commencé à étudier il y a sept ans, Lord Stone, mais mon intérêt a commencé bien avant cela. Quand j'étais petite, je souffrais d'insomnie et, pour m'occuper, je regardais les étoiles à travers ma fenêtre. Mon précepteur de l'époque m'a ensuite enseigné les rudiments de l'astronomie…

— Agathe, me coupe Père, je t'en prie, Lord Stone n'a pas forcément envie de connaître tous les détails !

Respire. Garde ton calme.

— Au contraire ! proteste notre hôte avec un sourire. Je trouve cela absolument fascinant. Vous verrez, cher ami. Les laboratoires se multiplient dans le monde, les musées attirent chaque année plus de visiteurs, nos mesures se précisent. Si les hommes ont un tant soit peu de bon sens, la science du XXe siècle ne s'envisagera plus sans l'expertise féminine, à n'en pas douter.

J'ai un soudain élan d'affection pour ce personnage, mais je crois que Père ne partage pas mon opinion :

— Voilà qui est amusant, très amusant. Vous êtes... très amusant, complète-t-il avec difficulté en se tapotant le front de son mouchoir.

— Revenons-en à vous, Miss. Vous vous dirigeriez donc vers l'astrophysique ?

— Oui. Je m'intéresse beaucoup à la mécanique céleste, pour tout vous avouer, depuis que j'ai lu les travaux de Bessel sur le calcul des distances. Ses équations sont brillantes et si en avance sur son temps !

— Tant d'enthousiasme fait plaisir à voir ! Je suppose donc que vous avez également connaissance des travaux de Lane et Emden ? Il y a presque trente ans, ils ont mis au point...

— L'équation de Lane-Emden qui permet de calculer la pression et la densité des objets célestes, en se basant sur les théories émises par Ritter ! Cette démonstration m'a donné du fil à retordre pendant des jours, je dois dire !

Lord Stone a un mouvement de surprise. Père et Mère se tournent immédiatement vers moi, inquiets à l'idée que j'aie pu commettre l'impair qui les fera dégringoler de l'échelle sociale.

— Vous voulez dire que… vous n'étudiez pas seulement la théorie ? Vous maîtrisez également les équations ?

— Autant que faire se peut, je n'aime pas apprendre à moitié. Et je dois bien reconnaître qu'il n'y a rien de meilleur que le sentiment de fierté qui m'envahit quand la solution s'avère juste !

Je ne peux m'empêcher de sourire. Je dois avoir l'air d'une idiote, mais tant pis, je suis ravie.

— Vous m'impressionnez ! Je comprends votre fascination : observer les étoiles est une distraction qui peut vite tourner à l'obsession, tant elle confine à l'émerveillement.

— Je n'ai pas eu cette chance. Heureusement pour moi, l'*Astronomical Journal* publie quelques gravures parmi ses schémas.

Surtout, je doute de trouver un seul homme dans toute l'Europe qui me laisserait son fauteuil, ne serait-ce que pour une minute.

— Où avez-vous réussi à trouver tous ces ouvrages ?

Zut. Si j'en dis trop, Miss Davies sera certainement remerciée ce soir.

— Je me rends de temps à autre à la London Library.

Je jette un coup d'œil discret à mes parents qui semblent au bord de l'apoplexie. Lord Stone retrousse le coin de ses lèvres en me dévisageant. Il *sait*. Il sait que les ouvrages scientifiques sont soumis à autorisation, il sait que je triche pour me les procurer, et il sait le nombre d'heures que j'ai passées à m'esquinter les yeux en recommençant mes démonstrations encore et encore. Pourtant, il garde mon secret :

— Monsieur Langley, vous ne mesurez pas votre chance. Votre fille rivalise avec certains de mes plus brillants élèves.

— Je… je vous crois sur parole, hésite Père.

— Vous aimez donc les livres, Miss Agathe ? me demande Adrian.

Sa voix me trouble d'une étrange manière. On dirait qu'elle allume une étincelle dans un recoin de mon être.

— Qu'aurais-je pu faire sans eux ? Les livres sont une bénédiction !

Les deux cousins se regardent. Comploteraient-ils quelque chose ?

— Venez, chers amis, j'ai quelque chose à vous montrer.

Intrigués, nous nous levons et suivons Lord Stone le long du couloir et du vestibule. Il s'arrête devant la porte à double battant qui donne sur l'annexe que j'ai remarquée la semaine dernière.

— Après vous, ma chère, m'invite-t-il en l'ouvrant.

L'odeur m'est familière et quand je réalise où je suis, les larmes me montent aux yeux. Les rayonnages de la bibliothèque grimpent jusqu'au plafond. Je m'avance, le souffle court. Des armoires vitrées protègent les plus vieux ouvrages, d'autres reposent à l'air libre. Les dorures des titres, sur le dos des reliures, scintillent sous le soleil qui pénètre dans la pièce par petits losanges, à travers les croisillons de plomb des fenêtres. Physique, biologie, chimie, poésie, philosophie, littérature, en français, en anglais, en allemand… Il y a là plus de livres que je n'en ai jamais vu dans une bibliothèque privée ! J'ai cru que ma vie s'était arrêtée en quittant Londres, mais avec un pareil trésor à portée de main, tout redevient possible !

« MIIAAAAAAW ! »

Le miaulement rauque me sort de ma contemplation. Sur un bureau, un chat gris à poil long s'étire langoureusement avant de poser son regard ambré sur moi.

— Ah, et voici Sir Lancelot, indique Lord Stone. Un membre éminent de la maisonnée s'il en est, grand paresseux devant l'Éternel et voleur de beurre frais à ses heures !

J'ai l'impression que ce chat me juge. Je reporte mon attention sur la bibliothèque pendant que Père accapare notre hôte pour une conversation anodine. Je n'en reviens pas d'un tel trésor, et si j'essaie de parler, je crains que ma voix ne tremble. Adrian vient se mettre à mon niveau et s'incline légèrement vers moi pour me chuchoter :

— Vous auriez parfaitement votre place ici.

Je me retourne vers lui, interdite. Qu'essaie-t-il de me dire ?

— Je vous vois bien passer des heures dans cette bibliothèque, termine le jeune homme avec un léger sourire.

Je n'arrive pas à déterminer s'il se moque de moi ou non, mais son cousin me coupe dans mes interrogations :

— J'oubliais ! s'exclame Lord Stone en se frappant le front. Savez-vous que la Royal Society organise un concours de sciences ?

Mon rythme cardiaque s'accélère, mais je déclare sobrement :

— Oui, je l'ai vu dans le journal ce matin.

— Comptez-vous y participer ?

Malgré moi, je jette un œil à mes parents. Leur expression n'est pas franchement engageante.

Je voudrais tellement dire oui.

— Je ne sais pas.

Mon interlocuteur fronce brièvement les sourcils.

— Je vois.

Lord Stone me fixe quelques secondes, avant de se tourner vers Père :

— Monsieur Langley, j'aurais une immense faveur à vous demander.

Père se rengorge, dans l'expectative :

— Laquelle ?

— Si vous n'y voyez pas d'inconvénient, j'aimerais inviter Miss Agathe à la maison, accompagnée bien entendu d'une personne en charge de la chaperonner.

Pardon ?

— Je… Je ne sais pas si c'est… très convenable, bégaye Père.

J'ai l'impression que mon cœur tombe dans ma poitrine quand je prends conscience de tout ce qu'implique cette proposition. Le silence dans la pièce est sans équivoque, d'ailleurs. Inviter une jeune femme, même avec un chaperon, dans une maison de campagne où vivent deux hommes célibataires... On a brisé des réputations pour moins que cela, et mon père le sait très bien. Néanmoins, il ne peut refuser d'emblée, ne serait-ce que par respect envers le rang de Lord Stone. Cela met pourtant en jeu l'image de notre famille tout entière, et après l'affaire Ravencourt, on ne peut pas dire que je sois en odeur de sainteté dans la bonne société londonienne.

— Loin de moi l'idée de nuire à sa réputation ou quoi que ce soit de ce genre, nous rassure Lord Stone, mais voyez-vous, votre fille est tout à fait fascinante. Voilà longtemps que je n'ai pu discuter de physique avec quelqu'un de sa trempe – et que la conversation soit agréable, cela va sans dire. Miss Agathe, je vous en prie, par égard pour un vieux professeur qui n'a plus d'élève, acceptez ! Ma bibliothèque sera entièrement vôtre. Nous pourrons également rediscuter de ce concours, si vous le désirez. Ce serait l'affaire d'une semaine, pas plus.

« Vous auriez parfaitement votre place ici. »

Je dévisage l'aristocrate. Entre sa proposition et l'énigmatique déclaration d'Adrian, n'importe quelle jeune fille respectable fuirait à toutes jambes. Pourtant, je décide de tenter le tout pour le tout, et au diable les convenances : nous ne sommes plus à Londres.

— Père, pourquoi pas ? Vous partez demain. Miss Davies pourrait venir ici avec moi, je ne risque rien auprès d'elle. Nous rentrerions en même temps que vous à la maison, la semaine prochaine.

Je retiens mon souffle. Je joue à un jeu dangereux.

— Je suppose que…, murmure Père qui réfléchit intensément.

D'un côté, il ne supporte pas mon tempérament insolent et mon inclination pour la science, mais de l'autre, il ne peut se résoudre à refuser une proposition si généreuse, aussi incongrue soit-elle. Le dilemme réside entre son rôle d'éducateur et ses intérêts professionnels à long terme. Inutile de tergiverser, je sais déjà ce qu'il choisira. Mère, en revanche, semble plus difficile à convaincre :

— Enfin, Gilbert…, hésite-t-elle. Peut-être serait-il prudent d'y réfléchir à tête reposée.

— Il n'y a aucune intention malhonnête derrière cette invitation, soyez-en certains, la rassure Lord Stone. Si, à n'importe quel moment, Miss Agathe souhaite rentrer, je n'en prendrais aucunement ombrage.

— Bien…, soupire Père. Dans ce cas, c'est d'accord.

— Formidable ! Kenneth ! appelle l'aristocrate.

Blackwood apparaît quelques secondes plus tard par une porte latérale.

Qui appelle ses gens de maison par leur prénom ?

— Miss Langley se joindra à nous à partir de demain, et ce pour une semaine. Pourriez-vous dire à Mar... Miss Cherry d'apprêter la chambre bleue ainsi que son annexe pour sa gouvernante ?

Le majordome réprime un sourire avant de répondre cérémonieusement :

— Avec joie, milord.

Juste avant de refermer la porte, il incline brièvement la tête vers moi.

— Parfait, absolument parfait ! s'extasie Lord Stone. Miss Agathe, montez-vous à cheval ?

— Cela fait quelque temps que je n'en ai pas eu l'occasion, mais je crois avoir de bons restes.

— Excellent. Apportez donc votre tenue, nous profiterons des derniers beaux jours pour faire le tour du domaine. L'automne s'annonce magnifique, cette année.

Est-il sérieux ou dit-il cela pour moi ? Cet homme est décidément bien étrange.

Nous repartons moins d'une heure plus tard et je n'y crois toujours pas, pas même quand Adrian me gratifie d'un « À demain » des plus courtois. Mes parents et Lord Stone ont convenu que j'arriverais en fin de journée, pour laisser le temps à tout le monde de s'organiser. Résignée, Mère m'assomme de conseils que je n'écoute que d'une oreille. Lorsque le fiacre passe le portail, Père marmonne :

— Je comprends qu'il se soit éloigné de Londres. Il a des idées pour le moins saugrenues… Seigneur, faites que personne n'entende parler de cette folie. Heureusement que nous ne vivons plus en ville, ajoute-t-il pour lui-même.

C'est le moins qu'on puisse dire. Il me tarde de voir la tête de Miss Davies quand nous lui annoncerons la nouvelle. Cette invitation à Bloomstone Manor n'a rien de conventionnel, au contraire. À la moindre rumeur, on me taxera de… femme aux mœurs légères, et Lord Stone de débauché, au mieux. Notre amour authentique pour la science passera pour un écran de fumée et ne nous sera d'aucun secours, d'autant que personne ne croira qu'une femme puisse s'intéresser à la physique.

Pour l'heure, je ravale mes doutes et ne peux m'empêcher de sourire à l'idée de passer une semaine dans ce manoir, au milieu des livres, à discuter de tout ce qui m'est cher. Je savoure ce moment, les yeux perdus dans le crépuscule automnal. J'ai le sentiment que ma vie est en train de prendre un tournant inattendu.

3

L'EXPÉRIENCE

À l'annonce de l'invitation, ma gouvernante est passée par tous les états émotionnels possibles : interloquée, ahurie, légèrement outrée, puis aussi résignée que Mère, celle-ci n'ayant d'autre choix que de se conformer à la décision de Père. En privé, cependant, notre échange a été assez vif :

— Sans demande en mariage, ou au moins une cour officielle par la suite, vous risquez de passer pour… pour…

— Je sais, Miss Davies.

— Vous ne comprenez pas !

— Oh si, au contraire, mais entendez-moi bien : si la seule bibliothèque scientifique du monde se trouvait dans une maison de plaisir des bas-fonds de Liverpool, je signerais dans l'heure !

Ma gouvernante s'est plaquée une main sur la bouche, horrifiée – autant par mon vocabulaire que par l'image véhiculée. Comme je n'en pensais pas le moindre mot, bien entendu, je me suis aussitôt radoucie :

— Pardon... Vous m'avez toujours soutenue. Vous savez ce que cela représente pour moi. Je vous en prie. J'ai bel et bien quelques appréhensions, mais je ne peux refuser une proposition pareille. Ce n'est qu'une invitation, nous sommes loin de Londres et tout proches de la maison. Nous ne risquons rien.

Elle a capitulé peu de temps après, de mauvaise grâce, mais ce matin, en préparant ma malle, elle semble redevenue mon soutien de toujours. N'ayant jamais été invitée aussi longtemps, encore moins par un membre de la haute société, je n'ai aucune idée de ce dont je pourrais avoir besoin.

— Je ne vais quand même pas emporter une tenue complète par jour ?

— Non, sourit Miss Davies, mais vous devez vous assurer d'avoir au moins une tenue pour chaque moment de la journée. Je pense que, oui, quatre ensembles courants devraient suffire. Vous aurez aussi besoin de tenues habillées pour le soir. Par prudence, j'en emmènerais trois. Cela vous permettra de ne pas vous habiller deux fois de suite de la même façon. Vos chemisiers, aussi. Ah ! Prenez celui en guipure et celui en mousseline, à côté, ils vous vont à ravir !

— C'est ridicule ! J'ai l'impression d'empaqueter presque l'intégralité de ma garde-robe !

Miss Davies me regarde d'un air ennuyé :

— C'est le cas, Miss. Vous n'avez que peu de vêtements par rapport aux autres jeunes femmes de votre âge. Vous ne sortez guère.

Je baisse les épaules en soupirant.

— Qu'y a-t-il ? s'inquiète ma gouvernante. Vous ne souhaitez plus y aller ?

— Si, bien sûr ! Hors de question de renoncer maintenant ! Je me demande simplement... pourquoi moi ?

— Il s'intéresse apparemment plus à votre talent pour la science qu'à autre chose. Avec un peu de chance, il vous sera d'une aide précieuse pour ce concours.

Et si tout cela cachait quelque chose ?

Je n'ose le dire de crainte que ma gouvernante ne change d'avis. J'ai peur que tout cela ne soit qu'un prétexte pour une demande en mariage, que mes parents s'empresseront d'accepter, évidemment. Lord Stone est trop vieux pour moi. Et il y a encore autre chose, peut-être le pire de tout...

Miss Davies m'attrape par les bras.

— Ce n'est qu'une invitation, vous me l'avez suffisamment répété hier. Si le moindre danger se profile à l'horizon, j'ai toute autorité pour vous ramener à la maison. Vous le savez. Maintenant, si vous me disiez ce qui vous embête *vraiment* ?

Elle me connaît trop bien.

— Si je le décevais ? Si je n'étais pas à la hauteur, si tout ce que je crois savoir n'était pas suffisant ? Si je me couvrais de ridicule ?

— Eh bien, il s'en remettra. Et s'il a un peu de jugeote, il vous apprendra ce qui vous manque. Vous êtes une jeune personne courageuse, Miss. Vous vous en tirerez comme une reine !

Elle répond à mon sourire, avant de prendre un air de commandant militaire :

— Terminons cette malle ! Il vous manque encore votre tenue de cavalière, votre chemise de nuit, son survêtement et votre robe pour le thé.

Elle ouvre frénétiquement tous les tiroirs de ma commode, en sort un corset de rechange, trois paires de bas et des dessous, avant de réunir mon nécessaire de toilette. De mon côté, j'emporte également un gilet sans manches pour les températures douces, mon châle violet (celui à petites perles brodées que m'a offert Euphemia), quelques bijoux et une jolie épingle à chapeau. Et mon violon, évidemment.

La malle se remplit à vue d'œil – heureusement que je n'ai pas besoin d'emmener de livres ! Nous ne sommes pas trop de deux pour la descendre dans l'entrée.

— Dieu merci, nous en avons terminé avec les crinolines, soupire Miss Davies, sinon nous aurions dû louer une charrette !

Je vois Mère lever les yeux par-dessus son magazine, assise dans le sofa du salon. Père sort de son bureau et observe mes affaires avec attention. Mon anxiété augmente encore d'un cran quand il soupire :

— Je ne sais pas si c'est une bonne idée, tout de même…

— Père…, je commence, mais il m'arrête d'un geste.

— Ta mère et moi sommes finalement tombés d'accord, Agathe, toutefois je me dois de te le rappeler une dernière fois. Au premier faux pas, au moindre murmure de ce qui se trame, à la plus petite allusion dans certains cercles de la bonne société, nous pouvons tirer un trait sur tout ce qui a fait notre vie jusqu'à présent. Si jamais, que Dieu nous en préserve, cela se savait officiellement… tu n'aurais plus aucun avenir, ni ici, ni ailleurs.

J'enrage de toutes ces conventions inutiles, mais parce qu'il faut bien courber l'échine, j'articule un douloureux :

— Je vous promets que je me comporterai bien, Père.

Miss Davies et moi montons dans le fiacre en fin d'après-midi, alors que le ciel commence à rougir. Derrière nous, la cuisinière ferme les volets et verrouille la maison ; mes parents sont déjà partis.

Sur le trajet, je montre à ma gouvernante les splendeurs du parc de Bloomstone Manor dans la lumière rasante du coucher de soleil. Les arbres se dégarnissent peu à peu, bien que certaines ramures se dénudent plus vite que d'autres. Un jardinier a coupé les fleurs abîmées du parterre pour laisser les dernières touches de couleur s'épanouir en paix avant que le domaine s'endorme pour l'hiver.

Miss Davies et moi sommes accueillies par Blackwood et Lord Stone :

— Miss Agathe, laissez-moi vous dire combien je suis ravi que vous ayez accepté mon invitation !

— Merci encore, Lord Stone. Je vous présente Miss Margaret Davies, ma gouvernante.

— Enchanté, Miss.

Miss Davies s'incline promptement. Je crois qu'elle est impressionnée. J'entends des pas sur la droite : Adrian arrive de la bibliothèque. Je hoche poliment la tête :

— Monsieur Carver. Comment allez-vous ?

— On ne peut mieux, Miss Agathe, je vous remercie, répond-il avec un sourire.

Il hésite, avant d'esquisser un geste. Je lui tends la main et ses doigts effleurent mon gant. Sa timidité me surprend.

— Votre chambre est prête, annonce Lord Stone. Nous allons faire monter votre malle et vous pourrez ainsi prendre tout le temps nécessaire à votre installation. Si vous avez besoin de quoi que ce soit, n'hésitez pas à le faire savoir. Miss Davies, vous logerez dans la chambre annexe de celle de Miss Agathe. J'espère que vous y serez à votre aise.

— C'est trop d'honneur, milord.

— Je vous en prie, c'est tout naturel.

Ses yeux pétillent légèrement alors qu'il ajoute :

— Vous vous rendrez vite compte que le fonctionnement interne de Bloomstone Manor est unique en son genre. Appelez-moi Stone, comme tout le monde ici. Cela vaut aussi pour vous, Miss Agathe. La maison est à vous, explorez-la tout à loisir. Par ici, suivez-moi.

Voilà qui est pour le moins inhabituel. Encore.

Une fois à l'étage, une femme replète, d'environ cinquante ans, vêtue d'une robe noire et d'un tablier immaculé, trottine vers nous.

— Et voici celle sans qui rien ne serait possible ! s'exclame Stone. Je vous présente Martha Cherry, notre responsable des chambres.

Avec les petites rides au coin des lèvres de ceux qui ont décidé de sourire à la vie, elle ressemble effectivement à une de ces cerises d'été, toutes rebondies, qui surmontent fièrement une part de gâteau au chocolat.

— Bienvenue à Bloomstone Manor, Miss. Je vais vous conduire à votre chambre.

Miss Davies et elle vont bien s'entendre ; elles ont l'enthousiasme contagieux.

— Je vous laisse entre de bonnes mains, conclut Stone. Prenez le temps qu'il vous faudra, le dîner sera servi à 18 h 30.

Miss Cherry ouvre la deuxième porte dans le couloir de droite.

— Votre chambre, Miss.

J'en reste bouche bée. La pièce doit faire la taille de notre salon à Chester House ! Un papier peint bleu ciel recouvre les murs, rehaussé d'un liseré doré à l'angle du plafond. Un feu crépite doucement dans une cheminée d'angle, en face d'un lit à baldaquin aux rideaux bleu roi, et dont le couvre-lit blanc caresse le parquet à chevrons. Un secrétaire, pourvu de tout le nécessaire à écriture, est installé entre deux fenêtres orientées au sud, vers l'entrée du parc. Une troisième ouvre vers l'est, sur le pavillon à colonnades et, plus loin, la forêt.

— Vous disposez d'un placard, indique Miss Cherry en pointant l'immense armoire à droite. La petite porte mène vers la salle de bains et la grande vers la chambre de Miss… ?

— Davies ! s'empresse de répondre ma gouvernante, des étoiles plein les yeux. Margaret Davies !

Comme je m'y attendais, elles s'adressent mutuellement un sourire sincère et chaleureux. Je dois reconnaître que je n'ai jamais vu ma gouvernante aussi extatique. Pourtant, à la façon qu'elle a d'examiner la pièce, je sais qu'elle prête attention aux moindres détails de la demeure, cherchant sans doute quelque chose qui clocherait dans ce tableau idyllique.

Blackwood et un autre valet posent la malle sur le tapis, au milieu de la pièce, puis se retirent, accompagnés de Miss Cherry.

Pantoise, je me laisse tomber sur le lit – douillet et moelleux comme un nuage. Dans la chambre annexe, j'entends les exclamations enjouées de Miss Davies. Alors que je peine à rassembler mes idées, on frappe trois coups discrets à la porte.

— Entrez !

Une jeune fille au visage constellé de taches de rousseur apparaît. Ses joues ont conservé les traits de l'enfance, des cheveux roux orangé s'échappent en fines mèches de son chignon et elle a de grands yeux noisette absolument hypnotisants.

— Martha… je veux dire, Miss Cherry m'envoie, Miss, pour m'assurer que vous ne manquez de rien.

— Non, merci, tout est absolument parfait… ?

— Lucy, Miss. Je serai à votre service le temps de votre séjour. Avez-vous des questions ?

Elle ne ressemble pourtant pas à une domestique !

— Aurai-je besoin d'une tenue particulière pour ce soir ?

Elle secoue la tête.

— Non, ce n'est pas dans nos habitudes.

« Dans nos habitudes » ? Que se passe-t-il avec ces gens ?

— Dans ce cas… je verrai.

— Bien, Miss.

Alors qu'elle referme derrière elle, Miss Davies revient dans ma chambre, ôte sa veste et remonte ses manches. Apparemment, elle tient à nous installer au plus vite pour profiter au maximum de ce nouveau luxe. Je ne peux pas lui donner tort, je meurs d'envie de tout voir, de tout savoir. Surtout, je repense à cette phrase de Lord Stone : « Le fonctionnement de Bloomstone Manor est unique en son genre. » Tous les domestiques que nous avons croisés ont été très courtois, mais certaines choses me font tiquer, à commencer par ce qui s'est passé hier, quand Lord Stone a appelé le majordome par son prénom. C'est tout de même plus qu'étrange ! Et maintenant, cette jeune fille…

En moins d'une heure, toutes mes affaires ont trouvé leur place dans le placard – y compris la malle tant ce dernier est spacieux ! Il reste quarante minutes avant le dîner, juste le temps de me rafraîchir et de me changer. Je passe une jupe lilas et mon chemisier en mousseline :

— Splendide ! commente Miss Davies. C'est le meilleur compromis que vous puissiez faire, vu qu'on ne sait pas à quel point la soirée sera habillée. Vous pouvez même…

Elle ouvre ma boîte à bijoux, en sort le pendentif en émeraude de ma grand-mère et me l'attache autour du cou.

— Voilà, c'est parfait.

Elle vérifie que ma coiffure est correctement maintenue pendant que je redonne un peu de rose à mes lèvres, puis nous descendons. La maison est calme tout en restant chaleureuse et des odeurs alléchantes de légumes et de viande rôtie se sont répandues dans le couloir. Une fois à table, Stone s'inquiète de nous savoir confortablement logées. Je le remercie encore tandis que Blackwood, accompagné d'une fille de cuisine, nous sert un velouté de carottes parfumé.

— Merci, Tillie, ponctue notre hôte.

Miss Davies me jette un regard éloquent. Peu nombreux sont les gens de son rang qui prennent la peine de rendre grâce à leurs domestiques, encore moins avec autant de familiarité. Notre échange silencieux ne passe pas inaperçu, et Stone sourit dans sa serviette.

— Je crois qu'il est temps, maintenant, de tomber les masques.

Je me fige.

— Que voulez-vous dire ?

Je le savais. Une offre aussi généreuse que celle-ci cachait forcément quelque chose.

— Voyez-vous, je pars du principe que la vie est bien meilleure quand les personnes qui m'entourent sont heureuses. Bloomstone Manor est pour moi un refuge, et je souhaite qu'il en soit ainsi pour tous ses occupants. Cela inclut également les gens de maison. J'exècre toutes les formes d'injustice, mais je ne peux changer le monde qu'à mon échelle. Vous remarquerez que j'entretiens une familiarité pour le moins inhabituelle avec mes employés, que nous nous efforçons d'effacer en public.

Je ne m'attendais pas à cela !

— Prenez Kenneth, par exemple. Je le connais depuis l'enfance, nous avons fait toutes nos bêtises ensemble !

— Plus exactement, complète Blackwood, nous avons chacun couvert les bêtises de l'autre. Quoique je m'estime plus sage que toi. Les anciens laboratoires de Cambridge portent encore les traces de ton passage !

Les deux hommes hochent la tête de concert. Les bras m'en tombent. Miss Davies présente désormais tous les signes d'une attaque cérébrale et Adrian me fixe, les yeux rieurs :

— Il faut un petit temps d'adaptation, c'est certain. Voyez cela comme une expérience sociale inédite !

— J'ai conçu cette maison comme un espace de libre parole, poursuit Stone. Je ne me soucie pas des convenances, vous avez dû le remarquer, ne serait-ce qu'à cause de mon invitation. Poser des entraves aux gens ne m'intéresse pas. Le respect marche dans les deux sens et dès lors que cette philosophie est appliquée, je crois que tout peut être dit et entendu. Même si elle travaille pour moi, chaque personne sous ce toit a le droit de me faire une remarque, tant que celle-ci est justifiée, argumentée et respectueuse. Nous vivons tous ici parce que nous l'avons choisi.

Il marche sur la tête ! Je souffle :

— C'est... peu commun, en effet.

— J'espère ne pas vous choquer. J'ai pensé que vous, plus que quiconque, comprendriez à quel point avoir le droit à la parole est une chose précieuse.

Cette remarque me frappe en plein cœur. Pourquoi pas, après tout ?

— Miss Davies ? Vous avez l'air de désapprouver, s'inquiète Stone.

Ma gouvernante revient brusquement à elle. Elle hésite, peu habituée à ce qu'on lui demande son avis :

— Eh bien, je ne suis pas convaincue de la viabilité à long terme d'une telle pratique. Après tout... ils sont tout de même à vos ordres. Je suis peut-être trop vieille. Cela fait trop longtemps que je suis domestique.

— Je ne vous force pas la main, Miss.

— Si vous me permettez, Miss Davies, intervient Kenneth Blackwood. Nous préférons parler de symbiose plutôt que de subordination. Voyez-vous, nous mangeons ce soir exactement le même dîner que vous. Ted a toute liberté pour entretenir le jardin, ma femme Hazel décide des menus, et Martha et ses deux filles assouvissent leur passion de la décoration chaque jour que Dieu fait. Il est vrai que Stone nous héberge et nous paie, mais nous demeurons ici non pas parce que nous y travaillons, mais parce que nous y vivons. Sans compter que Stone serait de toute manière incapable d'entretenir cette maison tout seul !

L'aristocrate opine du chef avec véhémence.

— En ce qui me concerne, achève le majordome, vous êtes notre invitée au même titre que Miss Agathe ou Mr Adrian, gouvernante ou non. Appelez-moi Kenneth. Cela me ferait plaisir.

Je décide de me lancer. Qui ne tente rien n'a rien :

— Sans compter que vous êtes bien plus qu'une gouvernante, Miss Davies ! Savez-vous, Stone, que je n'aurais jamais pu avoir accès à la London Library sans elle ? Elle dissimule toutes mes sorties et son frère me fournit les livres.

L'intéressée rougit comme une pivoine, mais notre hôte triomphe :

— Voilà donc comment vous vous y preniez ! J'ai préféré ne rien vous demander à ce sujet devant vos parents, de crainte de vous mettre dans l'embarras.

— Je vous en remercie beaucoup. L'espace d'un instant, j'ai cru ma dernière heure arrivée !

Nous restons silencieux quelques secondes, puis Stone murmure :

— Il me semble que la conversation est bien plus amusante ainsi, n'est-ce pas ?

Il a raison.

Cette philosophie, si l'on peut appeler cela comme ça, explique bien des choses et en partie ma présence ici. Qu'est-ce qui a pu arriver, dans la vie de Lord Stone, pour qu'il détricote ainsi son éducation – que je suppose conservatrice – et prône cet humanisme sidérant ? Il est sans doute trop tôt pour poser la question.

Nous passons au petit salon après les poires pochées. Comme dans la salle à manger, une porte-fenêtre donne sur le jardin d'hiver, pour le moment plongé dans l'obscurité. Je distingue néanmoins des ombres noires aux contours flous, un feuillage endormi. Adrian m'invite à m'asseoir sur le divan et Stone s'installe dans un fauteuil de velours rouge, puis me demande tout de go :

— Avez-vous réfléchi au concours ?

— J'avoue ne pas en avoir eu le temps.

— Vous feriez une candidate parfaite.

Je dévisage les deux hommes. Qu'adviendra-t-il quand je devrai rentrer à la maison ?

— Je ne sais pas.

— Qu'est-ce qui vous retient ? demande Adrian.

Comment expliquer à un homme que, pour une femme dans ma situation, absolument *tout* peut être perçu comme une entrave, à commencer par ma personne elle-même ?

Kenneth arrive à ce moment-là avec un plateau supportant quatre verres de liqueur d'orange. Stone soupire après la première gorgée :

— Si vous n'avez pas confiance en vous, ayez au moins confiance en moi. Quand j'ai dit à votre père que vous pourriez rivaliser avec d'anciens élèves, j'étais sérieux. Je reconnais le talent quand je le vois. Je n'enseigne plus depuis des années, cela me manque cruellement, mais la vie en a décidé autrement. Si vous acceptez de vous lancer dans l'aventure, je vous offre mon parrainage de bon cœur.

Dans quel pétrin suis-je en train de me fourrer ?

— Merci, Stone.

— Je préfère vous le dire d'emblée, ce ne sera pas chose aisée. Des centaines de jeunes gens, avides de faire leurs preuves, vont présenter leurs projets, eux aussi. Il n'y a rien de pire que les hommes qui se lancent dans une noble cause.

— Qu'entendez-vous par là ?

Pour la première fois, une ombre passe sur son visage, soudainement las.

— Tous les coups seront permis. Nous tâcherons de garder votre candidature secrète autant que possible. Rien ne me déplaît plus, croyez-moi, mais je pense qu'il serait sage de présenter votre projet en tant que A. Langley. Ainsi, le jury ne vous jugera pas d'emblée sur votre sexe.

Je m'y attendais, mais venant d'un universitaire, la douleur de la remarque n'en est que plus vive.

— Tout cela, sans compter notre pire ennemi, ajoute Stone.

— Qui donc ?

J'imagine mal un homme aussi doux avoir des ennemis.

— Le temps.

L'annonce tombe comme une sentence. Malgré le crépitement discret du feu, un frisson me parcourt le dos. Silencieux comme à son habitude, Adrian fixe les flammes. Son regard glisse toutefois vers moi alors que je demande confirmation à son cousin :

— Le temps ?

— Un projet de cette envergure demande un travail considérable.

— Le travail ne me fait pas peur.

— C'est une bonne chose, mais comprenez-moi bien. Nous nous retrouverons dans des impasses, nous affronterons des tempêtes, nous échouerons. Ajoutez à cela que nous n'aurons certainement pas le plaisir régulier de votre compagnie, car je doute que vos parents approuvent votre participation.

Plus que le temps, j'ai tendance à croire que pour le moment, ce sont eux, mes pires ennemis. Je me redresse :

— Je raisonnerai mes parents.

Autant se jeter du London Bridge en espérant flotter, mais je ne veux pas donner l'impression de faire marche arrière. Je ne mesure sans doute pas la moitié des implications, mais je déclare :

— Je suis déterminée à essayer, peu importe ce que ça me coûtera. J'accepte votre parrainage avec joie, Stone.

Un sourire éclaire le visage de Stone et même celui de Miss Davies. Adrian lève son verre dans ma direction. Il semble ravi, lui aussi :

— Je vous souhaite toute la réussite possible, Agathe.

— Merci... Adrian.

Une fois enveloppée dans les draps, le poids réconfortant de l'édredon sur le corps, je repense à cette journée dans les moindres détails.

Ma présence dans cette étrange maison et la perspective du concours m'excitent au plus haut point, mais je redoute l'affrontement inéluctable avec mes parents. Une partie de moi attend ce moment, celui où je ne baisserai plus la tête.

L'autre partie le redoute.

4

BLOOMSTONE MANOR

Le lendemain matin, Stone, Adrian et moi nous retrouvons dans l'entrée alors que le jour se lève à peine. Je bénis Miss Davies d'avoir apporté ma veste doublée de fourrure, car le vent est vif. Elle m'accompagne jusqu'aux écuries, mais ne se promènera pas avec nous : elle a une sainte horreur des équidés.

Le bâtiment est situé derrière le manoir, dans un repli du terrain auquel on accède par un chemin de gravier clair. Stone a dû faire passer le mot, car trois chevaux déjà sellés nous attendent, un noir comme la suie, un bai et un gris à la crinière foncée. Adrian se dirige immédiatement vers le noir et lui flatte délicatement l'encolure. L'aristocrate s'empare des rênes du gris et me les tend :

— Vous monterez River, elle a bon caractère et le trot léger.

— Il y a plusieurs années que je n'ai pas monté, Stone.

— Ça reviendra vite, rassurez-vous. Nous irons doucement au début, le temps que vous repreniez vos marques. Oui, oui, j'arrive ! ajoute-t-il en s'approchant du troisième cheval qui commence à hennir.

Il sort une pomme de sa poche et la lui donne, tout en caressant doucement la fine ligne blanche qui court le long de son museau. Je n'arrive pas à déterminer qui de l'animal ou de Stone est le plus ravi de ce moment.

— Comet est vite jaloux, explique l'aristocrate.

— Ne l'écoutez pas, le coupe gentiment Adrian, déjà en selle. Ce cheval n'est pas jaloux, mais exigeant, car Stone cède à tous ses caprices depuis qu'il est poulain.

Pendant que le palefrenier m'aide à mettre le pied à l'étrier, l'intéressé confirme et ajoute :

— Qui n'a pas de point faible, je vous le demande.

Ma jument semble en effet de bonne composition et patiente le temps que je m'installe confortablement sur la selle. Nous partons vers le sud et l'entrée du parc. Stone me sert de guide :

— Le domaine s'étend sur trois miles de ce côté et deux miles et demi sur celui-ci.

— C'est immense !

— La forêt le recouvre presque entièrement. Nous n'entretenons que la maison et le jardin, ce qui est déjà considérable.

Nous contournons la petite butte arborée et avançons au pas jusqu'au hangar que j'ai remarqué en arrivant l'autre jour. En passant devant, Stone me montre la ferme, où un coq enroué chante l'aube au milieu de poules éparpillées.

— Vous ne le voyez pas, mais il y a également un grand carré potager et une serre qui permet de conserver les semis.

— Cela suffit-il à tous vous nourrir ?

— Pour les légumes, presque. Cela dépend des saisons et des années. Pour le reste, nous avons besoin du marché, comme tout le monde. Theodore et Gareth s'occupent du jardin, avec l'aide d'Alexander, que vous avez vu aux écuries, quand il a le temps.

Impressionnant.

À côté de moi, Adrian a les yeux fixés sur le ciel parsemé de nuages qui captent les derniers éclats roses de l'aurore. Aujourd'hui, l'automne a revêtu ses plus beaux atours. Les branches dénudées se découpent sur l'horizon et les sabots des chevaux foulent un sol jonché de feuilles brunes qui s'émiettent en crissant.

— Et si nous passions par le sentier qui longe le ruisseau ? propose Adrian.

— Excellente idée, approuve Stone. Nous avons bien fait de partir si tôt.

Adrian et moi franchissons à la suite de Stone un petit pont en pierre, derrière la ferme, et obliquons vers la gauche sur une piste qui s'enfonce dans les bois. Bientôt, la végétation nous enveloppe. La symphonie matinale des oiseaux se confond avec le murmure d'un ruisseau qui serpente à travers la forêt.

— Voilà quelque temps que je ne m'étais promené ici. Vous avez eu une idée brillante, mon ami, les couleurs sont splendides.

Je me retourne, mais Adrian reste silencieux, l'air rêveur dans le halo doré des hêtres et des ormes qui bordent le ruisseau. Nous cheminons ainsi jusqu'à ce que le sentier s'élargisse suffisamment pour que nous revenions les uns à la hauteur des autres. Nous ralentissons et Stone me reparle alors du concours :

— Je vous propose de commencer, dès cette après-midi, à réfléchir à votre sujet de recherche pour le concours. Le matin, je m'occupe en premier lieu de mes obligations commerciales.

Je ne l'avais pas imaginé en homme d'affaires.

— Vous êtes donc aussi chef d'entreprise ?

— C'est de famille. Je m'étais destiné à l'enseignement par vocation, mais la vie en a décidé autrement. De toute façon, il faut bien financer le domaine. Mes principales activités concernent les communications par télégraphe et les chemins de fer. Mon père a bâti toute sa fortune là-dessus et j'ai fait fructifier nos actions.

— Pourquoi avoir arrêté l'enseignement ?

— Une longue histoire, répond-il avec un sourire. Que je vous raconterai peut-être un jour.

Je reste polie, mais tout cela m'intrigue. Stone est une énigme : l'excentricité prédomine, son caractère, ses engagements – notamment envers moi – sont pour le moins saugrenus, mais derrière cette façade se cache quelqu'un de pragmatique et réfléchi. Plus j'apprends à le connaître, plus j'ai le sentiment qu'il ne laisse rien au hasard.

Nous ressortons du bois et je m'aperçois que nous avons fait le tour du parc.

— Je sens d'ici le petit déjeuner de Mrs Blackwood ! s'exclame Stone. Voilà leur maison ! Kenneth et Hazel sont ensemble depuis toujours, et je crois savoir que vous avez rencontré leur fille, Lucy.

Les cheveux roux auraient dû me mettre la puce à l'oreille. Il me montre un petit cottage ravissant, percé de fenêtres aux volets bleus, que nous contournons pour rentrer aux écuries.

Le silence d'Adrian commence à me décontenancer. Je ne sais presque rien de lui, à part sa formation à Oxford. Après que nous nous sommes changés et rafraîchis, je me retrouve assise en face de lui pour le petit déjeuner (gargantuesque) et profite de l'occasion :

— Et vous, Adrian ? Vous avez donc terminé vos études ?

Il relève la tête, un peu surpris, mais répond avec chaleur :

— Le cursus principal, oui, l'été dernier. Je trouve seulement dommage qu'il n'y ait que les lettres classiques à l'honneur. Tellement de belle littérature s'invente de nos jours, qu'on qualifie à tort de « populaire ».

Il semble s'illuminer. Est-ce le sujet ? Ou est-il ravi de mon intérêt pour son domaine d'études ?

— Vous cherchez donc une spécialisation ? Pourquoi n'êtes-vous pas resté à l'université, dans ce cas ?

Non, non, non ! Pourquoi ai-je dit ça ? Il va croire que je n'apprécie pas sa présence !

Son expression devient grave. Devant le regard outré que me jette Miss Davies, je m'empresse d'ajouter :

— Non pas que… Je suis désolée, je n'avais pas l'intention de…

Je m'empêtre dans un bredouillage piteux. Heureusement pour moi, il abrège vite mes souffrances :

— Votre question est légitime, ne vous excusez pas.

Il avale une gorgée de thé puis explique :

— J'ai pris une année sabbatique. Ma mère est morte il y a quelques mois et mon existence a de fait gagné en complexité. Je reste ici jusqu'à ce que les affaires en cours soient réglées.

— Je… je vous présente mes condoléances, Adrian. Je suis désolée d'avoir abordé ce sujet de façon aussi impromptue, à une heure aussi matinale.

Contre toute attente, il me sourit et plonge ses yeux noirs dans les miens.

— Je vous l'ai dit, il n'y a pas de mal.

Kenneth arrive alors avec le journal et une petite pile de lettres, tel un messager salvateur :

— Le courrier, Stone.

— Ah, parfait, merci !

Notre hôte délaisse le journal, s'empare d'une unique enveloppe bleue et rend le reste au majordome :

— Peux-tu laisser ceci sur mon bureau ? Cela peut attendre.

Il défait rapidement l'enveloppe et en sort la lettre qu'il lit avidement. Le nez dans mon assiette, je termine mes œufs brouillés en silence. Bien qu'elle soit à un mètre de moi, je sens la tension de Miss Davies. Elle va encore me reprendre pour mon manque de tact. Cette fois, j'en suis la première désolée : j'aurais très bien pu blesser Adrian et cette idée m'attriste.

Stone se redresse :

— Le devoir m'appelle, je serai dans mon bureau. Adrian, voudriez-vous montrer l'organisation de la bibliothèque à Agathe ? Vous y passez presque plus de temps que moi.

Le jeune homme approuve et vide sa tasse d'un trait.

— Avec plaisir. Miss Davies, Miss Agathe, quand cela vous arrangerait-il ?

Je croise brièvement le regard de ma gouvernante ; le sermon d'abord.

— Je vais chercher mon châle et si cela vous convient, nous pouvons nous retrouver dans dix minutes ?

— Excellent. À tout de suite.

Dix minutes pour un châle, c'est l'excuse la plus pitoyable que j'ai pu trouver. Heureusement que la maison est grande. Une fois dans la chambre, je n'y coupe pas :

— Quand allez-vous parvenir à maîtriser ce qui sort de votre bouche ? Ce pauvre garçon !

— Je suis vraiment désolée, je ne m'en suis pas rendu compte.

Miss Davies soupire :

— C'est bien le problème. Un jour, vous ne vous en tirerez pas si facilement et vous le paierez cher. J'ai déjà cru vous avoir perdue avec l'affaire Ravencourt, je vous en supplie, n'en rajoutez pas. Cette maison possède bien des charmes, je vous le concède, mais la vraie vie vous rattrapera dès que vous en sortirez. Ne l'oubliez pas.

— Oui. Vous avez raison.

Elle marque une pause avant de partir dans un rire doux :

— Et prenez donc votre châle, sinon toute cette mascarade n'aura servi à rien.

C'est ce que j'aime chez cette femme : elle sait être ferme sans se montrer revêche.

Au pied de l'escalier, elle s'aperçoit qu'elle a laissé son mouchoir dans sa chambre (« J'espère ne pas avoir attrapé froid en vous accompagnant voir ces bêtes de malheur ! »). Je m'avance donc seule vers la bibliothèque, dont la porte est déjà ouverte. Je m'arrête net. Je m'attendais à voir Adrian, mais Stone se tient près de Kenneth qui attise le feu dans la cheminée. Je ne discerne pas son visage, mais il garde la tête basse alors que le majordome semble le réconforter :

— Ce n'est que partie remise, Stone.

Je recule de quelques pas pour ne pas être vue et fais semblant de renifler une composition de fleurs coupées, au demeurant très réussie, en entendant Miss Davies redescendre. Qu'est-ce que tout cela veut dire ?

Cela a sans doute un lien avec la lettre de ce matin. Quand j'y repense, Stone est parti très vite et n'a pas terminé son assiette.

Adrian apparaît alors dans l'encadrement de la porte.

— Vous voilà.

Il s'efface pour m'inviter à entrer. Miss Davies s'installe dans un fauteuil et écoute, elle aussi, les explications du jeune homme. De sa belle voix grave, on dirait qu'il me raconte une histoire.

— Les ouvrages de sciences sont tous rangés ensemble, de ce panneau-ci à celui-là, m'indique-t-il.

Il doit bien y avoir six ou sept mètres de rayonnages. J'en ai la tête qui tourne.

— Je ne saurai vous dire exactement comment Stone a classé les volumes, si ce n'est par discipline, continue Adrian. Les ouvrages en langues étrangères sont ici, et pour ce qui est de la littérature, elle est bien entendu classée par auteur. Il s'agit du pan de mur derrière vous.

— Le pan de mur… entier ?!

Adrian sourit.

— Oui.

Je me laisse doucement tomber sur un siège. Adrian semble s'amuser de ma surprise, ses yeux pétillent :

— J'avoue que moi aussi, en arrivant ici, il m'a fallu plusieurs jours pour prendre la mesure de cette bibliothèque. La famille de Stone l'enrichit depuis plus d'un siècle. D'ailleurs, dans les vitrines, vous trouverez les volumes les plus anciens, et un ou deux incunables qui ont survécu jusqu'à nous. Je pourrai vous les montrer, à l'occasion.

— Volontiers.

Il retient un sourire et reprend son sérieux, indiquant les quelques rayonnages qui restent :

— Ici sont regroupées la philosophie et la poésie, ainsi que quelques ouvrages d'humanités. Il y a même des traités sur l'art, mais très peu en comparaison du reste.

Les mots me manquent et mon cœur bat la chamade. Je souffle :

— C'est impressionnant. Je...

— Prenez votre temps.

— Oui. Je... Merci, Adrian.

— Je vous laisse explorer. Au besoin, si vous me cherchez, je serai dans la salle de musique, au milieu du couloir.

— Il y a aussi une salle de musique ?

— Bien entendu. Jouez-vous, Agathe ?

Du coin de l'œil, je vois Miss Davies qui, en maniant son aiguille à broder, prend un air tendrement amusé. Autant être honnête :

— Mon piano ferait des ravages sur vos oreilles, en revanche, j'obtiens de bons résultats avec un violon. Et vous ?

— Je serai ravi de vous écouter. De mon côté, mon plus ancien souvenir remonte au jour où j'ai découvert le plaisir de jouer du piano. Au même titre que la lecture, je trouve beaucoup de réconfort dans la musique. Après tout, son but n'est-il pas de sublimer la puissance des émotions humaines ?

Sa remarque me fait frissonner. Dès qu'il parle de littérature, ou de musique, Adrian semble dégager une sorte de magnétisme qui communique la passion qui l'anime. Je me demande si je produis le même effet avec la physique. Je parviens à articuler :

— Si, en effet.

Mon trouble passe inaperçu et Adrian quitte la pièce. Je profite de quelques instants de contemplation silencieuse, puis m'installe pour lire pendant le reste de la matinée. Après être montée récupérer mon carnet, j'examine les ouvrages scientifiques qui pourraient m'inspirer pour trouver un sujet de recherche. Je note consciencieusement les références, titres, années de parution. C'est le concept même de bibliographie : citer précisément tout ce qui m'aura servi et dans quelle publication cela figure. Cela constituera la première partie du dossier que je rendrai pour le concours. Le modèle académique demande en effet de rappeler les bases des savoirs et les récentes découvertes avant d'élaborer une nouvelle théorie.

Je me perds si longtemps dans les rayonnages que Miss Davies s'assoupit, insensible à mon excitation qui ne fait que croître. Cette bibliothèque est une mine d'or ! Il faudrait plusieurs vies pour tout lire en détail. J'ai la sensation que chaque nouveau livre m'ouvre un océan de possibilités !

Un bruit me tire de ma rêverie. Est-ce que c'est moi, ou j'entends gratter ?

Je m'approche de la source. On dirait que ça vient de *l'intérieur du mur*. J'esquisse trois pas encore et tends l'oreille contre la cloison qui sépare la bibliothèque du bureau de Stone. Entre l'encadrement de la porte et une vitrine, je distingue une très légère ligne de démarcation.

« ... miaaaw ? »

— Lancelot ?

« Miaw. »

Je tire, pousse, rien n'y fait jusqu'à ce que j'essaie d'appuyer doucement sur la cloison qui émet un bref déclic et se dérobe. Lancelot sort de sa cachette, se frotte à mes jambes en plissant les yeux pour me remercier, et s'en va royalement.

À l'intérieur du passage, un recoin sombre semble s'encastrer dans ce que je devine être des placards muraux dans la pièce voisine. Sur la gauche, un couloir étroit et bas de plafond s'enfonce dans l'obscurité. Un corridor de service ? Je ne savais pas que cela se faisait encore – cela dit, le manoir est bâti sur une vieille construction, dont certaines parties ont peut-être été conservées. Au moins, il y en a un qui doit y trouver son compte de souris.

Après le déjeuner, mon hôte m'invite à le rejoindre dans un bureau d'étude, sous la garde de Miss Davies qui ne nous quitte pas d'une semelle. Je la soupçonne de vouloir compenser son absence pendant la promenade de ce matin.

— La physique est une vaste thématique, Agathe, nous avons de quoi faire pour vous trouver un sujet de recherche. Je suppose que vous désirez vous concentrer sur la mécanique céleste ?

— C'est de loin le domaine que je maîtrise le mieux. J'ai réfléchi à la question ce matin. Examiner toutes les parutions récentes ainsi que les ouvrages théoriques classiques me paraît judicieux, qu'en pensez-vous ? Nous éliminerions ce qui a déjà été étudié et je pourrais ainsi présenter un projet réellement innovant.

— Voilà ce que j'appelle raisonner en scientifique ! D'ailleurs, si mes calculs sont bons, j'aurai une ou deux surprises pour vous ce soir.

Une surprise ?

Il monte sur un escabeau et en redescend avec deux livres pendant que je digère encore son annonce. Je ne peux plus contenir cette question qui me hante depuis trois jours :

— Stone, puis-je vous demander quelque chose ?

Miss Davies a redressé la tête, la prudence est de mise.

— Je vous écoute.

— Pourquoi faites-vous tout cela pour moi ?

Il lâche la pile de livres dont les reliures en cuir étouffent le choc contre le bois du bureau.

— Je comprends vos doutes... Vous ne devez pas avoir l'habitude d'une telle attitude. Sachez tout d'abord que cela me fait plaisir. Je n'avais pas connu une telle émulation intellectuelle depuis des années. Entre Adrian qui dévore ma bibliothèque et vous qui participez au concours, vous n'imaginez pas à quel point la maison me paraît vivante. Et puis, je vous ai déjà dit que je regrettais mon passé de professeur. Cela me rappelle le bon vieux temps. Je ne vous cacherai pas que je tire moi-même quelque intérêt à ce concours, mais rien qui puisse vous mettre en fâcheuse posture, je vous l'assure. Je souhaite vraiment votre réussite, Agathe, et rien d'autre. À moins que...

Il a compris où je voulais en venir. Il penche la tête vers Miss Davies, qui retourne promptement à sa tapisserie, puis éclate de rire.

— Je vois. Ne vous inquiétez pas. Aussi charmante et talentueuse puissiez-vous être, mon amie, apprenez que mon cœur est déjà pris. Navré, Miss Davies, je crains de n'être d'aucun intérêt pour votre protégée !

Ma gouvernante sourit derrière son aiguille et l'étau dans ma poitrine se desserre.

OUF.

— Maintenant que vous êtes rassurée, Agathe, continue Stone, si nous en revenions à ce concours ?

J'attrape le premier livre qui me passe sous la main et m'installe sur une chaise. Le soulagement doit s'entendre dans ma voix :

— Avec joie.

Nous travaillons d'arrache-pied pendant plus de quatre heures et, heureusement, Kenneth nous apporte un plateau chargé de pâtisseries à l'heure du thé. Nous enchaînons jusqu'au dîner les lectures d'articles, discutons de théorèmes ou de théories éphémères, couvrant ainsi toutes les possibilités de sujet. La mécanique céleste est un domaine si vaste et il reste tant à découvrir !

Adrian a disparu au milieu de la journée pour ne réapparaître qu'au crépuscule et s'assoit dans un fauteuil avec un livre. Nous épluchons les pistes dans les œuvres de Newton, Lagrange et Kepler, mais rien de concret ne se profile à l'horizon. Constater que le travail de chaque scientifique classique a déjà été décortiqué sous tous les angles s'avère un peu frustrant. Je ne m'attendais pas à trouver d'un seul coup un sujet de recherche, mais entre mon arrivée ici, l'abondance de livres, et nos échanges si riches avec Stone, j'accuse une certaine fatigue émotionnelle.

— La période des recherches bibliographiques est à la fois la plus éprouvante et la plus efficace de toutes, me rassure l'aristocrate lorsque nous nous mettons à table. Nous avons éliminé tellement de théories aujourd'hui ! Quand nous en trouverons une que nous ne pourrons pas éluder, nous tiendrons une véritable piste. Kenneth, je crois que nous avons reçu du courrier ?

— Je vais vérifier de ce pas.

Il revient avec le journal du soir et un paquet plutôt volumineux qu'il pose à côté du maître de maison.

— Il y a aussi une lettre pour vous, Miss Agathe.

Une lettre pour moi ?

— Merci, Kenneth.

Je reconnais l'écriture de Mère.

— Veuillez m'excuser.

Je me lève et passe dans le petit salon pour la lire. Je me demande ce qu'elle veut alors qu'elle n'est partie que depuis deux jours. Ce n'est pas son genre de m'écrire pour prendre des nouvelles si vite.

Le 3 octobre 1898

Ma chère Agathe,

Nous sommes bien arrivés à Londres et le temps est affreux. Le Suffolk avait au moins l'avantage de nous faire oublier cet obscur brouillard. Éric et Euphemia se portent très bien et je dois reconnaître que ta sœur a fait du très beau travail avec sa maison. Son motif pour les coussins est un ravissement.

Je suis au regret de te dire que ton père a eu un entretien avec Lord Bancroft cette après-midi. Au fil de la conversation, ils en sont venus à discuter de Bloomstone Manor et de son propriétaire. Il se trouve que Lord Bancroft connaît bien Lord Stone et qu'il semblerait que sa réputation dépasse l'excentricité. Ton père n'est pas rentré dans les détails, bien évidemment. Après en avoir discuté, nous avons jugé plus sage que tu quittes cet endroit au plus vite si tu veux espérer préserver ton avenir et trouver un parti convenable.

Le mieux que tu puisses faire, c'est demander son aide à Miss Davies. Tu prétendras être souffrante et elle recommandera un retour immédiat à la maison pour ton confort. C'est le plus raisonnable.
Cette lettre te parviendra demain soir, si tout va bien. Je t'en conjure, ne t'entête pas pour quelques fantaisies de jeune fille et suis mon conseil. Je ne désire rien d'autre que ton bonheur.

Affectueusement,

K.L.

Le papier se plie tant la rage me fait serrer les doigts.

Depuis quand se soucie-t-elle de mon bonheur ? Elle n'a jamais compris que mon bonheur passe par la physique, la science et les livres. Tout cela lui importe peu : il faudrait que je me taise, que je me range, que je sois un double d'Euphemia, si douce, si féminine, si discrète, mais ce n'est pas moi !

Non, elle ne désire pas mon bonheur.

Elle ne s'intéresse qu'à ma réputation, et par extension, à la sienne.

« MIIAAAAAAW ! »

Lancelot s'avance vers moi, me détournant de ma colère. Je m'accroupis pour tenter une approche – ma grand-mère disait toujours que caresser son chat apaisait ses nerfs. Les flammes de la cheminée se reflètent dans ses yeux d'ambre. Du bout de la truffe, il renifle ma main avant d'y frotter joues et moustaches avec passion.

Je dissimule la lettre dans la poche de ma jupe. Je m'en occuperai plus tard ; on risque de se demander ce qui me prend autant de temps. Je retourne dans la salle à manger sous le regard interrogateur de Miss Davies. À côté de mon assiette, le paquet que Kenneth a apporté semble m'attendre. Devant ma perplexité, Stone me lance :

— Allez-y. Je les avais commandés pour vous.

Intriguée, je l'ouvre. Au toucher, on dirait un empilement de magazines féminins comme en lit ma sœur. Une petite dizaine, pas plus.

Quand je comprends de quoi il s'agit, les larmes me montent aux yeux malgré moi. J'essaie de remercier Stone, mais rien ne sort. À la place, c'est lui qui prend la parole :

— Tous les numéros des trois dernières années de l'*Astronomical Journal*. J'ai pensé que cela nous serait utile.

J'aimerais cacher mon émotion, mais mes mains tremblent. Ma décision est prise. Peu importe la prétendue réputation de Stone, peu importe la mienne.

Je ne parlerai à personne de cette lettre.

5

L'ÉCHANGE DE LIVRES

Pendant le dîner, j'ai du mal à garder contenance. À l'idée de la pile de magazines qui m'attend, mon cœur s'emballe, pourtant je sens la brûlure de la lettre de Mère contre ma hanche. Il me faudra trouver un mensonge plausible quant à son contenu, car Miss Davies voudra certainement savoir de quoi il retournait, au moins dans les grandes lignes. Je n'aime pas mentir, mais j'entends bien profiter de cette semaine, quoi qu'il m'en coûte.

La discussion s'avère légère, Adrian et Stone ne m'excluent jamais de leurs conversations et je dois reconnaître que cela change des soirées formelles et convenues où Père me traîne depuis des années. Ma gouvernante elle-même finit par se détendre et intervenir lorsque Adrian se lance dans un éloge des romans de mœurs – elle est assez friande de romance, même si elle le cache soigneusement. Stone s'amuse de leur échange et je ne m'en mêle pas ; je ne lis que très peu de romans. À la fin du repas, Stone se lève et suggère avec emphase :

— Si nous passions tous dans mon bureau pour terminer cette journée en beauté ?

Interloquée, je consulte discrètement mon chaperon qui hausse les épaules. Elle non plus ne s'attendait pas à ça. Je me retourne vers notre hôte :

— Pourquoi dans votre bureau ?

— Il me semble bien vous avoir promis plusieurs surprises.

Adrian me propose galamment son bras :

— Me feriez-vous l'honneur, Agathe ?

— Eh bien… je suppose.

Je pose ma main sur sa manche et il a l'air aussi à l'aise qu'un canari dans la gueule d'un chat. Nous suivons Stone jusqu'à la double porte au fond du couloir.

— Mon bureau pour les affaires.

La pièce est sobrement meublée d'un large bureau et de placards muraux où sont entreposés des cartons d'archives, des classeurs et des piles de dossiers. Le plus curieux, c'est cet escalier en colimaçon qui occupe tout un angle.

— Par ici, je vous prie.

Je délaisse le bras d'Adrian pour soulever délicatement ma jupe et monter les marches étroites et abruptes.

— Où est-ce que vous nous emmenez, Stone ?

Il attend d'être parvenu en haut avant de me répondre :

— Dans mon bureau privé.

Cette pièce n'a rien à voir avec la précédente ! Un feu d'enfer ronfle dans la cheminée, une longue table est couverte de feuilles et de cahiers remplis de notes à l'écriture serrée. Le mécanisme d'une maquette du système solaire tique et taque comme un métronome sur une commode, et dans les étagères vitrées s'alignent plusieurs instruments de mesure tous plus hétéroclites les uns que les autres. Un grand tableau d'écolier blanchi par la craie occupe un pan de mur près d'une seconde porte et un paravent dissimule une fenêtre. Je ne peux taire mon émerveillement :

— C'est un vrai laboratoire !

— Vous ne croyiez tout de même pas que j'allais laisser tout mon matériel à l'université ? Ah, te voilà, toi !

En tournant la tête, j'aperçois Lancelot, lascivement étendu sur une bonnetière. Je me rappelle soudain :

— Au fait, Stone, votre chat est rentré par la cloison mobile de la bibliothèque tout à l'heure. Imaginez ma surprise en entendant le mur miauler.

— Ah oui, la maison est truffée de passages dérobés et de vieux couloirs pour les domestiques. Celui que vous avez découvert passe par la cuisine et mène jusqu'aux écuries.

— Si loin ?

— Mon père avait une paranoïa latente.

Adrian s'éclaircit la gorge :

— Il y a d'autres passages un peu partout dans la structure du rez-de-chaussée. Certains sont en mauvais état. Faites très attention.

— Serait-ce un défi, Adrian ?

Un sourire en coin étire ses lèvres et je décèle dans ses yeux noirs une lueur de malice.

— C'est tentant, mais je dois décliner par fair-play : j'ai consulté les plans du manoir.

Stone sort d'un placard quatre verres et une bouteille de sherry.

— Un sherry à cette heure-ci ? Après dîner ? feint de s'offusquer Miss Davies.

— Au diable les conventions, Miss Davies ! Agathe, veuillez revêtir ceci, vous serez en première ligne et je ne voudrais pas que vous attrapiez froid.

Il me tend un lourd manteau doublé que j'enfile dubitativement. Adrian me regarde me débattre avec les manches trop longues, l'air presque attendri.

Attendri ?

Stone passe derrière le paravent et je l'entends ouvrir la fenêtre. Une bourrasque froide, apportant une légère odeur de feu de bois, s'engouffre dans la pièce. Je comprends mieux l'utilité du manteau.

— Stone, qu'est-ce que vous mijotez ?

— Adrian, voudriez-vous baisser les lumières, je vous prie ? Agathe, ma chère, avancez-vous par ici.

Il replie le paravent et je me fige, stupéfaite.

— Mais c'est une…

— Vous m'avez dit la dernière fois ne jamais avoir eu le plaisir de contempler les étoiles.

Je hoche la tête pour compenser ma piteuse éloquence. Stone prend place devant la lunette et colle son œil contre l'appareil :

— Encore deux ou trois ajustements… et voilà !

L'aristocrate me tend la main et se lève pour me laisser le champ libre.

— Il serait dommage de manquer le spectacle. Après vous !

Je m'assois dans le froid, la gorge sèche. Moi qui pensais déjà avoir eu mon lot d'émotions pour la soirée…

Mon œil, posé contre l'oculaire, n'observe pour le moment que l'obscurité. En me repositionnant, je perçois brièvement un éclair jaune très pâle. Je cherche doucement à le retrouver quand soudain, je la vois.

Saturne déploie ses anneaux au milieu du vide spatial. Aucune gravure ne lui rend justice. La planète s'incline face au soleil et je distingue la division de Cassini, cette ligne sombre au centre de l'agglomérat de particules.

Je sens une pression sur mon bras et me détache à grand-peine de la lunette. Miss Davies sourit en me tendant son mouchoir, et je me rends compte que je pleure.

— Mon Dieu, je suis désolée, dis-je en m'essuyant les joues.

— Ne le soyez pas, mon amie, me rassure Stone. Je me souviendrai toujours de mon émotion la première fois que j'ai vu Saturne. Désirez-vous que je vous montre autre chose ?

— Attendez encore un peu.

Je me repais de la vue pendant plusieurs longues minutes. Cela dépasse de loin tous mes rêves les plus fous, elle semble si près !

— Tout cela devient si proche, si réel, Stone, je pourrais presque la toucher ! Vous ne vous rendez pas compte, c'est... j'en perds mes mots !

Il m'explique le fonctionnement de base de la lunette, mais je me retrouve vite frigorifiée malgré le manteau. Une fois la fenêtre refermée, je rejoins Adrian près de la cheminée. Le jeune homme me tend mon verre de sherry :

— Cela vous réchauffera. Je ne sais pas comment fait Stone, mais il arrive à rester dans le froid pendant des heures.

Je le comprends. Je veux bien geler sur place si c'est pour profiter d'une telle vue.

— Aimez-vous aussi regarder les étoiles, Adrian ?

— Je trouve cela joli et poétique, mais mon intérêt s'arrête là. Je crains de ne pas y voir la magie que vous leur attribuez.

— Aussi sublimes soient-elles, ce ne sont que des amas de roches, de poussières, de gaz et de particules, dis-je alors que le sherry commence à répandre une douce chaleur au creux de mon estomac. Il n'y a rien de magique là-dedans.

Il se rapproche et répond à voix basse, presque un chuchotement :

— Pourtant, à vous entendre, on dirait que si.

Un frisson me parcourt. Stone esquisse un sourire et Miss Davies, d'un geste empressé, me recouvre de son propre gilet.

— Je crois que nous devrions nous retirer, Agathe, vous avez besoin de vous mettre au chaud.

Je n'ai pourtant pas si froid.

— Vous avez sans doute raison. Stone, je ne sais comment vous remercier.

— Tout le plaisir était pour moi.

— Bonne nuit à vous deux.

Adrian incline poliment la tête et ma gouvernante m'entraîne jusqu'à nos chambres. Elle m'installe devant le feu le temps d'aller chercher mes vêtements de nuit. Une bonne âme, Kenneth ou Lucy peut-être, a déposé les exemplaires de l'*Astronomical Journal* sur le secrétaire.

— Au fait, me demande Miss Davies, de qui venait la lettre que vous avez reçue ?

— Oh, euh… de Mère.

— Rien de grave, j'espère ?

Je tente un innocent :

— Pas le moins du monde, elle me donnait des nouvelles de Londres et souhaitait s'assurer que tout allait bien pour nous. Sans surprise, Euphemia fait des merveilles en tant que maîtresse de maison.

— Tant mieux, se réjouit-elle. Je vous laisse pour ce soir ?

— Merci, Miss Davies.

La porte de sa chambre se referme sur elle. Je sors la lettre de Mère de ma poche et, après un instant d'hésitation, la regarde se racornir puis se consumer dans les flammes.

Les quatre jours suivants ont tout d'un rêve éveillé. Je ne fais aucune activité recommandable pour une jeune fille et passe le plus clair de mon temps entre la bibliothèque et le bureau de Stone. Miss Davies a rendu les armes hier soir, lassée de nous entendre divaguer dans un langage qui lui est incompréhensible, et profite donc des conseils de Kenneth en horticulture d'intérieur. Le majordome règne en maître sur le jardin d'hiver.

Stone et moi avons attaqué le travail sur les revues dès le lendemain de la séance d'observation nocturne. Je n'ai encore aucune piste qui me permette vraiment de me lancer sur un sujet bien défini. Aucune inspiration divine ne m'est tombée dessus et aucun raisonnement ne se tient sur la durée. Je commence à comprendre ce que voulait dire Stone sur le facteur temps.

Tout ce qui semble humainement faisable a déjà été exploité, ou du moins envisagé. Stone n'arrête pas de me dire qu'il faut se montrer plus audacieux, mais je ne vois pas comment. On ne peut pas changer les lois de l'univers. Alors, en attendant de trouver une nouvelle idée à creuser, je me rassasie de rapports scientifiques, de traités de mécanique et de publications d'astronomes réputés. Le soir, nous discutons avancées et technologies – Stone m'a expliqué en détail le fonctionnement d'un télégraphe –, mais aussi de différents concepts de modernité dans tous les domaines possibles, y compris en littérature avec Adrian.

Si Stone se révèle sans me surprendre davantage, son cousin m'intrigue de plus en plus. Son attitude taciturne est tout à fait justifiée par les circonstances, mais j'ai le sentiment que cela va plus loin. Il demeure en permanence sur la retenue, comme s'il craignait que sa seule présence ne pose problème. Nous avons effectué deux autres promenades à cheval dans le parc les jours où le temps le permettait, car les orages d'automne sont arrivés. Chaque fois, il est resté contemplatif et ne s'est guère mêlé à la conversation. Adrian ne prend réellement part aux débats que lorsqu'il s'agit de littérature ou de musique, d'art sous toutes ses formes. Dans ces moments-là, le changement de tempérament est frappant : il rayonne, sa voix résonne dans sa poitrine et envahit la pièce. Le plus étrange, toutefois, c'est qu'il disparaît mystérieusement juste après le déjeuner, au moment où Stone et moi nous mettons au travail, jusqu'à environ 16 heures. Je n'ai pas encore trouvé la raison de ces absences.

De manière générale, si le fonctionnement de Bloomstone Manor m'a d'abord surprise, je m'y suis habituée. L'autre jour, j'ai par mégarde interrompu une séance de papotage entre Miss Cherry, ses deux filles, Clara et Ruth, et Tillie. Elles prenaient le thé dans le petit salon tout en rectifiant les ourlets d'une robe. J'avoue avoir été choquée, au premier abord, de voir des domestiques s'approprier ainsi les espaces de la maison, mais en réalité, cela apporte la vie dont nous manquons tant à Chester House. À bien y réfléchir, tout semble plus authentique, plus humain.

Stone et moi avons discuté d'astrométrie toute l'après-midi et quand arrive l'heure du dîner, j'ai la tête pleine d'estimations, de mesures de planètes, de rapports de tailles, de proportions. Le sujet en lui-même est fascinant, mais jongler avec des échelles aussi énormes demande un effort d'imagination colossal. L'esprit humain n'est pas conçu pour se représenter mentalement l'infiniment grand.

Adrian nous parle de sa lecture du moment. Quand je reconnais que je ne lis que très peu de romans, il s'en étonne. Il semble que cela lui soit aussi indispensable que de respirer. Je trouve cela touchant, d'une certaine manière.

— À ce propos, j'ai un projet à vous soumettre, nous interrompt Stone. Puisque vos lectures divergent du fait de vos inclinations personnelles, que diriez-vous d'en échanger quelques-unes ? Agathe, vous recommanderiez certains livres à portée scientifique à Adrian, et il vous proposerait certains des romans qui lui semblent pertinents pour vous.

Adrian et moi nous dévisageons.

— Ma foi, l'idée me plaît ! s'enthousiasme le jeune homme.

J'accepte le défi.

— À moi aussi. Adrian, lisez-vous le français ?

— Oui, pourquoi ? Auriez-vous déjà un livre en tête ?

— À vrai dire, oui, car je l'ai vu dans la bibliothèque ce matin. Un ouvrage remarquable d'un scientifique belge, Adolphe Quetelet, *Sciences mathématiques et physiques au commencement du XIXe siècle*. Il se concentre bien sûr sur les études belges, mais dresse néanmoins un panorama plutôt réaliste de la compréhension que nous avons de notre univers et de la façon dont les scientifiques d'aujourd'hui expliquent ce que les civilisations précédentes avaient deviné. Qu'en dites-vous ?

— Cela me paraît approprié. À mon tour, si vous permettez. Avez-vous lu *Frankenstein ou le Prométhée moderne* de Mary Shelley ?

— Cela va de soi !

— Dans ce cas, je vous propose *L'Étrange Cas du Dr Jekyll et de Mr Hyde* de Robert Louis Stevenson, l'histoire d'un docteur qui trouve un moyen de diviser son âme entre le péché et la vertu.

— Choix judicieux ! s'exclame Stone. Figurez-vous que je l'ai relu il n'y a pas dix jours ! Qu'en dites-vous, Agathe ?

— J'accepte !

Nous venons à peine de terminer une délicieuse tarte aux canneberges que notre hôte nous entraîne solennellement dans la bibliothèque, y attrape les deux livres choisis et nous les tend. Face à face, Adrian et moi procédons à l'échange ; j'ai l'impression de me trouver dans un de ces contes où une prophétie se réalise.

Une fois couchée, j'hésite entre le dernier numéro de l'*Astronomical Journal* et le roman. Si le premier est une valeur sûre, le second pique ma curiosité. Je m'installe donc dans mes coussins et commence par le récit d'un certain Utterson, notaire londonien de son état.

Malgré la qualité indéniable du texte, je sommeille au bout de quelques chapitres. Je referme le livre et m'apprête à éteindre lorsque je remarque quelque chose qui dépasse des pages. Je tire une petite feuille de papier à lettres, pliée en deux, couverte d'une écriture élégante et soignée :

Parler ou mourir, car je ne peux plus me taire.
Je n'aurais jamais songé que ce serait là mon destin. Je croyais échapper à tout ceci. Aux yeux de tous, y compris aux miens, je n'aspirais qu'à une vie paisible. Je ne souhaitais qu'une chose : demeurer invisible, loin de tout, loin de tous, jusqu'à ce que vos yeux se posent sur moi.
Auriez-vous volé mon cœur en même temps que mes mots ? Je n'ose prononcer celui qui me vient en tête lorsque je pense à vous.

Un autre jour, peut-être.
Qu'allez-vous donc faire de moi ?

À vous, à jamais.

— Qu'est-ce que… ?

D'où cela peut-il venir ? À qui cette lettre s'adresse-t-elle ? Que fait-elle ici ? Est-ce une lettre de Stone à une femme ? D'une femme à Stone ? Est-ce à elle que l'aristocrate faisait allusion, lorsqu'il a avoué que son cœur était déjà pris ?

Je n'aurais peut-être pas dû la lire, mais enfin, je l'ai trouvée au hasard d'un livre, je ne pouvais pas savoir.

Comment dormir après cela ?

6

LA TÊTE DANS LES ÉTOILES

Je remets la lettre au milieu des pages, un peu honteuse. Ces questions tournent en boucle dans ma tête, à tel point que l'insomnie me guette. J'ai déjà plongé ma chambre dans l'obscurité quand elle me trouve. Je me redresse pour boire un verre d'eau et mes yeux se posent sur la fenêtre qui donne sur le jardin. Par l'interstice entre les rideaux, je devine la clarté des étoiles dans la nuit.

Oh, il me vient une idée. Il y a des années que je n'ai pas fait ça.

Je tends l'oreille, vérifie que Miss Davies dort à poings fermés et m'empare de mon manteau. Je l'enfile par-dessus ma tenue de nuit, puis ouvre la porte avec précaution et descends l'escalier, le bruit de mes pas étouffés par le tapis. Je gagne l'entrée et sors dans le parc.

Je frissonne légèrement et relève le col de mon vêtement. Les yeux vers le ciel, je sens un sourire se dessiner malgré moi sur mon visage.

Je m'assois dans l'herbe et profite de chaque sensation : le froid et l'humidité de la terre, l'odeur des feux de cheminée, le vent de la nuit qui apporte les parfums de l'automne et le hululement doux d'une chouette dans la forêt. Au-dessus de moi scintillent des milliards d'étoiles. Elles luisent si fort que j'en ai le vertige. On dirait qu'elles sont vivantes et chuchotent des poèmes connus d'elles seules. Je me laisse submerger, perdue dans la contemplation de cette immensité silencieuse, faite d'éclats de lumière fragile.

Pour moi, c'est aussi cela, la physique, ces instants volés à mes obligations de jeune fille sage et dévouée. Je ne suis moi-même qu'à deux endroits : au milieu des livres et sous le ciel nocturne, rêvant de toucher les étoiles. L'air froid me pique les yeux, qui ne savent plus où regarder tant il y a à voir. Lorsque je m'assieds par terre, la connexion au monde n'en devient que plus intense.

Tant de choses restent à découvrir, que nous ne soupçonnons même pas. Cette pensée me redonne espoir. Parmi toutes ces hypothèses, l'une d'elles est faite pour moi. Forcément. Je n'ai plus qu'à la trouver.

— Vous allez attraper froid.

Je sursaute dans un petit cri et me retourne.

— Adrian ?!

Il porte un épais manteau de laine et tient une grande tasse fumante dans chaque main. Il m'en donne une :

— Je me suis permis d'ajouter une pointe de citron, il me semble que c'est comme ça que vous aimez votre thé.

En attrapant avec précaution la porcelaine brûlante, je me souviens soudain que je suis toujours en tenue de nuit sous mon manteau. Le rouge me monte aux joues, mais heureusement, il ne remarque rien. Il s'assoit à son tour, à une distance tout à fait respectueuse, et me tend une couverture à carreaux :

— Tenez.

— ... Merci.

Jamais je ne me suis retrouvée seule avec un homme. Si Miss Davies me voyait ! Elle nous ramènerait derechef à Chester House et je n'en ressortirais que dans un an au moins !

— Vous cherchez vos réponses dans le ciel nocturne ?

Cette voix qu'il a.

— En l'occurrence, je cherche plutôt une question.

Je drape la couverture autour de moi et observe Adrian à la dérobée. Pourquoi est-il là ? Mon interrogation doit se lire sur mon visage, car il explique :

— Je rangeais un livre dans la bibliothèque quand j'ai entendu la porte d'entrée, puis je vous ai vue traverser la pelouse. Je n'allais pas vous laisser seule dans le froid.

Je bois une gorgée brûlante de thé, parfaitement citronnée.

— Merci pour le thé.

— La bouilloire est encore sur le feu, si besoin.

Je me retourne vers lui.

— Vous voulez dire que… vous l'avez préparé vous-même ?

Son sourire se devine derrière le col haut de son manteau.

— Cela vous étonne.

— Un gentleman qui prépare du thé… ce n'est pas ordinaire.

Cette phrase a été si difficile à prononcer que je relève le nez vers le ciel pour me donner une contenance. Il semblerait que cet homme n'ait rien de commun avec tous ceux que j'ai pu croiser dans ma vie. D'un côté, il m'intimide, et de l'autre, la douceur qui émane de lui m'incite à lui faire confiance et à simplement profiter d'avoir quelqu'un avec moi pour regarder les étoiles, pour une fois.

— Il n'y a pas de mots pour décrire ce que l'on ressent devant ce spectacle, n'est-ce pas ? demande Adrian. Faites-vous cela souvent ?

— Non. La dernière fois, c'était il y a des années.

— Pourquoi donc ?

Le cœur battant, je me surprends à répondre la pure vérité :

— Je suppose que je ne me l'autorisais pas. Cela fait longtemps que je n'ai pas joui d'une telle liberté. Cet endroit… m'offre des possibilités que je n'aurais jamais osé imaginer. Votre cousin y est pour beaucoup. Je ne sais pas comment le remercier.

— Si cela peut vous rassurer, il est ravi de vous avoir ici. Cela lui fait de la compagnie en plus de la mienne. Il faut dire que nous ne recevons pas grand monde.

— Votre père ne vous rend donc jamais visite ?

Adrian se retourne vers moi.

— Et si vous me parliez plutôt de vos recherches ?

Il a éludé la question sur sa famille si vite que je préfère ne pas insister.

— Il reste tant de mystères à résoudre dans l'univers. J'ai déjà épluché des dizaines de livres et d'articles. C'est passionnant, et j'apprends énormément, mais pour le moment, je dois avouer que j'élimine plus de théories que je n'en trouve de nouvelles. Le temps commence à manquer. J'espérais trouver une inspiration, ce soir. J'ai accès à la lunette de Stone, certes, toutefois sa puissance limite mes expérimentations et mes possibilités d'observation. Non, je dois plutôt miser sur mes capacités de raisonnement, c'est dans ce domaine que j'ai le plus de chance de m'illustrer en formulant une théorie. La mécanique céleste s'y prête particulièrement. À moi maintenant de prouver l'existence de… quelque chose qui n'a encore jamais été découvert.

— Une nouvelle étoile ? propose le jeune homme, et je ne retiens pas un petit rire.

— Ce serait le comble du bonheur. Je n'en demande pas tant, je n'ai pas cette prétention.

Après une pause, je murmure :

— Je me sens si petite face à tout ça, si insignifiante, et en même temps, c'est si exaltant. Je ne sais pas si vous saisissez.

Qu'est-ce qui me prend de raconter cela à quelqu'un que je connais si peu ? Cela ne le regarde en rien et je doute que mes états d'âme aient le moindre intérêt à ses yeux. Pourtant, Adrian réfléchit, puis souffle :

— Une sorte de vertige ? Comme quand je pense à tous les livres qu'il me reste à lire, ainsi qu'à tous ceux qui n'ont pas encore été écrits. Est-ce cela dont vous parlez ?

La comparaison me paraît insuffisante, mais je ne sais pas comment le lui avouer. En outre, Miss Davies me dirait que ces mots n'ont pas vraiment leur place dans la bouche d'une femme.

Tant pis.

J'inspire et explique :

— Ce que je veux dire, c'est qu'il n'y a pas que mes recherches qui m'amènent ici ce soir. C'est un sentiment plus général, une recherche... d'intensité, si vous préférez. Ce qui se passe ici, le concours, tout cela...

Je soupire et termine :

— ... tout cela n'a rien à voir avec la vie que mes parents veulent m'offrir.

Son ton est étrange lorsqu'il reprend la parole, après quelques minutes, les yeux perdus dans la myriade d'étoiles au-dessus de nous.

— Je comprends très bien ce que vous voulez dire. Votre univers se compose d'étoiles, le mien est fait de mots. L'immensité de ces univers reflète le décalage entre ce que nous savons être possible et les limites réelles de nos existences. Et pourtant, dans ces moments, vous vous prenez à espérer qu'il en soit autrement.

Sur ces paroles nous restons silencieux l'un et l'autre, à regarder le ciel. Les mots d'Adrian résonnent en moi comme jamais. Se doute-t-il qu'il a mis le doigt sur ce qui me fait le plus mal ? Savoir que cette semaine se terminera, avec ou sans projet pour le concours, et que je retrouverai la froideur et la solitude de Chester House où mes parents dénigreront la seule chose pour laquelle j'ai du talent ? Se sent-il aussi exclu que moi ? Aussi piégé ? Mais piégé dans quoi ? En tant qu'homme, il peut faire ce que bon lui semble, surtout avec un cousin fortuné et libre comme Stone !

Mon esprit élude le sujet pour le moment et je m'efforce de me concentrer sur mon problème initial. Toutefois, je n'y parviens pas vraiment, car je dois bien reconnaître qu'avoir de la compagnie est plaisant.

— Je vous laisse à vos réflexions. Souhaitez-vous une autre tasse de thé ? dit-il en se relevant.

Je suis presque déçue qu'il s'en aille si vite. Allons, Agathe, ressaisis-toi.

— Non, je vous remercie. Merci beaucoup.

Il sourit :

— Je vous en prie. Merci à vous.

— De quoi donc ?

— Pour les étoiles. Et le reste. Bonne nuit, Agathe.

— Bonne nuit, Adrian.

Il s'éloigne et je me perds dans la contemplation des constellations quelques minutes encore. Puis je rentre et me faufile jusqu'à ma chambre vers 1 heure du matin, paisible et sereine comme je l'ai rarement été.

C'est l'esprit encore un peu rêveur que je gagne la bibliothèque le lendemain matin. Dehors, de gros nuages noirs s'annoncent à l'horizon, mais pour l'heure, le soleil inonde la pièce et me réchauffe jusqu'à la moelle. Quelques particules de poussière flottent autour des rayonnages et dansent à la moindre caresse d'un rai de lumière. Le feu de la matinée a beau s'être éteint, des braises vivotent encore sous les cendres en petites lueurs ambrées, et son odeur se mêle à celle, si caractéristique, de l'encre et du papier.

Je repense à la nuit dernière et me dis que cette soirée dépasse de loin toutes les réceptions auxquelles j'ai pu être conviée à Londres. Adrian est décidément surprenant. Sa douceur semble si naturelle, cela me trouble plus que je ne voudrais l'admettre. Il faut également reconnaître que le spectacle des étoiles était éblouissant. Cette ambiance aurait subjugué n'importe qui.

Je retourne à ma lecture. Les pages de l'*Astronomical Journal* ont un toucher incomparable sous mes doigts, à la fois doux et granuleux, et une couleur grisée que d'aucuns qualifieraient de terne, mais que j'adore.

Les articles traitent ici de la création d'un nouvel observatoire, là, d'un rapport sur Vénus. Un dossier entier est consacré à la lunette révolutionnaire mise au point par les Allemands, dont l'installation est prévue pour l'année prochaine à Potsdam. Un encart dans les pages de brèves attire mon attention : apparemment, un groupe d'astronomes français a mesuré une suite de perturbations orbitales sur les ellipses d'Uranus et de Neptune.

Je me redresse sur la méridienne et relis plusieurs fois les deux petits paragraphes. Grâce aux théories de Newton, ce sont ces mêmes perturbations orbitales qui ont mené Alexis Bouvard puis Urbain Le Verrier à découvrir Neptune il y a cinquante ans. Ce dernier a établi un modèle mathématique qui a permis de prédire la présence de la planète en fonction de la force qu'elle exerçait sur l'orbite d'Uranus.

Dans ce cas, pourquoi les perturbations persistent-elles, y compris sur Neptune, la dernière planète du système solaire ?

De fait… est-elle véritablement la dernière ?

Tout d'un coup, le soleil me donne trop chaud. Mon esprit s'emplit de théories, de souvenirs de lectures, d'équations, de représentations schématiques. J'en deviens incapable de parler : je réfléchis trop vite pour pouvoir articuler. Mes yeux parcourent les rayonnages. Je n'ai pas le temps de tout fouiller toute seule. J'appelle alors, d'une voix bien trop aiguë :

— Stone ! Stooone !

Celui-ci ouvre en grand la porte de son bureau, surpris.

— Tout va bien ?

— Je crois que j'ai trouvé ! Stone, j'ai trouvé ! Avez-vous des livres sur les travaux de Bouvard et la découverte de Neptune ? Les calculs de Le Verrier ? Sur les publications de George Forbes ? Oh, et aussi sur les comptes rendus d'observation des comètes de ce Français… comment s'appelle-t-il, déjà ? Mais si ! Camille Flammarion !

— Moins vite, Agathe, moins vite !

Mais mon enthousiasme semble l'enchanter. Il ajoute :

— Oui, je dois avoir ça. Sinon, je connais un très bon libraire à Londres.

Il s'empare de l'échelle et grimpe jusqu'au milieu des étagères. Adrian fait irruption dans l'entrée :

— Que se passe-t-il ?

— Je crois que j'ai trouvé mon sujet pour le concours !

Il sourit et s'apprête à me répondre quand Miss Davies arrive du jardin d'hiver :

— Agathe, enfin, que se passe-t-il qui justifie des hurlements pareils ?!

— Rien de grave, au contraire. Miss Agathe semble avoir trouvé son sujet, tempère Stone du haut de son perchoir. Tenez, attrapez ces livres. Je suis déjà tombé de cette échelle une fois et je préférerais ne pas renouveler l'expérience. Maintenant, veuillez m'expliquer de quoi il retourne.

Je lui montre l'encart dans l'*Astronomical Journal* et me lance dans une argumentation enflammée, sous les yeux ébahis d'Adrian et de Miss Davies. Stone hoche la tête, concentré tout au long de mon monologue, et quand je termine enfin, à bout de souffle, il me demande posément :

— Donc, si je vous suis bien, vous voudriez qu'on tente de prouver qu'il existe une neuvième planète dans notre système solaire, au-delà de Neptune ? Cela va être extrêmement difficile, pour ne pas dire impossible. Neptune est à peine observable, et seulement avec quelques instruments très rares et dans des conditions idéales.

— C'est là toute la nuance ! Rappelez-vous le règlement du concours. Il ne s'agit pas de prouver qu'elle existe, il s'agit de démontrer que cette hypothèse est mathématiquement vérifiable. Il nous suffirait de reprendre les travaux de Le Verrier et des autres et de les adapter à la situation. Ce n'est rien d'autre qu'une énorme équation à de multiples inconnues ! Alors, qu'en dites-vous ?

Stone fronce les sourcils et je retiens mon souffle. Je devine presque les rouages de son cerveau qui s'activent à toute vitesse. J'espère qu'il ne va pas anéantir mon raisonnement en trois objections pertinentes.

— J'en dis que nous pouvons commencer la bibliographie.

Un « Oui ! » surexcité m'échappe. Je dois avoir l'air d'une folle, mais je m'en moque, une joie débordante m'envahit. Ma gouvernante désapprouve mon comportement mais ne fait aucune remarque, car Stone enchaîne :

— Bravo, Agathe. Votre proposition est audacieuse sans pour autant être irréaliste. Je n'en attendais pas moins de vous. Votre émotion fait plaisir à voir.

— Félicitations, me congratule Adrian. Je vous souhaite tout le succès du monde.

Il a l'air réellement ému pour moi et j'en suis très touchée, car après notre échange nocturne, je sais qu'il est sincère.

Pour ma dernière nuit ici, et pour fêter mon sujet, Stone a proposé un dîner de gala informel. Miss Davies a donc repassé ma robe de soirée rouge « car sa couleur est parfaite pour l'automne ! ». Elle s'échine maintenant à vérifier qu'il n'y ait aucun faux pli, surtout sur les mancherons. Lucy est venue à notre secours pour la coiffure. Malgré les tresses entrelacées, elle se débat avec mes boucles et les épingles depuis une bonne demi-heure :

— Miss, je crois que je vais laisser ces deux dernières mèches tranquilles. Je crains qu'elles ne tiennent pas. Vous avez les traits fins et le visage plutôt rond, ça le mettra en valeur. Je vais juste ajouter un ruban assorti à la robe pour le faire retomber sur votre nuque, ce sera joli comme tout !

Je la sens glisser quelque chose dans l'inextricable entremêlement de barrettes et le nouer avec des gestes aériens.

— Voilà. Qu'en pensez-vous ?

Face au miroir, je peine à en croire mes yeux. Je n'ai jamais eu de coiffure aussi élaborée depuis qu'une des amies d'Euphemia s'était entraînée sur moi. Le ruban contraste avec le brun de mes cheveux et les deux mèches rebelles descendent juste au-dessus de ma clavicule. À bien y regarder, je me trouve quelque chose de changé, mais quoi ?

— Merci beaucoup, Lucy, c'est splendide !

— C'est vous qui êtes splendide, Miss. Vous avez des yeux…, on dirait une prairie au printemps, et vos mains sont d'une finesse, j'en suis presque jalouse ! me taquine-t-elle.

— Peut-être, en attendant, je suis incapable de me coiffer toute seule.

Ces échanges francs vont me manquer.

— Agathe, nous interrompt Miss Davies, nous y allons ?

J'enfile mes gants et nous retrouvons nos hôtes dans le vestibule, tous deux très élégamment vêtus. Stone porte une extravagante veste bleu marine et son cousin un costume noir parfaitement cintré à la taille – on le croirait cousu sur lui. Il me fixe avec une drôle de lueur dans les yeux…

— Agathe, ma chère, vous êtes éblouissante ! s'écrie Stone. Cette couleur vous va à ravir ! Malgré la saison, vous feriez de l'ombre au plus noble des érables !

Il tend le bras vers ma gouvernante.

— Miss Davies, m'accorderiez-vous le plaisir de vous escorter jusqu'à la salle à manger ?

Celle-ci accepte volontiers l'offre de Stone en rougissant légèrement. Adrian s'avance enfin vers moi et je glisse mon bras contre le sien.

Mrs Blackwood s'est surpassée et son mari a dressé une table digne d'un grand restaurant. Au milieu du dîner, la discussion bifurque sur ce que Stone appelle « l'éternel débat », à savoir celui qui oppose les sciences et les lettres, et qui nous a déjà occupés de nombreuses heures ces derniers jours :

— Je reconnais volontiers que sciences et arts doivent marcher main dans la main pour le progrès de l'humanité, mais à tout rationaliser, on enlève le mystère de l'inconnu, la poésie de la nature, argumente Adrian.

Je proteste :

— Nous devrions donc demeurer ignorants, mais poètes ? Le monde est rempli de choses que nous ne comprenons pas encore. Qu'est-ce qui repose au fond des océans ? Comment se forment les planètes ? Ne comprenez-vous pas que ces découvertes forgent les rêves de demain ?

— L'homme lui-même ne change pas. Les préoccupations quotidiennes, les passions, les élans de l'âme, les trahisons, les guerres, cela n'en reste pas moins vrai. Prenez le sentiment amoureux, par exemple. Comment pourriez-vous le décortiquer comme on dissèque un insecte tout en préservant ses arcanes, son charme, sa profondeur, sa plénitude ? Ce serait d'une tristesse que je me refuse à imaginer.

— C'est là toute la beauté de la démarche scientifique, Adrian. Elle demande de la passion, oui, mais aussi de la rigueur et de la discipline. Elle éclaire le moindre évènement, l'explique, lui donne une raison d'être ; je trouve cela rassurant.

Stone s'éclaircit la voix et intervient :

— Ma chère, je suis on ne peut plus d'accord avec vous, à un détail près. La science requiert en effet rigueur, discipline, organisation, mais elle demande aussi beaucoup d'imagination. Comment découvrir, innover, si notre esprit ne voit pas plus loin que ce qui a déjà été fait ? En cela, la littérature est une bénédiction.

Cette remarque a le mérite de nous faire taire tous les deux.

Le dîner se prolonge jusqu'à une heure déraisonnable. Miss Davies somnole sur une méridienne du petit salon pendant que Stone, Adrian et moi discutons du monde.

Je monte me coucher avec un pincement au cœur : jamais je ne me suis sentie autant à ma place qu'ici, d'où je dois déjà repartir.

7

LA DISSIDENCE

Le lendemain matin, Miss Davies et moi préparons nos valises. Alors que je me suis levée le cœur lourd à l'idée de devoir partir, ma gouvernante emballe mes affaires avec entrain :

— Je dois admettre que je suis contente de retrouver le calme de Chester House…

L'ennui. Pas le calme, l'ennui.

— … Nous avons passé ici de bien belles vacances. Je reviendrais bien manger le fondant à l'orange de Mrs Blackwood de temps à autre ! Le fiacre sera là à 17 heures, c'est bien ça ?

— Oui.

J'ai délibérément avancé notre retour d'une heure. Ainsi, nous avons une chance d'être rentrées avant mes parents, dont le train arrive à 17 h 10. Je rechigne à ranger mes livres dans la malle. Les vêtements, passe encore, mais enlever le dernier *Astronomical Journal* de ma table de nuit me procure une horrible sensation d'arrachement. Mon regard tombe sur le roman de Stevenson. Je n'arrête pas de songer à cette histoire de lettre, ce qui s'est révélé plutôt incommodant au petit déjeuner. J'ai passé mon temps à dévisager Stone en coin, en me demandant comment un esprit comme le sien avait pu oublier un échange aussi privé dans un livre – que je sois pendue si ce n'est pas une déclaration d'amour enflammée. Je veux bien admettre que Stone a son charme, mais de là à… enfin, je suis piètre juge en ce qui concerne les hommes. Cela tient sans doute au fait que je n'en ai pas rencontré un seul capable d'aligner deux phrases qui ne soient pas centrées sur lui-même. À part Stone. Et Adrian, l'autre soir.

— Agathe, vous m'écoutez ?

Je sursaute.

— Pardon, je rêvassais.

— Je vous demandais comment vous comptiez vous y prendre pour participer au concours depuis la maison ?

— Je n'y ai pas encore réfléchi.

— Notre vie sera certes bien moins animée qu'à Londres, mais vous aurez moins de temps qu'ici.

C'est bien ça qui me désole.

— Je ne suis pas sûre que mes parents voient cette occupation d'un très bon œil. Comment leur exposer le projet, leur faire comprendre ce que ça représente pour moi ?

— Du moment que cela ne nuit pas à vos obligations sociales… et que vous savez vous tenir, bien sûr, me lance-t-elle, moitié rieuse, moitié sérieuse.

Et ça recommence. Elle s'avance vers moi.

— Ce que je m'apprête à vous dire ne va pas vous plaire. Bloomstone Manor est un très bel endroit, plein de gens charmants, mais je maintiens que ce n'est pas la vie réelle. C'est seulement l'exception qui confirme la règle.

— Pourquoi devenez-vous si timorée, tout à coup ?

— Je me dois de vous le dire. Vous êtes déjà suffisamment excentrique et vous n'avez pas le luxe de vous isoler comme Lord Stone le fait.

Je sais qu'elle a raison.

— Et pourquoi pas ?

Parce que je suis une femme.

— Je n'aurais peut-être pas dû vous encourager autant, vous n'en êtes que plus rebelle, soupire Miss Davies.

— Mais non ! Sans vous, je serais une de ces filles insipides qui se pavanent dans leurs robes, en n'ayant que le mariage à la bouche !

— Vous ne voulez pas vous marier ?

— Là n'est pas la question !

Je m'assois au bord du lit et ajoute un peu de douceur dans ma voix :

— Si, bien sûr que j'en ai envie, mais... pas si je dois pour cela abandonner ce que j'aime faire. Pas si je dois m'effacer au profit de mon mari, vous comprenez ? Je ne veux pas finir comme Mère.

En tapisserie.

Miss Davies me dévisage avec un drôle d'air et j'ignore si elle envisage d'argumenter ou de capituler. Elle lâche enfin, les mains sur les hanches :

— Alors, ne sabotez pas vos chances et réfléchissez avant de parler, c'est tout ce que je vous demande.

Je ne me sens plus le courage de protester. Je m'empare de Stevenson et me réfugie à la bibliothèque qui, étrangement, est déserte. Pour une fois, Adrian n'est pas encore descendu. Lancelot couve un des fauteuils et entrouvre un œil en me voyant passer devant lui, avant de le refermer paisiblement. Je m'installe pour lire, mais Lucy entre en trombe :

— Pardon, Miss, je ne vous avais pas vue. Tout va bien ? s'inquiète-t-elle.

— Oui… oui tout va bien. Pourquoi êtes-vous si pressée ?

La jeune fille rougit et avec son chignon orange, on la croirait inflammable.

— Pour rien, c'est que Maman m'attend pour l'aider à la cuisine.

Je ne suis pas la seule à ne pas savoir mentir.

— Je comprends, pardonnez mon indiscrétion.

— Vous aviez besoin de moi ?

— Euh, eh bien…

— Vous reviendrez nous voir, n'est-ce pas, Miss ?

Sa franchise me va droit au cœur.

— J'y compte bien.

— Alors, tant mieux. Je peux aller vous chercher une tasse de thé, si vous voulez.

Miss Davies a raison, Bloomstone Manor est l'exception qui confirme la règle. Autant l'enfreindre tant que j'en ai encore la possibilité :

— Je crois que j'ai surtout besoin d'une amie. Je veux bien du thé, mais seulement si vous le partagez avec moi.

Elle sourit largement et s'éclipse, pour revenir quelques minutes plus tard avec un plateau. Pendant l'heure qui suit, notre discussion d'abord courtoise se métamorphose en confidences éhontées et nous abordons entre autres la question des hommes. Je ne pensais pas être aussi à l'aise avec quelqu'un, mais cette jeune fille a le don de me mettre en confiance. Je lui raconte tous les imbéciles que j'ai pu croiser, elle me fait le récit détaillé du dernier prétendant qu'elle a éconduit – un garçon du village. Elle ne s'épanche pas sur le sujet, mais je crois comprendre qu'elle est actuellement courtisée. Ce jeune homme semble lui donner du fil à retordre.

Lorsque Miss Davies nous trouve, nous sommes replongées dans nos souvenirs d'enfance et j'explique à Lucy comment j'ai rendu fou mon ancien précepteur en lui démontrant que sa résolution d'un problème mathématique était erronée.

— Agathe ?

Je me tourne vers elle, le sourire encore aux lèvres. Il y a longtemps, très longtemps que je ne m'étais pas autant amusée. Si j'avais su ce que cela faisait, d'avoir une amie, je m'y serais employée plus tôt. Le visage fermé de ma gouvernante me rappelle à l'ordre et tout me revient en pleine face : mes parents, le retour à la maison et le reste.

— Qu'y a-t-il, Miss Davies ?

— Vos affaires sont prêtes et le déjeuner va être servi. Pourquoi avez-vous donc repris du thé à cette heure-ci ?

— Oh, c'est ma faute, Miss, s'empresse de répondre Lucy. Nous bavardions et le thé semblait tout à fait approprié.

Ma gouvernante désapprouve, mais n'ajoute rien. Au déjeuner, Adrian est plus taciturne que jamais, même lorsque je lui annonce avoir presque terminé le livre qu'il m'a recommandé :

— Plus qu'une réflexion sur l'homme et la science, j'ai été fort surprise par la dualité qui parcourt le récit : le docteur et Mr Hyde, cette maison qui est presque un personnage à elle toute seule, la différence entre les apparences et la réalité. Je ne sais pas encore comment tout cela va finir, mais je trouve ça triste que Jekyll ne parvienne pas à concilier les deux aspects de sa vie.

— Pas même si les actes de Hyde sont répréhensibles ?

— Je ne cautionne pas Hyde, bien entendu, quoique je ne sois pas encore certaine de la nature exacte de ses soi-disant péchés. La morale ne devrait être qu'un garde-fou et la société en a fait une arme. C'est ce qui transparaît dans le discours d'Utterson, pour moi, et je ne peux guère lui donner tort. Regardez Bloomstone Manor ! Ou bien ma présence ici ! Dans n'importe quel autre endroit d'Angleterre, je serais une femme en séjour chez deux hommes célibataires, autant dire une fille de joie, même avec un chaperon !

— Agathe ! me reprend Miss Davies, mais je ne m'arrête pas :

— Nous avons bu un verre de liqueur l'autre jour avec Kenneth et Martha après le dîner. Rien que cela constituerait un scandale. Cela fait-il de nous des pécheurs pour autant ?

Stone s'essuie poliment la bouche, prenant soudain un ton très sérieux :

— Cette maison est une exception, indéniablement. J'ai voulu en faire un havre de paix, hors du monde. Pour cela, il a fallu que je m'en retire. C'était le prix à payer.

J'ai un mauvais pressentiment.

— Est-ce la raison pour laquelle vous avez dû arrêter l'enseignement ?

— En partie.

Je n'en apprendrai pas plus aujourd'hui. Je ne veux pas lui extorquer cette vérité qui semble si douloureuse même après des années. Il conclut :

— Adrian, je crois que vous avez enfin trouvé quelqu'un à votre mesure. L'analyse d'Agathe est très pertinente. En attendant, vous devriez préparer une nouvelle lecture l'un pour l'autre si vous souhaitez renouveler l'expérience.

— J'ai déjà deux ou trois idées, murmure Adrian.

Je n'en ai aucune.

— Voulez-vous que nous restions sur le même thème ? demandé-je.

— À votre guise.

— Je tâcherai donc de vous surprendre.

Adrian esquisse un maigre sourire, vite effacé, que j'ai du mal à interpréter. Stone brise enfin l'embarras :

— Agathe, vous avez séduit toute la maisonnée. Personnellement, je regrette que vous ayez à partir. Heureusement, vous serez toute proche, mais votre présence nous manquera à tous.

Adrian hoche sobrement la tête et, soudain, je comprends l'attitude froide de Miss Davies. Dans n'importe quel salon de Londres, ces propos seraient tout à fait inappropriés car bien trop personnels. Elle doit vouloir me réacclimater avant de rentrer à la maison.

Ma gouvernante me surveillant comme le lait sur le feu, je formule doucement une réponse formatée par la bienséance :

— Je reviendrai, vous l'avez dit, ce n'est pas comme si nous habitions loin. Nous aurons d'autres lectures à échanger, je n'en doute pas, et j'aurai grand besoin de la bibliothèque pour le concours.

— Vous êtes ici chez vous, Agathe. Bloomstone Manor sera toujours un refuge et vous y avez une invitation permanente, sachez-le.

Je le remercie sans lui dire à quel point cela me touche.

— Profitez tranquillement de la maison, propose Stone à la fin du repas. Ou peut-être préférerez-vous une dernière session de travail en commun ?

— Volontiers.

Pas question de gâcher le peu de temps qu'il me reste.

Cette fois, Miss Davies, armée de son sempiternel tambour à broder, ne nous lâche pas d'une semelle. Dans le bureau, l'horloge égrène tristement les secondes comme on égrène un chapelet avant une exécution. Si Stone s'aperçoit de mon anxiété, il n'en dit rien. À ses côtés, j'ai l'impression d'avoir appris plus de choses en une semaine que seule en plusieurs années. Alors que je passe en revue le sommaire d'un énième traité d'astrométrie, mon regard se pose sur la maquette du système solaire. Je n'ai pas l'esprit à la recherche. Chaque minute me rapproche du retour à la maison, de mes parents. Plus de lunette, plus de Saturne, plus de livres ou presque, plus de futilités avec Lucy ni de promenade sous les étoiles. Plus de lettre mystérieuse cachée entre les pages. Maintenant que j'y repense, je comprends pourquoi cette lettre m'obsède et c'est presque un choc pour moi. J'aimerais bien que quelqu'un, quelque part, m'écrive une lettre aussi passionnée.

Vers 16 h 30, Lucy toque à la porte :

— Stone, il y a un attelage qui s'avance dans l'allée. Miss, je crois bien que ce sont vos parents.

Oh non, pas ça !

Stone fronce les sourcils :

— Je croyais que leur train n'arrivait qu'à 17 h 10, c'est bien ce que vous m'aviez dit, n'est-ce pas ?

En réfléchissant à toute vitesse, je bredouille :

— Oui… Ils ont dû prendre le précédent.

— Allons les accueillir.

La panique me submerge et mon pas est mal assuré lorsque Stone m'accompagne dans l'escalier, suivi de près par Miss Davies. Elle aussi s'inquiète de ce retournement de situation. Mes parents n'ont pas prévenu de leur venue. Dans des circonstances normales, c'est synonyme de gravité. Elle ne sait pas à quel point.

Kenneth laisse entrer Père, raide comme un piquet, qui articule avec difficulté :

— Bonjour, Lord Stone.

— Cher monsieur Langley, bienvenue, répond celui-ci sans être dupe le moins du monde.

— Veuillez pardonner notre arrivée impromptue, mais nous profitons seulement du fiacre pour venir chercher Agathe.

— Je vous en prie. Son séjour ici a été tout bonnement exquis.

— Je n'en doute pas.

Le front de Père se colore peu à peu d'un rouge de très mauvais augure. Mère me fustige du regard. Je ne suis pas près de remettre le nez hors de Chester House, c'est une certitude.

— Veuillez toutefois nous pardonner, ajoute Père, nous sommes quelque peu pressés et nous n'avons que trop tardé. Miss Davies, la malle d'Agathe est-elle prête ?

Ma gouvernante acquiesce, sans comprendre pourquoi Père semble au bord de l'explosion.

— Puis-je savoir ce qui motive un départ si précipité ? Rien de grave, j'espère ? demande aimablement Stone pour détendre l'atmosphère.

Le tremblement des mains de Père s'accroît et Mère pâlit un peu plus.

— Nous avions demandé à Agathe de regagner la maison pour raisons familiales, mais il semblerait que notre courrier ne soit pas arrivé à destination.

Stone me jette un regard en coin et semble saisir les tenants et les aboutissants. Alors que je pensais que ça ne pouvait pas être pire, Adrian arrive depuis le couloir du rez-de-chaussée :

— Monsieur et madame Langley, bonjour.

La tension dans la pièce monte encore d'un cran et son visage se ferme ; il a compris ce qui se passait ou, tout du moins, le devine.

— Monsieur Carver. Agathe, fais descendre ta malle, nous sommes pressés. Nous apportons des nouvelles de Londres et il y a beaucoup à faire ces prochaines semaines.

Je ne parviens pas à bouger le petit doigt, terrorisée par le ton de Père qui précède une de ces rages dont il a le secret. Je me tourne vers Miss Davies, mais elle garde la tête baissée. Elle ne me sera d'aucun secours.

— Mais…

— Plus tard, Agathe.

— Dites-moi au moins...

Il fronce les sourcils pour m'imposer le silence.

J'avais oublié. En une semaine, j'avais oublié que ma vie ressemblait à ça. Dans un sursaut d'espoir, je tente à toute vitesse :

— Il y a le concours, Père, et j'ai trouvé mon sujet ! Je pense pouvoir prouver l'existence d'une neuvième planète, au-delà de Neptune. Ce sera difficile, mais faisable, il s'agirait de bâtir les équa...

— Il suffit !

Je rue dans les brancards, tant pis, c'est ma dernière chance :

— Laissez-moi parler, je n'ai pas fini !

— Comment OSES-tu ? explose alors Père. Arrête avec ces sciences ! Toute cette comédie est terminée ! Nous n'aurions jamais dû accepter cette mascarade, sans compter que ton égoïsme n'a fait qu'empirer les choses, comme d'habitude. Nous allons maintenant tâcher de préserver le peu de réputation qu'il te reste, qu'il *nous* reste ! Tu vas rentrer à la maison et nous obéir comme il se doit. Heureusement pour toi, nous nous sommes arrangés avec les Ravencourt. Tu épouseras John avant l'hiver. Avec un peu de chance, nous éviterons le scandale.

— Vous vous êtes arr...

Le reste de la phrase meurt en travers de ma gorge. Quelque chose se fissure en moi. Ils ont osé...

— Veux-tu bien obéir, maintenant ? Miss Davies, faites apprêter sa malle !

Le piège se referme sur moi. Si Stone affiche un air grave, Adrian me lance un regard bouleversé. Les deux cousins se sont mis en retrait et ne bougent pas, aussi immobiles que des statues. Je vois ma gouvernante s'avancer vers moi, livide, et m'attraper les mains :

— Venez, Miss.

Je secoue la tête, mais elle resserre sa prise.

— Miss, tout cela va trop loin. C'est en partie ma faute, j'en suis désolée. Je n'aurais pas dû vous emmener à la bibliothèque. C'était un beau rêve, rien de plus. J'ai tenté de vous prévenir que la vie vous rattraperait. Je vous en supplie, ne faites rien que vous pourriez regretter.

Je me dégage d'elle, horrifiée.

— Comment pouvez-vous me faire ça ?

Comment ? Après tout ce qui s'est passé, après m'avoir emmenée à la bibliothèque, avoir attiré mon attention sur le concours ? Après tout ce que je lui ai confié ? Sa trahison me fait plus mal que tout le reste.

— Agathe ! appelle Mère. Cesse de te donner en spectacle, nous rentrons !

— NON !

Mère en a le souffle coupé. Je pense au concours, à cette maison, à Stone. À Adrian. À mon avenir qui s'éteindra si je franchis le pas de cette porte. Alors je répète :

— Non. Je reste.

— Comment…

Stone s'éclaircit la voix :

— Miss Agathe sera toujours la bienvenue ici.

Père se retourne vers lui, furibond :

— Nous ne voulons plus rien avoir à faire avec vous.

L'insulte me sidère, mais le pire, c'est cette douleur qui passe un instant sur le visage de Stone, juste avant qu'il ne reprenne son masque d'aristocrate exemplaire.

— Agathe ! souffle Père dans un murmure rageur.

Malgré la vague de froid qui m'envahit, je ne bouge pas d'un pouce alors que l'entièreté de ma vie est sur le point de basculer.

Père prend soudain un ton faussement doux :

— Agathe ? C'est la dernière fois que je te le demande. Tout sera pardonné si tu renonces à ton entêtement. N'oublie pas ta place. Sans notre appui, sans l'appui de ton mari, que feras-tu de tes sciences ? Domestique ? Cuisinière, peut-être ? Ou autre chose que je ne nommerai pas ici ? Viens, maintenant.

Les larmes aux yeux, je secoue lentement la tête. Le monde devient flou. Père retire la main qu'il m'a tendue pendant son discours et sa rage revient au galop :

— Très bien. Qu'il en soit ainsi, fulmine-t-il. À partir de maintenant, débrouille-toi toute seule. Ne compte plus sur nous. Je ne veux plus entendre parler de toi, quoi que tu fasses, et ne t'avise pas de remettre un pied à la maison ! Tu me fais honte, comment peux-tu prétendre être ma fille ?

— Gilbert…, hésite Mère.

— Pas de ça, Katherine ! Je ne supporterai pas son impertinence une minute de plus. Miss Davies ! beugle-t-il.

Cette dernière me lance un regard implorant auquel je ne réponds pas, tant je me retiens de m'effondrer. Finalement, elle rejoint Mère et l'entraîne au-dehors. La porte se referme sur Père dans un claquement et le silence tombe dans le vestibule.

Mes dents s'entrechoquent malgré moi et je me sens soudain beaucoup trop à l'étroit dans mon corset. Adrian se précipite vers moi et me rattrape au moment où mes jambes cessent de me porter. Sa voix grave appelle : « Lucy ! LUCY ! », ses grandes mains me saisissent et je m'agrippe à lui.

Avec Lucy, ils m'aident à remonter jusqu'à ma chambre et cela prend une éternité.

Recroquevillée dans mon lit, je pleure jusqu'à m'en donner mal à la tête, en perdant toute notion du temps. Le jour décline par la fenêtre, la nuit s'installe, mais pour une fois, elle ne m'est d'aucun réconfort. Mes larmes finissent par se tarir et je glisse dans le sommeil sans avoir la force de résister.

Quand je rouvre les yeux, l'aube pointe de l'autre côté de la forêt et les oiseaux commentent le lever de soleil avec entrain. Je flotte pendant un long moment, mais un cliquètement discret et continu me sort de ma torpeur. Dans le fauteuil sous la lampe en pied, Miss Cherry tricote avec concentration.

— Ah, vous êtes réveillée ! Comment vous sentez-vous ?

— Je suis désolée, Miss Cherry... Quel spectacle navrant, vraiment ! Que doit penser Stone de moi, maintenant ? Et Adrian ? Mon Dieu, j'ai tellement honte.

J'ai envie de me cacher sous les draps le reste de ma vie.

— Allons, allons.

Elle se lève et vient s'asseoir au bord du lit.

— Cette maison en a vu d'autres, croyez-moi. Ne vous inquiétez pas pour Stone, encore moins pour Adrian. Remettez-vous, c'est tout ce qui compte. Votre fièvre est tombée ?

— Ma fièvre ?

— Vous ne vous souvenez pas ? Lucy vous a veillée toute la nuit, j'ai pris le relais il y a à peine une heure. Il faut que vous mangiez ; avec tout ça, vous n'avez rien avalé depuis hier midi. Je vais descendre vous préparer quelque chose pour vous requinquer. Je n'ai pas le coup de main de Hazel pour la cuisine, mais je devrais m'en sortir.

Me redresser dans le lit me demande un effort considérable. Quelques minutes plus tard, Miss Cherry installe sur mes genoux un plateau avec une grande tasse de thé fumante, un œuf brouillé et un petit bol de porridge au miel.

— Je faisais ça à Clara et Ruth quand elles étaient malades, déclare-t-elle avec un sourire. Ça me les remettait d'aplomb en un clin d'œil. N'oubliez pas de beaucoup boire, et mangez tant que c'est chaud.

L'odeur du petit déjeuner a réveillé mon estomac. En revanche, la migraine revient trop vite à mon goût.

— Voulez-vous que je vous prépare un bain ?

— Merci, mais je crois que… je vais dormir encore un peu.

Elle récupère le plateau et le pose sur la commode le temps de tirer les rideaux.

— Vous avez raison. Reposez-vous.

Les paupières lourdes, je me tourne sur le côté et me rendors aussitôt.

Il n'est pas loin de midi lorsque je rouvre les yeux. Je me sens beaucoup mieux, physiquement du moins. Toutefois, quelques notes de piano obsédantes se sont imprimées dans mon esprit sans que j'arrive à m'en défaire.

Considérons ma situation : mes parents m'ont insultée, chassée, et ma gouvernante m'a trahie. Je ne suis plus rien. Sans la protection de Stone, je me retrouve à la rue. Je ne possède ni argent ni biens, puisque je suis une femme. Pire encore, si l'on apprend que je vis désormais dans une maison de campagne en compagnie de deux hommes célibataires, je ne donne pas cher de ma peau. Tous les gens que j'ai un jour connus me tourneront le dos.

Je ne sais pas si je suis prête à affronter tout cela. Avant toute chose, je dois m'excuser auprès de Stone. Lui n'a rien demandé, et j'ai encore un pincement au cœur quand je pense à la réaction qu'il a eue devant mon père. Qu'est-ce que Lord Bancroft a bien pu raconter ? Qu'importe ! Stone s'est toujours comporté en gentleman avec moi, c'est tout ce qui compte. Et Adrian... Il m'a vue en bien mauvaise posture et un étrange sentiment de honte se mêle maintenant à ma peur.

Allons. Je dois être forte ; je n'ai plus le choix.

Et de plus, ce n'est pas à moi d'avoir honte. Je n'ai rien fait de mal.

Je me lève et me rafraîchis à l'eau froide – désagréable, certes, mais efficace pour finir de me réveiller. Ma coiffure ne sera pas aussi élégante qu'hier, mais tant pis, je veux être à l'heure pour le déjeuner. J'enfile mon châle par-dessus mon chemisier et descends à la salle à manger. Devant la porte, cependant, je n'ose frapper. Théoriquement, je n'ai rien à craindre, mais la situation a changé du tout au tout.

Au point où j'en suis...

Je frappe et entre. À table, les deux hommes s'interrompent et se tournent vers moi.

– Agathe ? demande Stone. Comment vous sentez-vous ? Vous n'étiez pas obligée de vous lever si vite.

– Je voulais m'excuser auprès de vous deux pour hier. Je ne pensais pas que cela se terminerait ainsi.

Stone, pardon de m'imposer de la sorte. Si je peux vous arranger d'une quelconque façon...

— Stop, s'il vous plaît. Je ne veux pas entendre la suite de cette phrase, mon amie.

Il se lève et me prend les mains.

— Restez aussi longtemps que vous le voulez. Mon invitation était sincère. Ne vous souciez de rien, surtout pas de l'argent. Je pourrais vivre encore dix vies aussi confortables que celle-ci. Maintenant, asseyez-vous. C'est également un peu ma faute si vous vous retrouvez dans cette position, aujourd'hui, s'excuse-t-il. Je vous ai poussée à participer au concours. Je pensais bien que vos parents poseraient des difficultés, mais... enfin. Je vous promets de veiller à votre sécurité, Agathe, en tout bien tout honneur et avec la plus grande affection. Ne craignez pas les qu'en-dira-t-on. Votre situation vous semble sans doute désespérée à l'heure qu'il est, mais vous pouvez compter sur mon soutien indéfectible et, sans vouloir m'avancer, sur celui d'Adrian également.

— Que puis-je faire pour vous remercier ?

— Gagnez le concours. Prouvez-leur que votre différence est une force et nous serons quittes.

Que répondre à cela ? Je me demande ce que j'ai pu faire pour mériter tant de bonté.

Adrian, de son côté, reste silencieux comme à son habitude. Pour la première fois, je cherche son regard et quand je le trouve, je me souviens du ton de sa voix lorsqu'il a appelé Lucy pour l'aider, et à quel point il était bouleversé à l'annonce du mariage arrangé. Il se faisait vraiment du souci pour moi.

— Adrian, je vous dois non seulement des excuses, mais aussi des remerciements.

— Je vous rattraperai autant de fois qu'il le faudra, Agathe. Vous n'avez rien à vous faire pardonner, du moment que vous vous sentez mieux.

J'ignore le sens exact de cette phrase, mais l'entendre me va droit au cœur.

— Et si je regrette profondément ce qui vous arrive, ajoute-t-il, je ne peux que me réjouir de vous voir rester parmi nous.

Stone sourit et j'admets qu'aussi dramatique soit ma situation, moi aussi, je suis heureuse de me trouver là.

L'après-midi, j'accepte l'offre de Martha de me faire couler un bain. Dans la chaleur réconfortante de la baignoire, je ferme les yeux et m'allonge pour que l'eau caresse ma nuque. J'ai versé quelques pincées de sel au jasmin, le parfum embaume la pièce. J'ignore pourquoi, mais la mélodie de ce matin me revient en tête. Juste quelques notes, si bien que je ne peux pas la reconnaître – ce qui s'avère extrêmement frustrant.

Je me rince et sors, en m'enveloppant dans une grande serviette moelleuse. Une fois sèche, je revêts mon ensemble prune. Sur ces entrefaites, Lucy revient avec un panier de bûches pour nourrir le feu. De grosses gouttes de pluie s'écrasent maintenant sur les carreaux des fenêtres et ruissellent le long des montants ; le feu sera plus que bienvenu.

— Comment voulez-vous que j'attache vos cheveux ?

— Eh bien…

Étrangement, j'ai envie de me sentir jolie.

— Je n'aurai pas le temps pour un chignon complexe, murmure-t-elle en les démêlant avec douceur. Je peux les tresser, qu'en pensez-vous ?

— Si vous voulez.

— J'ai vu quelque chose dans un magazine, l'autre jour, je vais tenter.

Elle peigne, crêpe, repeigne par-dessus, coince des barrettes les unes après les autres avec concentration. Dans le miroir, je la regarde faire avec attention :

— Dites-moi si je me trompe, mais vous semblez trouver mes cheveux passionnants.

Elle articule, une épingle entre les lèvres :

— J'ai toujours aimé coiffer les gens. Cela me détend. Quand Miss Cherry est arrivée il y a quelques années, Clara et Ruth ont fait les frais de mes expériences capillaires. Dieu merci, je me suis nettement améliorée depuis.

Pour finir, elle noue un ruban noir et laisse retomber une torsade épaisse sur ma poitrine.

— Lucy, c'est ravissant. Merci. Je ne sais pas quoi dire.

Je me reconnais à peine.

— Je suis heureuse que ça vous plaise.

Elle marque une pause, puis ajoute :

— Comment vous sentez-vous ?

Mon cœur se serre quand je réponds :

— Aussi bien que possible, je présume. Compte tenu de ma nouvelle... situation.

— Je suis navrée que les choses se soient déroulées ainsi.

— Je ne pouvais pas... Je n'avais pas le choix, c'était au-dessus de mes forces. Ce mariage avec Ravencourt, Lucy, quelle insulte ! Et le concours, et cette maison, et...

Mes yeux brûlent de larmes. Lucy doit s'en apercevoir car elle me serre tendrement l'épaule.

— Laissez du temps au temps. Je suis persuadée que cela finira par s'arranger avec vos parents. En attendant, vous ne serez pas seule ici, Agathe.

Je secoue la tête et me reprends :

— Merci. Sans Stone, j'aurais été soit seule au monde, soit emprisonnée à vie auprès d'un homme stupide et sans intérêt. Dites-moi, comment Stone est-il devenu Stone ?

— Oh, je pense que vous devriez plutôt lui poser la question vous-même. Je vais vous laisser, il est presque l'heure du dîner.

Je jette un œil à la pendule : je n'ai pas vu le temps filer. Lucy s'éclipse et j'affronte à nouveau mon reflet dans le miroir. Les mêmes yeux verts, le même nez fin, les mêmes pommettes, et pourtant. L'autre soir, déjà, j'avais remarqué un changement. Est-ce mon expression ? Ma posture ? Ma perception de moi-même ?

Je retrouve Adrian dans la bibliothèque, alors que je venais chercher un livre à lui proposer pour l'échange. Je tiens à prouver que les sciences mènent à tout, y compris à l'art, et lui suggère donc la biographie de Vinci, qui ne concevait jamais l'un sans l'autre. En retour, Adrian me tend un tout petit livre de poèmes. Devant mon air surpris, il explique :

— Cette magie que vous inspirent les étoiles et les planètes, je la retrouve dans les mots. J'espère que cela vous émerveillera d'une semblable manière. Dans ce recueil figurent nombre de mes poètes préférés, quelques romantiques, d'autres plus modernes comme les époux Browning, Rossetti... et Tennyson, bien entendu, mais vous devez déjà le connaître.

— De nom. Je dois vous avouer que cela fait des années que je n'ai pas lu de poésie.

— Souhaitez-vous autre chose ?

La pointe de déception dans sa voix m'étreint le cœur.

— Non, surtout pas ! C'est l'occasion de renouer avec le genre.

Ravi, il me tend le bras et je me laisse volontiers entraîner vers la salle à manger où Stone nous attend.

— Ah, vous voilà ! Agathe, une lettre est arrivée pour vous.

Sur l'enveloppe posée à côté de mon assiette, je reconnais l'écriture de Miss Davies. Si c'est pour me faire la leçon, c'est un peu tard.

— Je la lirai tout à l'heure, dis-je en la déposant sur la console derrière moi.

— Puisque nous parlons de courrier, j'ai invité une très bonne amie à venir passer l'après-midi ici, la semaine prochaine.

Une très bonne amie ?

— Je suis certain qu'Iris et vous vous entendrez à merveille !

Le dîner se déroule tout à fait normalement, même si je manque d'appétit. Ce qui s'est passé avec mes parents me tord encore l'estomac et la lettre de Miss Davies ne va certainement rien arranger.

8

IRIS

La fin de soirée s'avère agréable malgré les circonstances. Nous reprenons nos places habituelles dans le petit salon après le dîner ; Kenneth et Hazel s'offrent même un verre de liqueur d'orange avec nous avant de regagner leurs pénates. La cuisinière me couve des yeux avec une affection sincère : je crois qu'elle a percé mes émotions à jour. Dehors, la pluie ne s'est toujours pas calmée. Le son feutré des gouttes sur la véranda du jardin d'hiver s'accorde avec les crépitements discrets du feu. Stone a salué le choix de lecture d'Adrian et m'a emprunté le recueil pour lire à voix haute un passage des *Idylles du Roi*, ce long recueil de Tennyson sur le roi Arthur. Je crois qu'il a un faible pour ces mythes médiévaux, la chevalerie, les romances à peine avouées – sans compter qu'il a appelé son chat Lancelot !

Il nous raconte donc le dialogue entre Arthur, alors mortellement blessé, et son fidèle chevalier Sir Bedivere. La poésie ne m'a jamais semblé si vivante ; elle est jolie quand elle est lue, mais l'écouter la rend palpable, comme s'il y avait une autre personne dans la pièce. C'est très apaisant.

J'imagine Stone en chevalier servant et cela me fait sourire. J'en viens à me demander qui est Iris et ce qu'elle représente pour lui. Est-elle simplement une amie ? Un amour contrarié ou une amante à part entière ? Et si…

Une fois remontée dans ma chambre, je relis la lettre. Elle ne me dévoile rien de plus que la première fois, et aucun indice qui puisse m'aiguiller sur l'expéditeur ou le destinataire.

Soudain, je doute. Je m'empare du recueil de poésie que je feuillette à la va-vite. Non. Pas de lettre mystérieuse dans ce livre-là. Pas de chance.

Puisqu'on parle de lettre…

Je soupire en tirant de ma poche le courrier de Miss Davies. Je ne sais pas à quoi m'attendre quand je l'ouvre. Va-t-elle me gronder, me persuader de revenir ?

Le 11 octobre 1898,

Ma chère Agathe,

J'espère que vous vous portez bien, et surtout que vous lirez cette lettre.
Je ne cesse de songer à ce qui s'est passé hier. Votre mère est aux abois et votre père est toujours furieux contre vous. Il a tempêté tout le trajet du retour jusqu'à Chester House.

Je comprends pourquoi vous avez eu envie de rester chez Lord Stone, mais je me fais du souci pour vous. Je ne pensais pas que cette histoire de concours irait si loin. Il semble que je n'avais pas réalisé à quel point cela comptait pour vous. Je n'aurais pas dû vous encourager outre mesure.

Croyez-moi, j'ignorais tout de ce mariage avec John Ravencourt. De toute façon, il n'est plus d'actualité. Les Ravencourt avaient bel et bien pardonné l'incident de la dernière fois ; je doute qu'ils renouvellent leur indulgence. Ils seront certainement très vexés et votre père se prépare à mourir de honte en retournant au cabinet notarial.

Je vous conjure de réfléchir à votre décision, il est peut-être encore temps de raisonner vos parents. Sinon, je crains que votre ultime coup d'éclat ne finisse par se savoir dans tout Londres.

Vous me manquez.

Affectueusement,
Margaret Davies

P.-S. : Vous devriez écrire à Euphemia.

Elle ne s'excuse même pas. Elle n'a pas compris à quel point ce qu'elle a dit, ce qu'elle a fait, m'a blessée. Déçue, je laisse la lettre retomber sur mes genoux. Tant pis pour Londres. Ce n'est pas comme si j'y avais gardé des amitiés. Et je ne souhaite pas y retourner, hormis pour le concours. En outre, je suis assurée du soutien de Stone et d'Adrian. Ce soir, cela me semble bien plus précieux que toutes les réputations du monde.

Demain, le vrai travail commencera. J'ai lu plusieurs bibliographies dans des publications, mais je n'ai aucune idée de la façon dont il convient de rédiger la mienne. Je ne veux pas décevoir Stone. Il y a tellement à faire ; je sais d'avance que les équations et les démonstrations seront compliquées, pour ne pas dire alambiquées. Je suis pourtant convaincue que c'est faisable. Prions que personne d'autre n'ait eu la même idée que moi, car j'ai décidé une chose : ce concours sera ma revanche. Sur mes parents, sur Miss Davies, sur tous ceux qui ont essayé de me mettre dans une jolie cage de petite fille sage. Si je gagne ce concours, je serai libre.

J'enfile ma tenue de nuit et mets un temps infini à démêler mes cheveux, observant mon reflet résolu dans le miroir. Le moelleux des couvertures m'enveloppe ; cette chambre est chaude et accueillante. Redoutant une insomnie, je me sens d'humeur à une dernière poésie. J'hésite même à en chercher directement une de Tennyson tant j'ai aimé son style, tout à l'heure, mais je décide de lire les œuvres dans l'ordre. Je me demande si j'arriverai à déterminer les préférées d'Adrian.

J'ouvre doucement le recueil, tourne la page de garde pour débuter ma lecture, quand une petite feuille glisse d'entre les deux premières pages. J'ai dû feuilleter trop vite tout à l'heure. Le livre m'en tombe des mains et mon cœur bat à tout rompre alors que je la déplie.

Je ne me reconnais plus, tout cela est trop intense.
Je ne savais pas que vivre pouvait être si plaisant et si douloureux.
Votre regard me transperce, votre voix me transporte.
Vous prononcez mon nom et pour la première fois, j'existe pour une raison.
J'ai souvent l'impression tenace de n'avoir aucun secret pour vous.
Peut-être ignorez-vous les sentiments que j'éprouve, peut-être ne les partagez-vous pas, mais qu'importe.
Laissez-moi vous aimer, même de loin.
Cela suffirait à mon bonheur.
Pardonnez-moi.

À vous, à jamais.

J'en frissonne. « *Laissez-moi vous aimer, même de loin.* »

Les mots me touchent en plein cœur, j'en ai le vertige. Adrian pourrait très bien avoir glissé cette lettre dans ce recueil. Il avait l'air assez ému, quand il me l'a tendu. En y repensant, il y avait un je-ne-sais-quoi dans sa voix…

Non, c'est ridicule, d'autant que c'est Stone qui m'a donné le premier livre, où j'ai trouvé la missive précédente. Adrian n'a rien à voir là-dedans, sans compter qu'il est tout à fait risible de m'imaginer la cause d'une telle effusion de sentiments.

Je la relis encore une fois, savourant les pleins et les déliés de l'encre noire et la douceur des mots. Le destinataire de cette lettre a de la chance. Celui ou celle qui l'a écrite a le sens de la formule.

Demain, il faudra que je pense à vérifier à quoi ressemble l'écriture de Stone.

* * *

Déjà une semaine que Stone et moi travaillons sans relâche. Nous avons mis la bibliothèque sens dessus dessous pour compulser tous les ouvrages de mécanique céleste qui pourraient nous être utiles. Par ailleurs, le libraire de Londres a reçu une avance très généreuse pour nous fournir tous les livres qui pourraient nous manquer. Mes notes s'accumulent, j'espère que j'arriverai à me relire.

Nous avons commencé la mise en forme du dossier. J'avoue que le format académique me pose franchement problème. On jurerait un de ces vieux traités de l'Antiquité ou de la Renaissance, la structure n'a pas changé. À croire que les scientifiques se plaisent à s'imposer des carcans archaïques – comme s'ils n'avaient pas d'autres occupations plus intéressantes.

Un soir, j'étais tellement agacée que j'en ai reparlé à table. Quand j'ai remis en cause la logique de certains procédés et protesté contre le conservatisme mal placé des universitaires, j'ai au moins eu la surprise de voir Adrian rire, une première depuis mon arrivée. Apparemment, lui aussi a mal vécu le rigorisme d'Oxford.

La routine de travail s'installe doucement. Le matin, lorsque le temps est clément, nous profitons de courtes promenades à cheval à travers le domaine. River, la jument, s'habitue à moi et moi à elle à force de parcourir l'immense parc. L'automne progresse. Les arbres nus créent une cathédrale de branches au-dessus de nos têtes, les sentiers sont tapissés d'une couche craquante d'or et de bronze. J'aime l'odeur de la forêt juste après la pluie, ce moment où les fougères et les buissons s'ébrouent et s'allègent des gouttelettes. Nous croisons plusieurs fois des chevreuils qui se confondent parmi les troncs puis s'enfuient en deux bonds. Le ruisseau, dans son murmure liquide, paraît glacé. Le plus souvent, nous rentrons de ces sorties à demi frigorifiés et le petit déjeuner de Hazel nous revigore alors en un clin d'œil.

C'est devenu une question d'honneur, je m'investis dans mes recherches avec la détermination d'une forcenée, à tel point que même Stone a été obligé de me tempérer. Avant le déjeuner, je prends désormais une petite heure pour travailler mon violon et m'occuper de, je le cite, « rassurer mon âme ». Bien entendu, il avait raison, cela me fait énormément de bien. La salle de musique est douce et confortable. Je ne saurais pas dire exactement pourquoi, mais son ambiance m'apaise et j'ai l'impression que je joue mieux, ou que j'y mets plus de cœur. Certains passages que je trouvais ardus finissent par s'épanouir sous l'archer. Au-delà de mes progrès, la musique me réchauffe.

J'adore Bloomstone Manor, je ne peux le nier, toutefois, cela ne m'empêche pas d'être encore amère au sujet de mes parents et de Miss Davies. Je garde ce sentiment pour moi afin de ne pas accabler les habitants du manoir. Ce qui m'arrive n'est que la conséquence de mes choix, à moi de les assumer. Je ne souhaite pas imposer ici le poids de mes états d'âme en plus de ma présence. Je n'ai plus reçu de nouvelles de Chester House. J'ai convenu avec ma conscience d'attendre encore deux jours avant d'écrire à Mère. Cela me vaudra sans doute un courrier de reproches en retour, mais je ne peux me résoudre à la laisser sans nouvelles.

Je n'ai pas écrit à Euphemia, car elle m'a devancé. Bien évidemment, elle se range du côté de Mère, s'inquiète de mon avenir et m'implore de présenter des excuses. En outre, elle m'annonce un heureux évènement : elle attend un enfant pour le printemps et ne contient plus sa joie. Cela, au moins, je le partage.

Ma relation avec Lucy s'étoffe au fil des jours. Elle se montre toujours aussi bavarde, et se livre plus qu'avant sur sa vie personnelle. Je n'ai pas encore pris l'habitude d'avoir une amie. Nous avons bu un thé hier avec Tillie, Clara et Ruth. Elles doivent avoir entre quatorze et dix-huit ans, et apparemment, je les impressionne un peu. Si elles savaient que l'intimité qu'elles partagent, elles quatre, me fait exactement le même effet !

Je pourrais m'ouvrir davantage à Lucy, au sujet de ces lettres, par exemple, mais une pointe de fierté m'oblige à résoudre cette énigme moi-même. Je garde donc le silence pour le moment, surtout que je n'ai pas trouvé de nouvelle missive. Ce n'est pas Stone qui les rédige, cela aurait été trop facile. Son écriture, quoique soignée, est plus petite et toute serrée. Le mystère reste entier, ma frustration également. J'ai donc décidé de prendre le problème à bras-le-corps. Un matin, j'ai pioché au hasard dans les rayonnages et inspecté les ouvrages. Je me révèle piètre fouineuse : je n'avais pas ouvert trois livres qu'Adrian arrivait – comme tous les jours à cette heure. Il m'a regardée, dubitatif, et je me suis éclipsée en marmonnant une excuse pitoyable, les joues en feu.

Nous attendons la visite d'Iris dans l'après-midi et j'ai bon espoir d'en apprendre plus. Stone ne m'a rien révélé à son sujet et ma curiosité est à son comble. Je guette sa voiture avec impatience depuis la fenêtre de la bibliothèque. Je commence à la croire en retard quand un cheval alezan sort en trombe de la forêt et s'arrête dans la cour. Sa cavalière en descend, ou devrais-je plutôt dire en saute, et se dirige à grands pas vers l'entrée. Je me poste derrière la porte entrouverte qui donne sur le vestibule :

— Bonjour, Kenneth. Alors, quelle bêtise Stone a-t-il encore faite ?

— Je ne les compte plus, Lady Rutherford. Bienvenue, je vous en prie, entrez.

— Iris ! s'exclame la voix de Stone depuis la coursive de l'étage. Comment allez-vous ?

— Et vous-même ? Que me vaut le plaisir d'une invitation aussi formelle que celle que vous m'avez envoyée ? J'ai même cru à une blague.

— Je savais que je vous intriguerais. Figurez-vous que j'ai quelqu'un à vous présenter.

— Ne faites pas dans le mystère, j'ai passé l'âge de jouer aux devinettes.

— Allons dans la salle à manger, voulez-vous ? Hazel vous a préparé une montagne de scones.

— Qu'est-ce que vous mijotez ?

Ils s'éloignent. Stone l'aurait fait venir pour moi ? Kenneth l'a appelée Lady Rutherford, je suis sûre de ne l'avoir jamais rencontrée lors d'une soirée mondaine, mais rien qu'à l'entendre parler, j'aurais deviné qu'elle était de bonne famille. Son accent et sa diction sont impeccables ; si on fait abstraction de la familiarité des propos, je me serais crue de retour à Londres.

Je traverse le bureau de Stone pour rejoindre le corridor au moment où Adrian pénètre dans la salle à manger. Avec un peu d'appréhension, je m'engage à sa suite. Mes yeux se posent sur notre invitée et je la détaille avec stupeur. Si nous n'étions pas à

Bloomstone Manor, je penserais avoir été jetée dans un autre monde.

La femme qui se tient en face de moi est très belle. Elle doit avoir trente-cinq ans tout au plus, le port de tête altier, des membres élancés, des yeux marron en amande et des pommettes hautes. Une tresse de cheveux châtains, épaisse et serrée, descend jusqu'en bas de son dos. En somme, elle est extrêmement féminine, si ce n'est qu'elle porte une tenue de chasse que mon père aurait revêtue avec fierté.

— Ah, vous voilà, mon amie ! s'exclame Stone. Iris, permettez-moi de vous présenter Miss Agathe Langley. Agathe, voici Lady Iris Rutherford.

— Enchantée, Agathe. Ainsi donc, vous aussi faites les frais des excentricités de Stone ? sourit-elle en lui lançant un regard amusé.

— Je pense plutôt qu'il fait les frais des miennes.

Une lueur s'allume dans les yeux d'Iris, comme si j'éveillais soudain son intérêt. D'habitude, ma repartie ne produit pas cet effet chez les femmes.

— Stone, espèce de cachottier. Asseyons-nous et racontez-moi ça.

Notre hôte relate donc tous les évènements qui ont mené à ma présence ici, pendant que je continue d'observer Iris entre deux bouchées de scone recouvert de marmelade. Ses manières sont parfaites – exactement ce que Mère aurait voulu que je devienne. Pourtant, sa tenue, sa façon de parler et, plus généralement, la confiance que Stone semble lui accorder détonnent.

Elle repose gracieusement ses couverts dans un petit tintement distingué puis se tourne vers moi :

— Cette maison est décidément un havre de paix et son propriétaire ne cessera jamais de m'étonner. J'espère que vous vous plaisez ici, Agathe.

— Oui. Le concours occupe toutes mes journées, mais je prends quand même le temps de jouer du violon. Je lis beaucoup également.

Son regard passe alternativement d'Adrian à moi, de moi à Adrian, avant de revenir à Stone, ce qui la fait sourire.

— Puis-je savoir en quoi consiste votre projet pour le concours ?

— Nous avons l'ambition de démontrer mathématiquement la présence d'une neuvième planète dans notre système solaire.

— Rien de moins ! s'étonne-t-elle en se retournant vers moi. C'est fascinant !

— Nous n'en sommes qu'à la rédaction de la bibliographie. Dès que nous aurons fini, nous pourrons nous lancer dans les calculs.

Elle hoche sobrement la tête, sans rien ajouter.

Stone lui demande des nouvelles de sa maisonnée, que je devine plus grande que Bloomstone Manor. Je m'empare d'un saladier : la compote de pomme est encore tiède, onctueuse et douce, c'est un véritable régal. Je prends mon temps pour la déguster, en les observant tous les deux, cherchant un contact, un indice, n'importe quoi qui pourrait me renseigner sur un possible lien amoureux. Rien. À ma gauche, Adrian profite d'un dernier scone, discret comme à l'accoutumée, ponctuant seulement la discussion de remarques ou de questions pertinentes de temps à autre.

Quand il ne reste plus la moindre goutte de thé, Iris s'approche des fenêtres et déclare :

— Il ne va pas falloir que je tarde, la nuit va vite tomber et je crains une averse.

Je demande :

— Avez-vous beaucoup de chemin à faire ?

— Non, trois miles en passant par la forêt, mais je n'aime pas la traverser de nuit, elle est un peu sombre et cela rend mon cheval nerveux. Agathe, m'accompagneriez-vous jusqu'aux écuries ? Nous aurons l'occasion de discuter entre femmes, de sujets qui ne concernent pas les hommes, ajoute-t-elle, moqueuse. Stone, merci pour l'invitation et adressez mes compliments à Hazel. Adrian, à bientôt. C'est toujours un plaisir.

Elle m'entraîne à sa suite et j'ai à peine le temps de passer la veste que me tend Kenneth que nous sommes déjà dehors. Le manoir dégage une odeur prégnante de feu de cheminée qui se mêle à celle de l'humidité de la fin d'après-midi. Cette journée est un cliché automnal. Iris rompt le silence :

— Désolée de vous avoir arrachée à nos amis de cette façon.

— Ce n'est pas grave.

— Je vais être franche, Agathe. Ce que vous avez fait est très courageux. Je vous envie un peu : j'aurais aimé avoir votre bravoure lorsque j'avais votre âge. Stone ne l'a pas explicitement dit, mais je ne crois pas me tromper en supposant que vos parents avaient arrangé un mariage ?

Je me rembrunis :

— C'est exact.

— Alors, vous avez doublement bien fait. Ne laissez personne vous dire le contraire.

Je m'arrête. Ce n'est pas un discours conventionnel. Pourquoi cela m'étonne-t-il encore ? Devant ma perplexité, Iris poursuit :

— Je me suis retrouvée coincée dans mon propre mariage à dix-huit ans. Mes parents m'ont vendue, ni plus ni moins. Mon mari a vingt ans de plus que moi, je vous laisse imaginer ma terreur. J'ai appris à faire avec, mais j'ai eu de longues périodes de désespoir et je ne souhaite cela à personne. Je trouve mon bonheur ailleurs.

Avec Stone ?

— Pourquoi me racontez-vous cela ?

— Si j'étais à votre place, j'aimerais qu'on me conforte dans ma décision. Et croyez-moi Agathe, malgré les apparences, il y a quelques avantages à être une femme en ce bas monde. Nous disposons certes de peu d'armes, mais qui peuvent s'avérer redoutables quand elles sont bien utilisées. La détermination, la volonté, l'intelligence... nous en sommes bien plus pourvues que ce que les hommes nous laissent croire. Il arrive parfois qu'on fasse de belles rencontres.

— Vous parlez de Stone ?

On y est. Je retiens mon souffle. Nous arrivons près des écuries, le gravier crisse sous nos pieds et quelque part dans la forêt, le sifflement des merles accompagne la descente du soleil.

— Entre autres, oui.

Je le savais !

C'est à son tour de s'arrêter et de me dévisager. Puis elle est prise d'un rire franc qui la laisse hors d'haleine pendant plusieurs secondes extrêmement gênantes.

— Vous avez cru que… Stone et moi ?

— Eh bien, je…

— Grands dieux, non, vous n'y êtes pas ! Stone est charmant, mais ce n'est pas du tout mon type d'homme !

— Je suis désolée, vraiment. En vous voyant si proches, j'ai… je ne sais pas. Je suis confuse.

Je devrais faire breveter mes capacités à me mettre dans l'embarras le plus total en quelques minutes.

— Ne vous excusez pas, il n'y a pas de mal. Stone est mon ami le plus cher, pas de doute. Pourtant jamais je ne l'ai imaginé sous un angle différent.

— Pardon. Je ne connais pas grand-chose aux relations amoureuses.

— Arrêtez de vous excuser. Cela viendra en temps et en heure si c'est ce que vous désirez. Vous êtes encore jeune. Moi aussi, j'étais incapable de décrypter les symptômes d'une passion.

Elle dit cela d'un ton étonnamment sérieux alors qu'Alexander lui donne les rênes de son cheval.

— Ce concours de sciences… Stone est quelqu'un de rationnel, il ne vous aurait jamais parrainée s'il n'était convaincu de votre réussite, mais vous, comment vous sentez-vous ?

— Je suis certaine que c'est faisable… et que je peux le faire. Je dois gagner, Iris. C'est le seul moyen qu'il me reste pour préserver mon honneur et ma réputation, m'assurer un réel avenir, et remercier Stone de ce qu'il fait pour moi. Je réussirai.

Elle grimpe en selle avec souplesse et m'adresse un sourire débordant de chaleur :

— Alors, comptez sur mon soutien indéfectible. Vous savez où me trouver. À très bientôt, Agathe.

Un instant après, elle contourne le manoir et s'enfonce dans les bois.

Je marche en direction de la maison en essayant de mettre de l'ordre dans mes pensées. Miss Davies avait raison sur un point, je suis véritablement incapable de maîtriser ce qui sort de ma bouche. Cela aurait pu me jouer un mauvais tour aujourd'hui. Heureusement qu'Iris est une sorte de Stone au féminin.

Ce n'est donc pas elle qui a ravi son cœur. Cela dit, je suis contente que nous ayons été présentées. Je crois en effet que nous allons bien nous entendre. Toutes les connaissances et amitiés de Stone sont-elles à ce point en marge de notre temps ? Peut-être. J'imagine que le tri s'est effectué de lui-même, avec toute la tristesse que cela implique. Les convictions et les engagements de l'aristocrate ne plaisent pas à tout le monde et certaines pertes ont dû lui coûter.

J'atteins la grande cour quand j'aperçois Lucy sur la route principale, qui rentre à grandes enjambées. Je m'avance vers elle. D'ordinaire si enjouée, elle affiche un air soucieux.

— Lucy ? Tout va bien ?

— Oh, c'est vous. Qu'est-ce que vous faites dehors à cette heure-ci ?

— Je raccompagnais Lady Rutherford aux écuries. Et vous ? Quelque chose vous préoccupe ?

Dans le soleil couchant, ses cheveux s'enflamment alors qu'elle baisse la tête. Je crois comprendre :

— Est-ce à cause d'un garçon ?

Elle relève les yeux, surprise.

— Depuis quand vous… ?

— L'autre jour, quand vous êtes entrée en trombe dans la bibliothèque. Je ne sais pas mentir non plus. Allez-y, dites-moi tout.

— Je ne veux pas vous ennuyer avec mes histoires !

— Vous ne m'ennuyez pas.

Allez, Agathe, un peu de cran. Je continue :

— Avant vous, Lucy, je n'avais jamais eu l'occasion de me vanter d'avoir une amie. Ne me dites pas qui c'est, si cela vous gêne. Racontez-moi seulement ce qui a l'air de vous rendre si triste.

Elle esquisse un sourire, qui s'agrandit quand elle comprend que je suis sincère.

— Oui, c'est au sujet d'un garçon. Nous sommes... très épris, je crois. Moi je le suis, en tout cas, mais... Je commence à me demander s'il est vraiment quelqu'un de bien et cela m'ennuie.

— Que voulez-vous dire ?

— Eh bien... il se montre un peu pressant.

Un frisson désagréable me remonte le long de la colonne vertébrale.

— Oh.

— Voilà.

Aujourd'hui, les hommes en prennent pour leur grade ! Je réfléchis avant de répondre :

— Pour être honnête, je n'entends pas grand-chose à l'amour. Néanmoins, je ne crois pas me tromper en vous conseillant de lui expliquer la situation. Si ses sentiments sont sincères, je suis sûre qu'il patientera.

— Vous avez sans doute raison.

Elle reste silencieuse un instant, puis ajoute, les traits plus détendus :

— Oui, je vais faire ça. Merci, Agathe.

Nous regagnons les marches. Sur le perron, elle me glisse :

— Moi aussi, je suis contente de vous avoir comme amie.

9

LA SALLE DE MUSIQUE

Trois semaines se sont écoulées depuis la visite d'Iris. Stone et moi sommes presque arrivés à la fin de la bibliographie. Le plus dur reste à faire. Il va falloir reprendre tous les calculs de Le Verrier et des autres, les adapter à la situation, bâtir les équations, et ensuite... c'est vertigineux. Le tableau du bureau est déjà couvert d'idées jetées pêle-mêle pour qu'on ne les oublie pas. Avec l'aide de Miss Cherry, nous avons dactylographié la majorité des feuillets. Toutes les parties mathématiques, en revanche, seront rédigées à la main.

Stone s'est également chargé des démarches administratives pour le concours. L'accusé de réception de mon formulaire d'inscription nous est parvenu il y a quelques jours. Comme prévu, pour tout le monde, je ne suis que A. Langley. Cette solution me convient, je la trouve prudente. De plus, elle évite qu'on ne me relie directement à mes parents. Je pourrais tout aussi bien être un neveu éloigné plutôt que leur fille, ce qui, à terme, les arrangera. Si Mère a répondu à ma lettre, on ne peut pas dire que la missive débordait de sentiments. Toutefois, et cela m'a soulagée, elle semble moins encline à renier sa progéniture que Père qui, d'après ce que m'a confié Miss Davies dans une autre lettre, ne décolère pas.

Ce midi, Stone arrive au déjeuner avec une mine sombre que je ne lui connais pas. Il s'assoit et annonce :

— J'ai le grand déplaisir de vous faire part de la visite de Lord Bancroft en début d'après-midi.

Adrian se crispe et Kenneth, terminant de servir une purée de brocolis, demande inopinément :

— Dois-je empoisonner le thé ou voulez-vous attendre encore un peu ?

Interdite, je me retourne vers l'aristocrate qui m'adresse un maigre sourire :

— Ne vous inquiétez pas, Agathe, c'est une vieille blague qui court entre nous depuis l'université.

— J'en conclus que vous ne l'aimez pas.

Il installe posément sa serviette de table sur ses genoux avant de joindre les mains :

— Connaissez-vous Lord Bancroft, Agathe ?

— De réputation, seulement. Mon père est son notaire, il gère ses biens immobiliers et ses placements. Il a même été invité à son mariage, il y a trois ans.

— Les Bancroft sont nos plus puissants voisins avec les Rutherford. Peter et moi nous sommes croisés durant toute notre enfance sans jamais vraiment nous entendre. Nos relations ont fini par se dégrader définitivement à l'université. Il occupe désormais la chaire du département de sciences physiques, qui me revenait avant que je renonce à l'enseignement, et possède de nombreux appuis au Parlement. Dans la lettre qui m'annonçait sa venue, il me fait également part de son propre parrainage pour un de ses étudiants. Notre rival s'appelle Mark Selby et travaille à un projet de biologie. La thématique est on ne peut plus d'actualité depuis les découvertes de Mr Darwin, je ne vous apprends rien. On répertorie de nouvelles espèces de plantes et d'animaux tous les jours. Je pense que Lord Bancroft a eu vent du dossier que nous avons déposé et qu'il a deviné qui se cache derrière A. Langley.

— Croyez-vous que cela devienne un problème ?

— Non. Sa visite ne s'éternisera pas. Le connaissant, il vient fanfaronner et glaner quelques renseignements. Ça ne lui rapporterait rien de faire courir le bruit que vous êtes une femme. Les règles du concours ne l'interdisent pas.

Pas officiellement, du moins.

— Quoi qu'il en soit, poursuit Stone après une bouchée de poulet, même s'il ne voit pas en vous une menace, je vous exhorte à la plus grande prudence. C'est un fin politicien. Il ne parraine pas cet étudiant au hasard. D'autant que la biologie n'est pas sa spécialité première.

— Vous songez à un arrangement ? Un pot-de-vin ?

— Cela ne m'étonnerait guère.

Alors c'est ça, la communauté scientifique ?

Il se sert un verre de vin, les yeux rivés sur Adrian qui a l'air absent. Ma déception doit se peindre sur mon visage, car Stone soupire :

— Qu'on le veuille ou non, la science marche main dans la main avec la politique. J'espère que cela changera un jour, mais le cœur des hommes est corruptible par essence, aussi noble que soit son but.

Le déjeuner demeure sinistre jusqu'à la fin. Je peine à terminer mon assiette tant cette situation m'écœure – et ma naïveté par la même occasion. Je ne sais pas ce que je m'étais imaginé. Apparemment, la recherche devient une marchandise. Au lieu de rassembler les hommes, de les réunir pour tendre vers un idéal de connaissances, elle diviserait ? Elle les monterait les uns contre les autres, serait aussi esclave de la cupidité et des petits jeux de pouvoir ? L'hédonisme ambiant de Bloomstone Manor me fait parfois oublier la réalité du monde extérieur.

L'attelage arrive à 14 heures précises. Nous attendons son occupant tous les trois dans le vestibule. Stone affiche une placidité à toute épreuve et Adrian se tient en retrait, droit comme un I. J'ignore ce qui s'est passé entre la famille de Stone et Lord Bancroft, mais la rancune a l'air tenace. Kenneth ouvre la porte sur un homme grand et massif d'une cinquantaine d'années, aux yeux renfoncés et aux favoris grisonnants.

— Bonjour, Stone.

— Lord Bancroft, le salue simplement Stone en redressant la tête.

Bancroft pose son regard sur chacun d'entre nous et confie son gros manteau de laine brune à Kenneth d'un geste empressé.

— Je constate que tout le monde est là. Adrian. Et voici donc votre nouvelle petite protégée, à ce qu'on raconte. Miss A. Langley, si je ne me trompe pas ?

La condescendance dans sa voix me fait grincer des dents, mais je parviens tout de même à m'incliner légèrement :

— C'est exact. Ravie de faire enfin votre connaissance, Lord Bancroft. J'ai beaucoup entendu parler de vous.

Le coin de ses lèvres réprime un rictus :

— Votre père se fait un sang d'encre à votre sujet.

— Si nous passions dans mon bureau, Lord Bancroft, intervient Stone. Nous y serons plus à l'aise.

Il entraîne son hôte à sa suite et en s'éloignant, ce dernier nous toise une dernière fois. Quand ils sont hors de vue, je me dirige vers la bibliothèque à grands pas :

— Qu'il est désagréable ! Et hautain ! Père m'avait dit qu'il n'avait pas toujours un caractère facile, mais quel rustre ! Adrian, que diriez-vous d'un thé dans la bibliothèque ? Et sans strychnine, de préférence.

Je me retourne, mais Adrian s'est volatilisé. Je hausse les épaules et m'enferme au milieu des livres.

Miss Cherry m'apporte avec gentillesse une minuscule théière solitaire ornée de grosses pommes rouges et une tranche de citron. Je me replonge dans *La Femme en blanc* de Wilkie Collins, dont j'ai du mal à me détacher. Je me suis découvert un goût pour la littérature à suspense. N'ayant pas retrouvé d'autres lettres dans les livres que j'ai empruntés ou qu'Adrian m'a conseillés, j'ai abandonné l'idée de lever le voile sur ce mystère.

Je voulais interroger Stone à ce sujet, mais l'occasion ne s'est jamais présentée malgré toutes nos heures passées dans le bureau.

Le nez dans mon roman, au moment où Marian se rend compte de l'influence désastreuse du comte Fosco sur Sir Percival, j'entends du bruit derrière la cloison et me lève en maugréant :

— Lancelot, tu es agaçant à la fin...

Ce chat me fait sursauter chaque fois qu'il gratte, c'est-à-dire une à deux fois par jour. Depuis qu'il a compris que je lui ouvrais systématiquement, c'est comme s'il avait décidé que cette porte était l'unique sortie de la maison. Souvent, il demande à rentrer mais reste finalement planté là, la queue élégamment enroulée autour de ses pattes, pour la simple satisfaction de constater que son issue de secours est toujours disponible.

J'appuie sur le loquet et tire le pan de mur vers moi, mais pas de Lancelot. À la place se trouve...

— Adrian ?

Il met un doigt sur ses lèvres et s'enfonce un peu plus loin dans l'obscurité. Intriguée, je le rejoins dans un recoin en refermant soigneusement la cloison derrière moi. Je baisse la voix et chuchote :

— Que faites-vous ici ? Est-ce que Stone est au courant ?

— C'était son idée, me répond-il au creux de l'oreille. Maintenant chut.

C'est bien la première fois que nous nous retrouvons aussi proches et, à mon grand étonnement, je dois reconnaître que cela ne me déplaît pas. Un filet de lumière filtre à travers une longue porte entrouverte et je réalise que nous ne sommes pas derrière les placards muraux du bureau, nous sommes *à l'intérieur*. Adrian s'appuie contre la paroi et écoute, concentré.

— Alors, Stone ? fait la voix de Lord Bancroft. Comment vont les affaires ? Vous songez à vous diversifier ? Vous pourrez bientôt ouvrir un orphelinat.

Je serre les poings, mais Adrian recouvre ma main de la sienne. Une brève vague de chaleur remonte le long de mon bras alors que Stone rétorque :

— Que me vaut le plaisir, Peter ? Vous n'êtes pas ici pour conseiller mes investissements. Allez droit au but.

— Au sujet de Miss Langley, son père fait tout pour éviter le scandale, mais la rumeur commence à se répandre qu'elle aurait quitté le giron familial. J'avais donc visé juste, elle est bien votre candidate pour le concours de la Royal Society.

— En effet.

— Vous ne vous refusez rien.

— Cela ne vous regarde pas.

Au ton que Stone emploie, je comprends une chose cruciale : il hait cet homme.

— Mark Selby est un jeune homme brillant avec un énorme potentiel, vous auriez aimé l'avoir dans vos classes.

Et Bancroft le hait aussi.

— Que vous a promis sa famille en échange de votre nom sur le formulaire d'inscription ? demande calmement Stone en faisant racler sa chaise sur le parquet.

— Oh, voyons, je pensais que nous avions dépassé tout ça.

— Vous voulez l'appui de son oncle, Lord Cavendish, pour le nouvel amendement sur les lois du commerce avec l'Inde. Cela vous exonérerait d'une grande partie des taxes sur vos importations.

Il ajoute, après un temps de silence :

— J'ai moi aussi mes relations. Il m'a suffi d'un télégramme.

— Je vous mets au défi de prouver vos allégations.

Stone soupire :

— Y a-t-il autre chose qui me vaille le plaisir de votre visite ? Je suis un homme très occupé.

— Je n'en doute pas. Je venais en réalité vous faire partager mon bonheur : mon épouse Jane attend un heureux évènement pour le début du mois de mai.

En quoi cela concerne-t-il Stone ?

— Les félicitations sont de rigueur, déclare-t-il.

À côté de moi, Adrian se laisse glisser lentement le long du mur, atterré.

— Merci beaucoup. Vous savez à quel point c'est important d'avoir un héritier lorsque l'on dirige un domaine aussi important. Vous n'êtes toujours pas marié, Stone ?

— À l'évidence.

Bancroft se lève de son fauteuil dans un froissement de tissu.

— Je dois malheureusement vous quitter. Vous saluerez vos deux petits protégés de ma part.

— Je n'y manquerai pas. Ne m'en voulez pas si je ne vous raccompagne pas, vous connaissez le chemin.

Adrian se redresse, le visage fermé, me bouscule presque et m'entraîne plus loin dans le passage sans prononcer le moindre mot. Nous rejoignons un vieux couloir poussiéreux pour les domestiques qui, après trois angles abrupts, nous fait déboucher dans le petit salon dont les portes-fenêtres sont grandes ouvertes. Kenneth, un minuscule arrosoir à la main, inspecte la floraison prochaine du jasmin dans le jardin d'hiver. En nous voyant débouler de l'intérieur du mur, il s'interrompt :

— Bancroft est parti ? Je vais faire du thé.

J'attends qu'il ait quitté la pièce avant de demander enfin :

— Qu'est-ce qu'il se passe ? Pourquoi écoutez-vous aux portes ? Qu'est-il arrivé entre votre famille et Lord Bancroft ?

Entre un ficus aux proportions généreuses et une grosse azalée en pot, Adrian regarde fixement un point au-delà de la verrière et reste silencieux.

— Adrian ?

Sa voix est encore plus grave que d'habitude lorsqu'il répond :

— Je ne suis pas le cousin de Stone.

— Je vous demande pardon ?

— À vrai dire, je n'ai même aucun lien de parenté avec lui.

— Je ne vous suis pas.

— Je suis le fils de Lord Bancroft. Ou plutôt, sa punition.

Je m'assois lentement dans un fauteuil en osier. Comment peut-on être la punition de quelqu'un ? Adrian se retourne vers moi ; ses yeux brillent et je crois bien qu'il serre les mains dans son dos pour masquer leur tremblement.

— Que voulez-vous dire ?

— Ma mère était domestique chez les Bancroft. Je suis un bâtard. Quand je suis né, le patriarche a ordonné à son fils de m'entretenir, pour qu'il ne fasse plus jamais l'erreur d'engrosser une servante et qu'il se souvienne de la leçon. Mon père n'a pas eu d'enfant de son premier mariage, on m'a donc fait comprendre que je serais l'ultime recours des Bancroft. Je suis devenu un investissement comme un autre ; c'est uniquement pour cette raison que j'ai eu droit à des études. À la mort de sa première femme, il a choisi d'en épouser une autre, bien plus jeune, capable de lui donner un héritier. Si le futur bébé est un garçon, il sera enfin débarrassé de moi.

Son amertume me déchire. Kenneth arrive avec le thé et je m'entends souffler la pire des réponses possibles, faute de mieux :

— C'est horrible.

— Pardonnez-moi, Agathe. J'ai besoin d'être seul un moment.

— Adrian...

Il traverse le jardin d'hiver en quelques pas rigides et croise Stone dans le petit salon qui s'avance en rajustant son gilet. J'ai les larmes aux yeux quand il se laisse tomber sur la banquette en face de moi et nous sert une tasse de thé à tous les deux :

— J'en déduis qu'Adrian vous a informée de sa situation.

— Comment peut-on faire ça ? C'est odieux.

Stone ajoute un morceau de sucre dans sa tasse. Pendant quelques instants, le tintement de la cuillère contre la porcelaine se répercute dans la pièce. La véranda baigne dans la lumière pâle et triste de l'après-midi. Au-dessus de nous, les nuages hésitent à faire tomber la pluie.

L'aristocrate prend une longue inspiration :

— Sa mère était une fille du village dont la tante œuvrait ici en tant que femme de chambre. C'est ainsi que j'ai eu vent de l'existence d'Adrian. Il se trouve que j'ai moi-même des griefs particuliers contre Peter, dont je ne vous parlerai pas maintenant. Quand la mère d'Adrian est morte, je lui ai proposé de s'installer ici, c'était plus sûr et ça me donnait un avantage contre Peter. Et maintenant que sa nouvelle femme est enceinte... Légalement, Adrian n'aurait aucun droit sur le titre et la fortune même si son père le reconnaissait officiellement. Cela dit, avec les bonnes personnes, il est aisé de concevoir un faux contrat de mariage daté de quelques mois avant sa naissance. Ce ne serait pas une première.

Pour être honnête, je n'écoute qu'à moitié. Je trouvais Adrian taciturne, je le pensais d'un caractère timide, mais j'étais loin d'imaginer un tel drame. Comment se construire quand depuis le début de votre existence, vous n'êtes qu'un enfant de secours ? Celui qu'on oublie jusqu'au jour où on en aura éventuellement besoin ? Comment se reconnaître quand on vous fait comprendre que vous n'avez jamais été désiré, aimé ? Pire, que vous n'êtes qu'un fardeau destiné à punir quelqu'un d'autre ? Cela me retourne l'estomac. Je me souviens de la soirée que nous avons passée à observer le ciel. Adrian avait éludé très vite la question sur son père. Je crois que je l'ai mal jugé ce soir-là : il comprenait exactement le sentiment d'être pris au piège de sa propre condition. Je repose ma tasse de thé, la gorge serrée.

— Y a-t-il quelque chose à faire ?

— Rien en notre pouvoir, pour le moment.

Le ton de Stone m'intrigue. Me cacherait-il quelque chose ? Quelles sont les raisons de cette haine qu'il voue à Lord Bancroft ?

— Venez avec moi, Agathe.

Il se lève et je le suis dans le couloir, devant la salle de musique d'où s'échappent quelques notes assourdies. Jusqu'à présent, je ne m'étais pas rendu compte à quel point la pièce était insonorisée. J'ai déjà entendu parler de ce procédé : on rembourre un espace entre les murs de tissu compacté, de vieilles couvertures et de laine. Stone tourne le bouton de porte en s'efforçant de faire le moins de bruit possible et le son se répand soudain dans tout le couloir.

Le dos tourné, penché sur le piano, Adrian joue. Je reconnais cette musique qui m'est restée plusieurs fois en tête, sans que je parvienne à savoir d'où elle venait. Une mélodie qui aurait pu être joyeuse si elle n'était pas jouée avec tant de mélancolie, ce qui me fait chavirer le cœur. C'est donc ici qu'il disparaît toutes les après-midi ?

— Splendide, n'est-ce pas ? souffle Stone derrière moi, de la tristesse plein la voix. C'est ce qui arrive quand un homme de lettres n'arrive pas à mettre de mots sur sa propre douleur.

L'aristocrate s'éloigne, me laissant seule spectatrice. Je regarde Adrian déverser sa souffrance, effleurant, appuyant, caressant le clavier. Son corps, d'habitude si raide, ondule au rythme du mouvement de ses grandes mains sur les touches. La nuance des noires, l'intransigeance des blanches ; l'instrument prend vie sous ses doigts. La musique vibre dans ma poitrine, se met à résonner avec une telle intensité que je recule d'un pas, puis de deux.

Je remonte dans ma chambre, le ventre noué, et éclate en sanglots dès la porte fermée. Que c'est cruel, de faire endurer cela à quelqu'un d'aussi doux et passionné qu'Adrian. Il ne mérite pas d'être traité de la sorte. En proie à un trop-plein d'émotions, mes larmes ne s'arrêtent pas et roulent sur mes joues sans que j'aie la moindre emprise sur elles.

Le temps s'étire et même lorsque mes pleurs cessent, je rumine longtemps l'histoire d'Adrian. Prise d'un frisson, je rallume le feu dans la cheminée. La nuit tombe doucement sur Bloomstone Manor et les premières étoiles apparaissent déjà. Le mince sourire d'un croissant de lune se dessine par-dessus les cimes des arbres. Dans mon fauteuil tourné vers la fenêtre, je guette les premières constellations, perdue dans mes pensées.

Je songe à Adrian, à ce qu'il m'a confié l'autre soir. Nous nous ressemblons plus que je ne l'imaginais. Toute cette histoire avec Bancroft, qui, en plus de tout le reste, parraine maintenant un étudiant... Mon rival. L'un d'entre eux, en tout cas.

Je me lève de mon fauteuil, prise d'une détermination nouvelle. Rival ou pas, Bancroft ou non, j'entends bien ne faire qu'une bouchée de ce Mark Selby. Je lui damerai le pion, à lui et à tous ceux qui ne sont là que pour servir d'autres intérêts que ceux de la science. S'il faut une femme pour faire un travail d'homme, eh bien soit ! Et si cela peut s'accompagner d'une revanche sur Bancroft, sur la façon dont il considère son fils... c'est encore mieux.

L'horloge tinte 18 heures et après m'être repoudré le visage pour présenter un teint correct, je descends dîner.

Dans le couloir, je croise Tillie qui porte une énorme et appétissante daurade au fumet citronné et lui ouvre la porte de la salle à manger. Stone arrive un instant après, suivi par Adrian quelques minutes plus tard. Nous devons faire peine à voir, tous les trois. Je songe aux évènements de cette après-midi ; je préfère me taire plutôt que tenter des paroles réconfortantes. J'en ai pourtant très envie, mais je ne formule jamais les choses comme il le faudrait et je ne veux pas blesser Adrian. De plus, je présume qu'il ne souhaite pas s'appesantir sur le sujet.

Durant le dîner, Stone aborde des banalités et lance quelques plaisanteries pour détendre l'atmosphère, sans grand succès. Pour finir, il se tapote les lèvres avec sa serviette de table :

— Afin de terminer cette journée sur une note plus joyeuse, je vous annonce que Kenneth, Martha et moi avons décidé de commencer dès maintenant les préparatifs du bal de l'automne.

J'en laisse tomber ma fourchette :

— Le bal de l'automne ?

Je n'ai jamais aimé les bals.

— On le dit de l'automne, mais en réalité, il a toujours lieu début décembre. C'est une délicieuse tradition à Bloomstone Manor depuis trente ans. Pour l'occasion, nous réunissons toute la noblesse de la région, ainsi que quelques invités de Londres, et dansons jusqu'à l'aube. Certainement un de mes évènements préférés de l'année !

Ça promet. À voir la tête qu'il fait, Adrian a l'air tout aussi emballé que moi.

10

LA TROISIÈME LETTRE

Les charmes de l'automne s'étiolent et l'hiver arrive sur la pointe des pieds. Quelques jours se sont écoulés depuis la visite de Lord Bancroft et je ne parviens pas à oublier cette vision d'Adrian jouant du piano pour conjurer sa tragédie familiale. En plus, cette musique m'obsède. Je n'ai toujours rien trouvé de réconfortant à lui dire, d'autant que nous n'avons pas abordé le sujet par la suite et je ne tiens pas à être celle qui le fera en premier.

En avance aux écuries pour notre promenade rituelle, je resserre l'écharpe autour de mon cou pour me protéger de l'humidité insidieuse du petit matin. Stone et Adrian ne devraient pas tarder. Alexander, le palefrenier, cajole River en l'amadouant avec des morceaux de carotte. C'est un jeune homme calme et patient que je soupçonne d'être plus à l'aise avec les animaux qu'avec les humains. Je le remercie d'avoir sellé la jument, je saisis les rênes et entraîne celle-ci dans la cour quand Adrian arrive. Seul.

— Stone n'est pas avec vous ?

Il secoue la tête.

— Non, il s'est désisté au dernier moment. Apparemment, il aurait quelques urgences à traiter en plus des affaires quotidiennes pour pouvoir passer la fin de semaine tranquille.

Je passe le pied dans l'étrier et enfourche ma monture.

— Ne le trouvez-vous pas étrange depuis deux jours ?

— Stone ?

— Oui.

— Pas plus qu'à l'ordinaire, mais vous passez plus de temps avec lui que moi.

Ce n'est pas faux. J'attends qu'Alexander lui amène Storm, les yeux dans le vague. On ne m'enlèvera pas de l'idée que notre ami s'est comporté très bizarrement. Il semblait avoir l'esprit ailleurs. Les urgences de ce matin y sont peut-être pour quelque chose. Adrian revient à mon niveau, installé sur son cheval.

— Alors, comment avance votre projet ? Allez-vous changer à jamais notre vision de l'univers ?

— Pour le moment, non, j'en ai peur.

Nous quittons les écuries et je poursuis :

— Nous n'avons pas encore terminé de fixer les équations. Il y a tellement de choses dont nous ignorons tout ! À commencer par la masse de la planète, ou du corps céleste, car nous ne pouvons pas encore être certains qu'il s'agisse bien d'une planète. Elle est très difficile à estimer. Elle doit être suffisamment dense pour perturber à la fois les orbites d'Uranus et de Neptune, ce qui est considérable. C'est notre principale inconnue et notre principal problème. Ça et...

Cela l'intéresse-t-il vraiment ?

— Et ?

— ... et je crains que mon apprentissage en autodidacte ne se retourne contre moi.

— Que voulez-vous dire ? demande-t-il en écartant une branche du chemin alors que nous pénétrons dans la forêt.

— D'après Stone, ma manière de travailler est tout sauf académique. Je ne le prends pas mal, seulement... Il apparaîtrait que je raisonne de manière assez peu conventionnelle, ce qui fait que mes calculs, bien qu'ils soient justes, ne correspondent pas toujours à la méthodologie attendue.

— Vous devez donc formater votre pensée et cela vous répugne.

Je retiens un sourire et soupire d'un ton faussement déçu :

— Vous commencez à bien me connaître, Adrian.

Il ne me renvoie pas la balle et passe devant moi, les yeux rieurs. Le bois se referme sur nous. Les oiseaux babillent et jacassent, les fougères exhalent une odeur de terre humide et la brume étire ses traînées cotonneuses à quelques pouces du sol. On se croirait hors du temps.

— Où m'emmenez-vous donc ? Je ne suis encore jamais venue par ici.

Adrian se retourne vers moi avec un air de défi :

— Croyez-vous aux fantômes, Agathe ?

— Non, sûrement pas.

— Tant pis. Je suis sûr que vous apprécierez le mystère, au moins.

— De quoi parlez-vous ?

— Vous verrez bien !

Nous cheminons encore dans la quiétude du sous-bois pendant vingt bonnes minutes. Nous croisons un renard à l'affût, deux chevreuils et une famille d'écureuils. Le reste du temps, je détaille le dos d'Adrian et le revois au piano, je me remémore la façon dont il se mouvait, ses mains sur les touches. Qu'est-ce qui me trouble autant chez lui ?

Nous débouchons sur une butte dégagée qui surplombe le village niché au creux des collines nappées de brouillard. Les nuages, d'un rose satiné sous les rayons du soleil, défilent paresseusement dans le ciel. Le clocher sonne 8 heures en une cavalcade de carillons qui se répercutent dans la vallée et remontent jusqu'à nous. Le spectacle est superbe, toutefois quelque chose doit m'échapper :

— La vue est charmante, mais vous m'aviez promis des fantômes.

Adrian sourit sans sortir de sa contemplation :

— Regardez à votre droite.

Je tourne la tête. À moitié avalées par la forêt, les ruines d'une vieille église se devinent au milieu des hêtres et des chênes.

— Ça alors !

Je fais approcher River pour mieux observer la bâtisse, ou ce qu'il en reste. Seuls deux murs sont encore debout. Les pierres se sont éparpillées au sol en monticules moussus et réguliers, comme si elles avaient tenu à tomber dans l'ordre, en bons petits soldats. L'entrée a disparu depuis longtemps, mais le portail demeure, surplombé de grands arcs désormais vides mais qui devaient accueillir un vitrail en rosace. Je fais le tour. Rien ne subsiste à l'intérieur, si ce n'est une niche en creux taillée dans une paroi et un gros bloc de granit que je suppose être l'autel.

— Est-ce qu'elle fait partie du domaine ?

— En théorie, oui, répond Adrian. Je pense qu'elle était là bien avant l'arrivée de la famille de Stone. Elle doit dater d'au moins deux siècles. Une de ces petites chapelles inconnues qui parsèment la campagne. Je ne suis pas particulièrement pieux, mais je ne résiste pas aux ruines. J'aime imaginer les évènements heureux et les drames qui se sont joués ici.

— Vous lisez trop de romans.

Moi qui croyais arriver à doser mes paroles, je n'en rate pas une, mais à ma plus grande surprise, il éclate de rire :

— Vous avez sans doute raison, ou bien c'est que vous n'en lisez pas assez.

Je dois admettre que c'est bien renvoyé. Il guette ma réaction : c'est la première fois qu'il me retourne une pique. Je lui glisse, amusée :

— Je suppose que je l'ai cherché. Vous avez gagné : conseillez-moi encore un de ces romans gothiques que vous aimez tant.

— Hmmm... laissez-moi réfléchir.

J'adore son expression dans ces moments-là.

— Question épineuse, murmure-t-il. Vous m'avez confié l'autre jour ne pas avoir spécialement aimé *Les Hauts de Hurlevent*, qui s'inspire pourtant énormément du genre.

— Ce n'est pas tant une question de style que de romance ! Ce pauvre Heathcliff... Catherine est une idiote qui brise des cœurs et fait vivre un enfer à tous ses proches. Si elle avait eu un tant soit peu de bon sens et suivi ses sentiments, la moitié des drames auraient pu être évités !

— Et dans un registre plus moderne, *Dracula* ?

— Oh, je vous en prie ! Toutes les filles n'avaient que ce mot-là à la bouche l'année dernière. Elles en discutaient à voix basse et gloussaient comme des poules !

Il a pourtant l'air sérieux alors je reprends :

— Ce livre serait donc si réussi que ça ?

— À bien des égards, tant sur le fond que sur la forme. Si vous n'y tenez pas, il y a toujours les nouvelles de Sheridan Le Fanu, mais je maintiens que *Dracula* pourrait vous plaire. Le comte est un personnage fascinant, tout comme son ennemi Van Helsing. Quant à l'héroïne principale, Mina... Faites-moi confiance, Agathe.

Je ne résiste au charme de sa voix :

— Très bien, dis-je. Alors, *Dracula* ce sera.

Au-dessus de nous, deux petites buses piottent en décrivant de grands cercles langoureux. Une brise froide se lève et nous balaye, tandis que River joue du sabot pour manifester son impatience.

— Nous devrions rentrer, déclare Adrian.

Cette fois, il me laisse passer devant. La piste serpente entre les troncs en un ruban sombre pendant quelque temps, avant de s'élargir. Prise d'une envie soudaine, je me retourne et lance :

— J'ai besoin d'action. Que diriez-vous d'un galop ?

— Pourquoi pas ? Storm n'a pas couru depuis longtemps. Après vous.

Je talonne River gentiment jusqu'à ce qu'elle s'élance. Derrière, j'entends le martèlement des sabots de Storm qui a le pas plus lourd que ma jument. L'air frais sur mon visage, les odeurs des plantes, mon corps emporté par la vitesse, c'est à la fois exaltant et libérateur ! La forêt défile de chaque côté, des branches basses me fouettent les jambes et les bras, je pourrais crier telle une Cheyenne des Grandes Plaines ! Adrian finit par me rattraper et semble s'amuser tout autant que moi. Nous passons un petit pont de pierre sous lequel le ruisseau glougloute joyeusement, puis nous sortons en trombe du bois, entraînés par l'élan des chevaux, et croisons Lucy qui se rendait à Bloomstone Manor depuis le cottage. Interloquée, elle nous regarde contourner la maison et rejoindre les écuries.

En poussant la porte d'entrée du manoir, je glisse :

— Merci pour cette agréable promenade, Adrian. Je… Nous devrions faire ça plus souvent.

Il me dévisage de ses grands yeux noirs. Ai-je encore dit quelque chose qu'il ne fallait pas ?

— Avec plaisir, répond-il simplement.

Avant de me changer, je pose mes bottes et me dirige vers la bibliothèque pour y chercher *Dracula*. Je ne pensais pas avoir un jour envie de le lire, celui-là. Ce que j'ai dit à Adrian était vrai, c'était *le* livre de l'année dernière, si scandaleux que tout le monde le lisait – mais en cachette. Je verrai bien ce qui pouvait susciter tant de réactions.

Je trouve le petit volume, à la couverture jaune poussin qui a au moins le mérite d'éveiller ma curiosité, et remonte dans ma chambre, où je retrouve Lucy qui referme les fenêtres après avoir aéré.

— Ah, vous voilà ! Bonjour, Agathe.

— Bonjour, Lucy.

— Vous m'avez fichu une belle frousse tout à l'heure, j'ai cru que vous alliez me foncer dessus.

Je lance distraitement le livre sur le lit et me confonds en excuses en me dirigeant vers la salle de bains.

— Vraiment désolée, nous nous sommes laissé emporter, je crois. Je me lave rapidement et je descends manger, je suis affamée.

— Allez-y, Miss. L'eau est chaude. Je vais refaire du feu.

Quand je sors, enveloppée dans mon peignoir tout doux après une toilette délassante au possible, le feu ronfle et craque dans la cheminée. Je trouve Lucy, assise sur le lit à côté de mes vêtements, qui relève brusquement la tête, rouge comme une pivoine.

— Je suis vraiment navrée, Agathe. J'ai voulu préparer vos affaires et j'ai trouvé ça sur le lit. Ça a dû tomber du livre. Je ne voulais pas être indiscrète, je vous le jure !

Elle tient une petite feuille pliée en deux.

Une troisième lettre.

— Ne vous excusez pas. L'avez-vous lue ?

— Oh non, pas du tout !

— C'est la troisième fois que je trouve un de ces feuillets dans les livres de la bibliothèque. Ce sont des lettres. Je… j'ignore qui les écrit et à qui elles sont adressées. Je voulais vous en parler, pour tout dire… Puis-je ?

Je m'assois à côté d'elle et elle me tend le papier.

Je rêve d'un endroit dont nous seuls aurions la clé.
Nous en connaîtrions tous les chemins dérobés, les sentiers et les détours.
Je me plais à nous imaginer, à l'ombre d'arbres dorés.
Nous n'aurions rien d'autre à faire que nous aimer.
Ce mot « nous » est un délice à écrire, pour moi
Qui ne suis qu'une ombre alors que vous rayonnez.
Comment pourrais-je ne pas vous aimer ?
Nous ferions un magnifique crépuscule, ou mieux,
Une aube étoilée.
Je rêve de vous tenir dans mes bras.

Par cette lettre, je vous envoie un instant d'infini et, je l'espère, une promesse.
Celle qu'un jour, peut-être, je puisse vous dire,
Que je vous aime de tout mon être.

À vous, à jamais.

— Oh… c'est…

De pire en pire.

— Miss ?

— C'est…

Trouver cette lettre aujourd'hui, après la promenade avec Adrian, c'est…

C'est…

Je secoue la tête.

Rien d'autre qu'une coïncidence. En plus, je suis moi-même allée chercher le livre dans la bibliothèque et Adrian remontait dans ses appartements. Ça ne peut pas être lui, d'autant qu'il n'y avait aucun moyen de prédire que nous discuterions de *Dracula* ce matin. Ces lettres appartiennent donc à Stone, d'une manière ou d'une autre.

Je me tourne vers Lucy, les joues toujours aussi enflammées.

— D'habitude, ce n'est pas aussi long. Ni aussi expansif.

— Ce sont de bien jolis mots, soupire-t-elle. Vous dites que c'est la troisième ?

— Oui.

— Et vous n'avez vraiment aucune idée d'où elles viennent ?

— Pas la moindre.

Je ne vais quand même pas lui dire que j'envisage qu'elles soient adressées à Stone. Lucy me dévisage longuement, si bien que je finis par lui demander :

— Quoi ? Qu'est-ce qu'il y a ?

— Rien du tout.

Mon estomac gronde une seconde fois et je m'habille pour aller enfin prendre mon petit déjeuner. Je résoudrai ce mystère plus tard.

La matinée passe ensuite à une vitesse folle et malgré ma détermination, je n'arrête pas de songer à cette lettre. Au déjeuner, je décide de fouiller la bibliothèque pour de bon, mais au milieu de ses explications sur les préparatifs du bal, Stone fait une annonce qui m'épargnera peut-être cette peine :

— Nous aurons une quatrième personne à dîner, ce soir, et ce jusqu'à la fin du week-end.

Il a l'air aux anges.

— Qui donc ? demande Adrian.

— Evelyn, bien sûr.

Evelyn ?

— Charmant !

— Kenneth a déjà apprêté la chambre rouge. J'ai reçu la nouvelle il y a quelques jours.

Au moment où il a commencé à avoir la tête ailleurs. Je demande :

— Qui est-ce donc ?

— Oh, Evelyn et moi nous connaissons depuis des années. Je ne doute pas que vous vous entendrez à merveille ! répond Stone, malicieusement. D'ailleurs, je pensais profiter de l'occasion pour proposer une soirée habillée ce soir, qu'en dites-vous ? Ou demain ?

Je m'empresse de répondre, déjà rongée d'impatience :

— Ce soir, ce serait parfait !

Satisfait, il commande le café et nous ne reparlons pas d'Evelyn alors que je meurs d'envie d'en apprendre plus. Ma curiosité me surprend moi-même. D'où vient-elle ? Comment se sont-ils connus ? C'est sans doute elle qui envoie les lettres. Est-ce elle qui a ravi le cœur de Stone ? Pourquoi ne peuvent-ils pas être ensemble ? Est-elle mariée, ou indisponible d'une quelconque façon ?

Soudain, je comprends. C'est forcément ça qui a dû nuire à sa réputation ! Stone est tout à fait le genre d'homme à renoncer à la vie mondaine par amour. Je l'observe, si solaire dans son costume clair. Il affiche un visage énigmatique et songeur que je ne lui ai jamais vu, mais j'avais déjà deviné que derrière l'aristocrate cultivé et rationnel se cachait un grand romantique. Sa fascination pour les mythes médiévaux parle pour lui.

L'après-midi, pendant que nous travaillons, je ne laisse transparaître ni ma hâte ni mon émotion, tout simplement parce que je subis un échec cuisant. Je crains de mettre à l'épreuve la patience de Stone quand il m'explique posément trois fois le même procédé, mais rien ne semble entamer sa bonne humeur. Surtout, j'ai la très désagréable sensation de toucher mes limites du doigt. Mon carnet est couvert de ratures et rempli de feuilles glissées entre chaque page ; bientôt, il me faudra une ceinture pour le fermer. Les heures défilent, je piétine et cela m'est insupportable. La nuit tombe déjà, et je ne suis pas plus avancée que ce matin.

— Agathe, laissons ça de côté pour aujourd'hui, voulez-vous ? Nous reprendrons demain, ne forcez pas. Nous savions qu'estimer la trajectoire de la planète serait extrêmement complexe à appréhender. Il faut prendre en compte les masses d'Uranus *et* de Neptune, cette fois.

— Mais… J'ai l'impression que nous n'avançons pas assez vite !

— Rappelez-vous ce que je vous ai dit : le temps, soupire Stone. Il est à la fois notre pire ennemi et notre meilleur atout. Attendez jusqu'à demain, ou après-demain. Il suffit parfois de ne plus y penser pour que la solution s'impose d'elle-même.

— Espérons. Je vous ai fait répéter les mêmes phrases toute l'après-midi. Merci de votre patience, Stone.

— Avec plaisir. Et merci à vous d'être mon élève. Je ne vous le dis pas souvent, mais cela me rend heureux.

— Merci.

J'ai répété ça dans un souffle, car je ne sais pas quoi répondre face à cet aveu touchant.

— Evelyn ne va pas tarder, murmure-t-il. Nous devrions commencer à nous préparer pour le dîner.

J'acquiesce et rejoins ma chambre. J'ouvre le placard pour sortir ma robe pour ce soir. Je ne vais pas tarder à être à court de tenues habillées. Il n'y a que la bleue et or que je n'ai pas encore mise. Ensuite, je n'aurai plus aucune originalité et il est hors de question d'aller chercher des vêtements de rechange chez mes parents. D'ailleurs, cela me fait penser que je n'ai pas donné suite à la dernière lettre de Miss Davies, arrivée il y a cinq jours. Après avoir évasivement répondu à une énième missive de Mère, je n'en avais simplement pas le courage. Il est encore laborieux de prétendre que tout va bien entre nous et que la situation est toujours la même ; j'ai l'impression de jouer à un jeu de dupes. Ni l'une ni l'autre ne sont prêtes à me pardonner, ou mieux, à comprendre ce que j'ai fait, malgré l'affection qu'elles me portent. Nous nous contentons de banalités qui, certains mauvais jours, ravivent la blessure de la trahison.

Lucy revient après ma toilette pour m'aider à lacer mon corset et à enfiler la robe. Je l'aime beaucoup, les couches supérieures de tissu sont brodées de fil doré et s'évasent de chaque côté comme la corolle d'une tulipe. Elle a des allures presque orientales avec ses manches voilées. Lucy profite de l'occasion pour s'amuser avec mes cheveux, tresse un ruban azuré qui termine de maintenir mon chignon et choisit même mes boucles d'oreilles pendant que je me maquille. Pour finir, je lui demande anxieusement :

— Comment je suis ?

— Ravissante.

Je veux faire bonne impression, mais autre chose se mélange à mon impatience et je ne sais pas ce que c'est.

— Maintenant, allez-y ! m'intime la jeune fille.

— Que ferais-je sans vous ?

— Vous seriez seulement moins bien coiffée ! rit Lucy. Allez !

J'ouvre ma porte au moment où Adrian referme la sienne. Il porte une queue-de-pie bleu foncé sur une chemise blanche et une cravate d'une teinte identique rehaussée par une épingle dorée. Sans nous concerter, nous nous sommes accordés.

— Si vous me permettez, Agathe, vous êtes absolument magnifique.

Lui aussi.

— Oh... je... merci.

— Me feriez-vous l'honneur de m'accompagner jusqu'au dîner ?

Je me sens rougir et me contente de lui tendre mon bras. La lettre de ce matin me revient tout à coup à l'esprit. « *Je vous envoie un instant d'infini.* » Je suppose que cela ressemble à ça.

Nous trouvons Stone devant l'armoire à apéritif, en train de passer en revue les options possibles.

— Adrian, quelle élégance ! s'exclame-t-il. Agathe, ma chère, vous êtes radieuse !

— Où est votre mystérieuse invitée ? demandé-je d'un ton innocent.

— En train d'installer ses affaires et de se changer, la route a été longue depuis Londres.

Peut-être l'ai-je déjà croisée au cours d'une soirée ? Stone me sert un gin tonic et prépare un verre de whisky pour Adrian quand la porte de la salle à manger s'ouvre. J'ai le sentiment soudain que l'air pétille autant que ma boisson, ce qui est très étrange compte tenu de la déception qui m'envahit.

Tellement obnubilée par cette histoire de lettre, j'avais oublié qu'Evelyn est un prénom mixte. L'homme qui s'avance vers nous a la petite trentaine, des cheveux châtains attachés en catogan et le visage, je dois bien le reconnaître, très plaisant.

— Ah, te voilà ! Evelyn, je te présente Miss Agathe Langley. Agathe, voici Sir Evelyn Carlysle.

Les Carlysle du Cumberland ?

— Enchanté, milord.

— Je vous en prie, c'est mon père qu'on appelle milord. Appelez-moi donc Evelyn. Stone m'a beaucoup parlé de vous. Tu vois, ajoute-t-il à l'adresse de celui-ci, je t'avais bien dit que je serais démasqué !

— Vous m'étonnerez toujours, Agathe, me glisse l'aristocrate.

Après une gorgée de gin, je souris :

— N'oubliez pas qu'avant de me trouver ici, j'habitais à Londres.

Et que mes parents me traînaient dans toutes les réceptions les plus ennuyeuses de l'univers.

— J'ai entendu dire que vous participiez au concours organisé par la Royal Society ?

— En effet.

— Evelyn a reçu le titre de Knight of Science pour ses découvertes en chimie des matériaux, explique Stone. Nous nous sommes rencontrés à l'université lorsque j'y enseignais encore. Asseyons-nous, maintenant, car si la soupe est servie froide, nous devrons subir la colère de Hazel.

— Et je ne souhaiterais pas cela à mon pire ennemi, complète Kenneth qui arrive avec la soupière.

Ma déception à propos d'Evelyn s'éclipse vite au cours du repas. Cet homme est absolument charmant, cultivé et doté d'un sérieux sens de l'humour. Il semble très bien s'entendre avec Adrian également. Je passe une excellente soirée, pourtant, une fois couchée, je ressens les signes familiers d'une insomnie. Je me tourne et me retourne dans les draps, bois un verre d'eau, dispose les oreillers autrement, rien n'y fait. Je finis par allumer la lumière, raviver les braises et m'installer au secrétaire. Quitte à ne pas dormir, autant que cela serve à quelque chose. De tête, je tente de reposer une partie de l'équation qui me causait tant de difficultés tout à l'heure. Je ne sais pas si ce sont les derniers effets de la liqueur d'orange, mais tout a l'air plus facile. Je vérifie trois fois avant de me rendre à l'évidence : je suis arrivée au résultat que soupçonnait Stone – et pour lequel il a sacrifié son après-midi en explications renouvelées.

Fébrile d'excitation, j'enflamme à la hâte la mèche de la lampe à huile, enfile ma robe de chambre et me dirige vers le bureau de Stone pour y récupérer mon carnet. Je dois absolument noter ça ! Le bruit de mes pas étouffés par l'épais tapis, je suis aussi silencieuse que Lancelot. La pièce est plongée dans l'obscurité, à l'exception d'un fin rai de lumière qui s'étire au sol depuis la porte entrouverte des appartements de l'aristocrate. Il ne dort jamais avant 1 heure du matin. Je pose la lampe sur un meuble, à la recherche de mon carnet, quand j'entends un tintement :

— Tu es sûr de ne pas en vouloir ? Ce sherry est une vraie merveille.

Mon cœur rate un battement. C'est la voix d'Evelyn ! Je tombe enfin sur mon carnet. Je devrais partir. Ma curiosité est trop forte ; je *dois* partir, mais au lieu de ça, je fais trois pas autour de la longue table de travail pour apercevoir Stone, assis à un petit bureau, en train d'écrire quelque chose.

— Certain, réplique-t-il. Je termine ça et j'arrive.

— Nel, quand cesseras-tu donc de travailler ? Arrête de penser, veux-tu ?

Avec stupeur, je vois alors Evelyn s'approcher, la chemise défaite, passer sa main sur les épaules de Stone avant de saisir délicatement son menton. Il lui relève la tête, se penche et l'embrasse, lui arrachant un sourire.

La poitrine en feu, je regagne ma chambre dans un état second, à la lueur vacillante de la lampe.

Moi qui voulais des explications, me voilà servie.

11

LA ROBE

Mon insomnie s'est égarée quelque part entre le bureau et ma chambre, mais je n'en dors pas mieux pour autant. Ma nuit est peuplée de rêves agités, enfiévrés et franchement honteux, faits de soupirs et de draps froissés. Au réveil, je me souviens seulement que je trouvais Stone en galante compagnie dans notre ancien salon à Londres et qu'Adrian m'offrait trois douzaines de roses rouges alors que je prenais un bain dans un lac d'Écosse.

Une aube blafarde se lève et ses rayons se fraient un chemin à travers les voilages. La pendule indique 7 h 30. Je me laisse retomber dans les oreillers.

Au moins, j'avais raison au sujet d'Evelyn, sauf que je n'avais pas prévu qu'il soit un homme. Cela explique tout : le retrait de Stone de la vie mondaine, la froideur soudaine de mes parents quand ils l'ont appris, sa réputation d'excentrique, le ton narquois de Bancroft quand il lui a demandé s'il était marié…

Est-ce aussi pour cela que l'air vibrait hier, quand Evelyn est entré ? J'ignore tout de l'amour, je n'en reconnais pas les manifestations. Mes parents ne s'aiment pas, ou plus, Miss Davies reste discrète sur sa vie privée, et je n'en ai jamais parlé avec Euphemia.

Notre société, et tout particulièrement ma caste, rejette unanimement les homosexuels, jusqu'à les emprisonner et les envoyer aux travaux forcés. Cela revient, la plupart du temps, à les condamner à mort.

Je me sais conditionnée pour réagir de la même manière, alors pourquoi cette idée me donne-t-elle la nausée ? C'est peut-être ma nature de toujours tout remettre en question. J'ai vu le regard que Stone a posé sur Evelyn, j'ai vu son sourire. Je ne connais peut-être rien à l'amour, mais je ne vois pas ce que ça peut être d'autre. Quel jugement peut-on porter sur des gens qui s'aiment ? Qui nous octroierait ce droit ? C'est idiot !

Je presse mes paumes sur mon visage en ordonnant mes pensées. La seule chose que je crois retenir de tout ça, c'est que Stone a l'air heureux. N'est-ce pas tout ce qui compte, au fond ?

Il est encore trop tôt pour le petit déjeuner. Je me redresse et tends le bras vers ma table de nuit pour attraper *Dracula*. Je n'en relève le nez que lorsque Jonathan Harker réalise qu'il est prisonnier du comte. Je repose le livre à regret : encore une fois, Adrian a visé juste. Ce début, malgré sa forme peu ordinaire de journal de bord, m'a instantanément happée.

En toute hâte, j'enroule mes cheveux en un chignon approximatif, bien loin des exploits de Lucy, enfile une tenue convenable, puis rejoins la salle à manger. Adrian est déjà là, se resservant du thé.

— Bonjour, Agathe. Bien dormi ?

Merci pour vos roses de cette nuit, j'en ai encore le cœur qui bondit.

— Oui. Oh, et j'ai commencé *Dracula*, ce matin.

Le peu que j'en ai lu suffit à alimenter la conversation, qui nous occupe jusqu'à l'arrivée de Stone et Evelyn. Ils s'assoient l'un à côté de l'autre, la mine radieuse et de charmante humeur.

Stone, déjà bel homme au naturel, resplendit de bonheur, et quelque chose de plus brille dans ses yeux bleus. Cela me fait plaisir. À vrai dire, je crois que c'est la première fois que je vois un couple qui illumine autant une pièce. Comme cela doit le déchirer de ne pouvoir vivre avec Evelyn au grand jour !

— Agathe ? appelle soudain Adrian.

— Quoi ? Pardon, je rêvassais.

Par-dessus son toast, Stone pose sur moi un regard scrutateur et interrogatif.

— Avez-vous bien dormi ? me demande-t-il.

— Oui. À vrai dire, avant de me coucher, j'ai repris les calculs d'hier et je crois avoir réussi à prouver votre intuition. Il serait bel et bien possible de fournir une estimation de la masse de la planète. Si tout fonctionne comme je l'espère, nous aurons pratiquement éliminé une inconnue.

— Vous me montrerez ça tout à l'heure, mais d'abord, j'ai un aveu à vous faire. J'ai pris la liberté de nous prévoir une sortie en ville cette après-midi.

Agathe, je tiens à ce que vous nous accompagniez, c'est de la plus haute importance.

— Comment cela ?

— Nous avons rendez-vous chez Francis, mon tailleur à Ipswich.

— Je ne comprends pas.

— Je tiens à vous offrir une robe pour le bal.

Pas besoin de miroir pour savoir que je vire au rouge écarlate.

— Stone. Il… il ne fallait pas, je ne peux pas accepter.

— Trop tard, ma chère.

— Mais…

Il faut que je trouve quelque chose.

— Je ne peux pas y aller comme ça ! Une femme célibataire, avec trois hommes, en pleine rue !

— J'ai tout prévu : Iris nous retrouvera à la gare et jouera le rôle de votre chaperon. Entre Lord Stone et Lady Rutherford, vous serez inattaquable.

Je suis médusée. À côté de moi, Adrian se retient de rire dans sa serviette de table.

— Cela vaut pour vous aussi, mon ami, dit Stone en se tournant vers lui. Au vu de ce que j'ai prévu, j'espère ce bal mémorable !

Devant son air déconfit, je pouffe à mon tour dans ma tasse de thé : nous ne valons pas mieux l'un que l'autre.

Nous avons fini le petit déjeuner depuis quelque temps lorsque Stone lance un regard entendu à Evelyn, avant de demander :

— Agathe ? Auriez-vous quelques instants à m'accorder ?

Intriguée, je hoche la tête.

— Laissez-moi seulement le temps d'aller chercher mes calculs.

Dans ma chambre, je récupère les feuillets d'hier, que je n'ai finalement pas recopiés dans mon carnet. Heureusement, car observateur comme il l'est, Stone aurait su que j'étais venue le chercher dans le bureau et compris que je l'avais surpris avec son amant.

Il referme la porte de la bibliothèque derrière moi, un peu pâle, et reste planté là alors que j'ai déjà pris possession de mon fauteuil fétiche – à l'angle de la cheminée.

— Agathe, je... À propos d'Evelyn...

— C'est inutile. J'ai déjà compris.

Il s'approche.

— Et... ?

Il n'est quand même pas en train de me demander mon avis ?

— Grands dieux, Stone !

Mon ton est légèrement cassant, mais je suis lancée :

— Vous pensez vraiment que cela m'importe ?

— Ce serait possible...

— Je ne vous croyais pas du genre à vous préoccuper des opinions des autres.

Il s'assoit dans le fauteuil en face du mien :

— Des autres, non. De la vôtre, si.

Je ne l'avais pas prévue, celle-là. Je reprends, plus posément :

— Cela ne me regarde en rien. Vous ne vous mêlez pas de ma vie sentimentale, ce qui est éminemment reposant pour moi – vous connaissez mes parents. Je ne vais certainement pas m'immiscer dans la vôtre. Et si cela peut vous rassurer, j'aime beaucoup Evelyn et vous avez l'air très heureux, tous les deux. Je crois que c'est la seule chose qui importe.

Stone murmure, visiblement ému :

— La personne qui partagera votre vie aura beaucoup de chance, Agathe. Vous ne réalisez pas à quel point.

— Pour cela, il faudrait déjà que j'intéresse quelqu'un.

L'aristocrate détache les yeux des braises rougeoyantes pour les poser sur moi. Il me dévisage longuement, comme s'il cherchait à savoir si je plaisante ou non. C'est tellement étrange que je demande, pour changer de sujet :

— Comment vous êtes-vous rencontrés ?

Un sourire rêveur illumine son expression quand il répond :

— À l'université. J'enseignais depuis quelques années quand il est arrivé dans mon cours. Il faisait partie des rares étudiants en chimie à avoir pris un renforcement en physique et non en médecine ou en biologie. Deux heures par semaine seulement, mais cela a suffi. J'ai lutté de toutes mes forces. Jamais je n'ai ressenti autant d'amour pour quelqu'un. J'ai pris sur moi de refuser toute intimité avec lui le temps de l'année scolaire, même d'un point de vue strictement professionnel, car je soupçonnais, ou j'espérais, que mes sentiments étaient partagés. Ce fut d'une douleur sans nom. Au dernier cours du mois de juin, il m'a annoncé qu'il préférait renoncer à la physique et choisir une autre option. Il était l'un de mes meilleurs élèves, alors je lui ai demandé pourquoi. C'est là que… enfin, il a passé une grande partie de l'été suivant ici. Je ne croyais pas à mon bonheur.

Il grimace et se lève, crispé, examinant nerveusement les rayonnages qu'il connaît pourtant par cœur.

— Peter Bancroft a eu vent de la situation et l'a tournée à son avantage. Il convoitait mon poste de chef de département. En quelques jours, la rumeur a commencé à se répandre et j'ai été convoqué par le doyen de l'université. Dieu merci, il ne savait pas qu'il s'agissait d'Evelyn, sinon il aurait été renvoyé lui aussi. Officiellement, j'ai démissionné de mon poste pour m'occuper de l'entreprise familiale. En réalité, j'ai cédé au chantage pour qu'il puisse terminer son cursus. Vous auriez vu sa rage lorsque je l'ai mis devant le fait accompli.

Je serre les poings. Je devrais être surprise, outrée, mais cela ne m'étonne pas. L'aristocratie a des moyens redoutables dès qu'il s'agit de détruire la vie de quelqu'un. Elle n'oublie rien et ne pardonne jamais.

— Pour être franc, Agathe, continue Stone en soupirant, votre participation au concours est une revanche pour moi. Je suis désolé de paraître froid et calculateur de la sorte, j'exècre cette partie de moi, mais même après toutes ces années, je voue à Bancroft une haine sans égale. Il a pris tout ce qui était cher à mon cœur, menacé l'homme que j'aime, anéanti tout ce pour quoi j'avais tant travaillé…

Bancroft fait décidément des ravages partout où il passe. D'abord Adrian, maintenant ça… Lord ou pas, il est abject. Il représente tout ce que la noblesse produit de pire. Je m'entends répondre d'une voix sourde :

— Alors, battons-le sur son propre terrain. Éliminons son candidat de la course. Vous avez parlé de pot-de-vin, il y a sûrement moyen d'en trouver une trace. Pour le concours, bâtissons un projet irréprochable. Et… j'ignore comment, mais cela nous fournira peut-être l'occasion d'aider Adrian.

— Ces combats ne sont pas les vôtres.

Je relève la tête et lui adresse mon regard le plus déterminé.

— Ils le sont devenus à l'instant même où vous m'avez accueillie à Bloomstone Manor.

Je retiens mon souffle, priant pour que mon argument fasse mouche. Stone sourit enfin :

— Et si vous me montriez ces calculs ?

Nous prenons le train de 13 h 20 pour Ipswich. Nous avons rejoint Iris à la gare, dans une tenue de ville somptueuse à côté de laquelle mon ensemble vert paraît bien fade. Nous arrivons quarante minutes plus tard dans le tumulte de la cité. J'avais oublié combien cela pouvait être bruyant ! La tranquillité du Suffolk déteint sur moi. Notre étrange groupe déambule dans les rues, détaillant les vitrines et commentant les derniers potins. Iris et moi fermons la marche. Stone nous guide en discutant avec Evelyn, et Adrian se tient un peu à l'écart. Il ne semble pas très à l'aise en public et je retrouve cette réserve que j'avais constatée chez lui, quand je ne le connaissais pas encore. Bientôt, nous pénétrons dans une grande galerie couverte et montons à l'étage, où nous sommes accueillis par un bonhomme grisonnant à la moustache impressionnante.

— Lord Stone, quel plaisir ! s'exclame-t-il avec un accent français prononcé.

— Bonjour, Francis.

— Et voici donc la jeune demoiselle dont vous m'avez parlé ! Une parente à vous, je présume ?

— Vous n'y êtes pas du tout. Miss Agathe Langley n'est rien de moins qu'une scientifique accomplie.

— Mon Dieu, vous ne vous refusez aucune fantaisie !

— La vie est ainsi faite, mon bon ami. Maintenant, venons-en à ce qui nous amène. Le bal de cette année s'annonce splendide et je souhaite offrir à Miss Langley une robe digne de l'évènement. Surpassez-vous, Francis !

Le couturier me détaille de la tête aux pieds :

— Oh, je sens que nous allons faire des merveilles !

Stone reprend :

— Je laisse Lady Rutherford en charge de valider la commande.

— Venez, ladies, dit Francis en se retournant vers Iris et moi. Je vais vous abandonner aux bons soins de Mrs Fisher pendant que je m'occupe des costumes de ces messieurs.

Il nous entraîne sur le côté, dans une salle plus intime que l'atelier, suivi par une grande femme à l'air avenant qui se tenait en retrait. Elle incline légèrement la tête quand nous entrons :

— Lady Rutherford. Miss Langley.

— Bonjour.

Elle nous installe sur une banquette et nous apporte une tasse de thé chacune ainsi qu'un épais catalogue.

— C'est pour cette jeune fille ? Pour le bal de Lord Stone, d'après ce que j'ai compris ?

Iris acquiesce :

— Tout à fait. Nous désirons quelque chose de moderne, d'élégant et de distingué.

— Je vous suggère dans ce cas de regarder la partie sur les dernières créations de cet automne. Miss, avez-vous des préférences en termes de couleur ? De tissu ? De coupe ?

— Je...

D'habitude, c'est Mère qui s'occupe de commander mes vêtements. Elle ne me demande pas mon avis. Je bredouille :

— J'aime beaucoup le violet.

Iris s'éclaircit la voix :

— Voulez-vous de l'aide, Agathe ?

Désespérément.

— Volontiers.

— Je vous verrais bien porter une robe échancrée, aux manches courtes que vous habillerez avec des gants. Il faut aussi souligner votre taille. Elle est naturellement marquée, autant en profiter. Et il faudrait aussi un châle assorti, ou une veste, c'est une robe d'hiver après tout.

Je hoche la tête en buvant une gorgée de thé. Mrs Fisher ouvre le catalogue pour ensuite le tendre à Iris qui feuillette distraitement les pages. Ces robes sont plus luxueuses les unes que les autres et je me sens incapable de me décider.

— Le mieux est que vous choisissiez les modèles qui vous plaisent. Je prendrai ensuite les mesures et vous apporterai des échantillons de tissus appropriés, suggère la couturière.

— Celle-ci ? propose Iris.

D'un violet profond, la robe est rehaussée d'un voile pâle dans le dos et de rubans roses sur le corsage.

— Je ne sais pas.

Quel vocabulaire renversant !

— Madame Fisher, nous allons devoir nous en remettre à vous. Est-il possible que vous sélectionniez quelques étoffes ? Je pense qu'Agathe se fera ainsi une meilleure idée de ce qu'elle désire.

La jeune femme sourit et se lève :

— Certainement, Lady Rutherford.

— Merci.

Alors qu'elle quitte la pièce, je me tourne vers Iris :

— Nous n'allons quand même pas tout lui faire déballer ? Je suis désolée, je dois avoir l'air d'une idiote. Je ne suis pas habituée à...

À un tel luxe. À une telle autonomie. À tant de choses.

— Ne vous inquiétez pas.

Elle marque une pause, puis reprend :

— Comment allez-vous, Agathe ? Quelque chose vous tracasse ?

— Eh bien... Cette histoire de bal. Je n'en suis pas très friande, pour être honnête.

— Vous n'aimez pas danser ?

— Ce n'est pas ça.

Je ne sais pas si je peux aborder ce sujet avec elle, mais elle semble lire en moi comme dans un livre ouvert.

— Ce sont les hommes, dit-elle.

— Ils sont rarement intéressants, trop peu courtois à mon goût et souvent brusques dans leurs manières. Comme s'ils me faisaient l'honneur de m'accorder une danse alors que ça devrait être l'inverse. Il y a une éternité que je n'ai pas apprécié un bal. Mes parents m'ont forcée à assister à des dizaines de réceptions à Londres pour me trouver un mari. J'ai essayé, je vous le jure, mais c'est à croire que je ne sais que les faire fuir. On dirait que...

— Que vous leur faites peur ?

— Peut-être.

Iris repose la tasse sur sa soucoupe dans un petit bruit de porcelaine :

— Ce sera différent cette fois. Vous serez en terrain connu et vous savez que rien ne peut vous arriver à Bloomstone Manor. Qui plus est…

Elle hésite, puis me prend la main :

— Il y aura au moins un gentleman qui fera attention à vous.

— Vous parlez de Stone ?

Elle rit franchement cette fois et je ne comprends pas pourquoi. Je m'apprête à lui demander des précisions quand Mrs Fisher revient, tirant derrière elle un chariot couvert des tissus parmi les plus somptueux que j'aie jamais vus.

Elle me propose un velours bleu des plus raffinés, que je tends devant moi. Pourtant, quand je me regarde dans le miroir, j'imagine la robe que l'on fera avec et je suis certaine d'une chose :

— Ce n'est pas moi, je chuchote à Iris. Je veux dire… Je ressemble à la Agathe de Londres.

— Et vous ne l'êtes plus ?

— Non.

— À la bonne heure, réplique-t-elle avec un sourire.

Comment suis-je censée interpréter cette remarque ? Elle s'adresse à la couturière :

— Madame Fisher, cette sélection est d'un goût certain et d'une facture remarquable, mais je trouve cela assez convenu. Auriez-vous quelque chose de plus audacieux, de plus inventif ?

La jeune femme réfléchit avant de murmurer :

— Il y a bien…

— Quoi donc ? demande Iris.

— Le neveu de M. Francis nous a envoyé un prototype de robe de soirée depuis Paris. M. Francis ne lui a pas encore donné son aval pour la commercialisation du modèle. Je ne sais pas si cela sera dans vos goûts, mais je peux vous la montrer. Assurément, les couleurs vous plairont.

— Avec grand plaisir, je vous remercie.

Mrs Fisher s'éclipse et revient avec un énorme paquet rectangulaire. Elle en ôte le couvercle et la première couche de papier de soie pour dévoiler la robe la plus éblouissante que j'aie jamais vue. J'en ai le souffle coupé. Elle est en brocart pourpre foncé, avec des motifs végétaux lilas. Le col en mousseline blanche plissée s'évase jusqu'aux manches courtes en volants nacrés, ourlés du même fil doré que la ceinture. La jupe n'est brodée qu'en bas et on dirait que de délicates volutes fleurissent depuis le sol, s'épanouissant en roses au cœur serti de minuscules perles.

— Seigneur…, s'extasie Iris.

— C'était une proposition pour la collection de printemps de l'année prochaine, explique la couturière. De fait, le modèle est unique. Si elle vous plaît, nous pourrons terminer les finitions à temps et confectionner une veste qui convient. Désirez-vous voir ce que cela donnerait sur vous ?

Je ne retiens pas un « Oui ! » empressé. En la tenant devant moi, les mots me manquent. Jamais je ne me suis sentie aussi… belle. Aussi puissante.

— Nous ne pouvions pas trouver mieux ! s'exclame Iris. Madame Fisher, vous pouvez d'ores et déjà prendre les mesures. Tout le monde n'aura d'yeux que pour vous, Agathe !

Je ne sais pas si c'est une si bonne nouvelle, mais je ne peux me départir de mon sourire. J'ai du mal à croire ce qui m'arrive.

Une fois les chaussures choisies, je les garde aux pieds le temps que la couturière, un oursin d'épingles au poignet, fixe les marques pour les retouches, pendant qu'Iris donne les instructions concernant le reste de la toilette.

Tout ce qui se passe à partir du moment où j'ai cette robe entre les mains devient assez flou. Le rêve ne cesse que lorsque nous regagnons la gare, accompagnées des hommes qui ont eux aussi été mesurés de tous côtés pour ajuster leurs vestes de costume. Iris, que Stone a invitée à dîner, m'a fait jurer de ne rien dire au sujet de ma future tenue pour préserver la surprise.

— Croyez-moi, je suis allée à plus de bals que n'importe qui ici. On se souviendra de celui-ci longtemps, je vous le promets.

Dans la voiture qui nous ramène à Bloomstone Manor, mes pensées papillonnent sans la moindre cohérence, dérivant d'une planète inconnue à une robe merveilleuse avant de s'attarder sur Adrian, en face de moi, guère plus bavard qu'à l'aller. Alors que Stone et Evelyn sont en grande conversation, il contemple le crépuscule à travers les minces rideaux avec une expression indéchiffrable. Je détourne le regard pour qu'il ne s'aperçoive pas que je l'observe.

À notre retour, j'envisage de monter me changer, mais Alexander vient me trouver dans le vestibule, les bras chargés d'un panier de vieux légumes pour les chevaux, et me glisse :

— Vous devriez aller voir Lucy, Miss, je crois que ça lui ferait plaisir.

— Que se passe-t-il donc ?

— Elle est à la cuisine.

Je hausse les épaules en direction d'Iris, qui m'emboîte le pas. Je me demande encore ce qui peut bien se tramer quand je vois Lucy, au bout de la longue table de l'office, les yeux rouges d'avoir trop pleuré.

— Lucy ? Qu'y a-t-il ?

Miss Cherry dépose une tasse de thé fumante devant elle et s'assoit à son côté :

— Oh, Agathe, sanglote la jeune fille en s'essuyant les joues, j'ai suivi votre conseil et jusqu'ici tout allait bien.

Il s'agit de son soupirant.

— Quel conseil ? demande Miss Cherry.

J'explique rapidement la situation :

— Comme elle le trouvait trop pressant, je lui ai suggéré de lui parler et qu'il comprendrait si c'était quelqu'un de bien. Après, je ne pense pas être la meilleure personne pour parler d'amour…

— Peu importe, soupire Lucy, vous aviez néanmoins raison. Mais tout à l'heure, il s'est remis à insister et… je lui ai crié si fort dessus, Miss, je lui ai hurlé des horreurs ! Pour finir, je lui ai dit que tout était fini, que je ne voulais plus le voir.

— Vous n'allez tout de même pas vous excuser, en plus ? s'énerve soudain Iris. Il ne peut s'en prendre qu'à lui-même ! Vous avez très bien agi, c'était la meilleure chose à faire.

— Mais…

— De son côté, ce n'était pas véritablement de l'amour, soupire Miss Cherry en lui prenant la main. Qui est-ce ? On le connaît ?

Lucy murmure :

— N'en parlez surtout pas à Papa, ou pire, à Maman. Elle serait capable de lui dévisser la tête.

— Promis.

— C'est Gareth.

Je m'exclame :

— Gareth ? Le jardinier ?

Elle acquiesce sobrement. Je dois reconnaître qu'il est joli garçon, bien bâti et beau parleur. Apparemment, ça ne fait pas tout.

Iris fait claquer sa langue avec agacement :

— Agathe, occupez-vous de Lucy, voulez-vous ? Martha ? Un mot en privé, s'il vous plaît.

Elle entraîne Miss Cherry dans la lingerie et je me retourne vers Lucy, cherchant un moyen de lui remonter le moral.

— Que diriez-vous de rester ici ce soir ? Vous dormiriez dans l'annexe de ma chambre, je crois qu'elle est très confortable. Nous la préparerons ensemble.

La jeune fille relève les yeux vers moi, un frêle sourire réveillant ses taches de rousseur. Elle me considère avec attention, puis se jette dans mes bras et se remet à pleurer doucement. D'abord gênée, je me détends et la laisse s'apaiser. Lorsqu'elle se détache enfin, elle semble aller un peu mieux :

— Merci, Agathe, j'accepte avec plaisir.

Je me lève pour débarrasser sa tasse de thé et, par la lucarne au-dessus de l'évier, j'aperçois Alexander, son panier de légumes à la main, s'éloigner d'un pas rageur vers ses écuries.

Je crois que Lucy a plus de soupirants qu'elle ne l'imagine.

Malgré le désarroi de Lucy qui occupe encore mes pensées, je passe une bonne soirée. Après le repas, une fois Iris repartie, nous montons dans le bureau de Stone où nous observons les étoiles pendant qu'Evelyn et Adrian, près de la cheminée, discutent philosophie et éthique. Lucy s'émerveille aussi devant le ciel nocturne, et lorsqu'elle part se coucher, elle a le sourire aux lèvres.

De mon côté, je m'endors sur l'idée que cette journée avait tout d'un rêve éveillé.

12

LE BAL

— Encore une et ce sera parfait.

L'épingle à cheveux me pique le crâne et finit de consolider la coiffure sur laquelle Lucy s'affaire depuis une heure. Le bal débutera dans trente minutes, à 19 heures précises.

Il s'est écoulé plusieurs semaines depuis la visite d'Evelyn, qui est revenu tard hier soir. Entre-temps, Bloomstone Manor et le domaine ont entamé leur métamorphose : la pelouse se couvre chaque matin d'un peu plus de givre, quand elle n'est pas détrempée par la pluie. Heureusement, nous bénéficions depuis quelques jours d'un redoux inattendu. Hazel n'arrête pas de dire que l'hiver recule pour mieux sauter, mais se réveiller sous la caresse des rayons du soleil n'a rien de déplaisant.

— Je peux vous assurer que vous serez parmi les plus belles femmes de la réception ! s'exclame Lucy.

— Je n'en reviens pas que ce soit déjà ce soir.

Lucy ouvre les tiroirs de la coiffeuse pour y récupérer mon peigne fleuri et le glisse délicatement dans l'entremêlement de torsades et de boucles.

— C'est vrai que ces dernières semaines n'ont pas été de tout repos.

Elle a raison. Entre les préparatifs du bal et mes recherches, je n'ai pas vu le temps passer. Stone a même fait déplacer les couturières pour les derniers essayages de ma robe.

La jeune fille poursuit :

— Papa a aperçu les costumes de Stone et d'Adrian, d'après lui, ils sont également très élégants !

— Je suis curieuse de voir ce que tout cela va donner, avoué-je. Je me demande si Stone a encore prévu une couleur inhabituelle. Et Adrian ? Il ne porte que du noir ou du bleu très foncé.

— Vous n'aurez qu'à constater par vous-même, murmure Lucy avec un petit sourire en coin.

Elle a une attitude étrange dès qu'on parle d'Adrian. Depuis qu'elle s'est installée dans la chambre à côté de la mienne après sa mésaventure avec Gareth, elle revient régulièrement sur le sujet. Je sais qu'elle n'en est pas amoureuse, elle me l'a assuré de nombreuses fois, mais ce comportement me trouble un peu.

Adrian et moi avons profité d'une éclaircie le dimanche après-midi suivant notre escapade à Ipswich pour faire une dernière balade à cheval. Il fait trop froid le matin désormais, nous nous sommes donc rabattus sur une petite promenade dans le parc après le repas. C'est devenu une habitude. Lorsque le temps est trop mauvais, nous nous installons pour prendre le café et lire dans le jardin d'hiver. Ces moments profondément calmes m'apportent une paix de corps et d'esprit dont j'ai cruellement besoin – même mes sessions de violon ne suffisent parfois plus à m'apaiser. Je dois me rendre à l'évidence : malgré un travail acharné, mon projet pour le concours piétine.

— Vous semblez préoccupée. Tout va bien, Agathe ?

— Oui. Oh, pardon, Lucy, je fais mon enfant gâtée. Seulement, entre le concours et...

— Et les lettres ?

— Quoi, les lettres ?

Ah oui, les lettres. Un autre fiasco. Il y a trois semaines, nous avons pris notre courage à deux mains et entrepris de fouiller un peu la bibliothèque. Nous avons trouvé trois feuillets supplémentaires, savamment glissés entre les pages d'un roman policier, d'un traité de mécanique (assez daté, d'ailleurs) et d'un recueil de poèmes de Robert Browning. Cette histoire à dormir debout a au moins eu le mérite d'amuser Lucy et de lui faire lentement oublier son chagrin d'amour. Le ton de ces missives, à la fois doux, passionné, plein de sensibilité et de pudeur, finit par me toucher de beaucoup plus près que je ne le croyais. Il m'arrive de les relire en cachette, juste pour le plaisir. C'est plus fort que moi.

Je préfère détourner la conversation et réponds :

— Non, pas les lettres. Je n'ai pas assisté à un bal depuis Londres et mes parents seront là. Si ce n'est pas la parfaite recette d'une catastrophe, je ne sais pas ce que c'est. La dernière fois, nous avons évité le scandale de justesse avec les Ravencourt. Désormais, je n'ose songer à ce qu'on raconte à mon sujet. D'après les lettres de Mère, Père est toujours furieux contre moi et cela n'augure jamais rien de bon. Et puis toutes ces manières, ces pirouettes de politesse envers tout le monde, j'en suis fatiguée d'avance.

— N'y pensez pas. Amusez-vous ! Profitez de la soirée, dansez avec Adrian et ne vous souciez pas du reste. Vous devez vous changer les idées. Vous allez voir, Clara et Ruth se sont surpassées pour la décoration. Allez-y, levez-vous !

J'obéis et ma tension s'apaise un peu ; son sourire est contagieux.

— Vous êtes éblouissante ! Maintenant, dehors, sinon vous allez manquer le début. Donnez-moi votre veste. Je la dissimulerai derrière l'estrade de l'orchestre, ce sera plus pratique que de la mettre au vestiaire. Je ne pense pas que vous en aurez besoin, il fera vite chaud, mais on ne sait jamais.

— Merci, Lucy. Pour tout.

— Allez-y, répète-t-elle en désignant la porte, Stone ne va pas tarder à faire son discours !

La gorge serrée, je traverse le couloir, gagne le palier et descends le grand escalier central, en tentant d'ignorer les regards qui s'attardent sur moi. Les premiers invités sont déjà là. Martha les débarrasse de leurs manteaux et chapeaux et ils s'alignent, bien disciplinés comme l'étiquette l'exige, devant la salle de bal où Kenneth les annonce. Lord et Lady Untel, accompagnés de l'Honorable Unetelle, le baron ceci, le duc cela.

— Lord Peter Bancroft !

Évidemment, il est lui aussi de la partie. Sa femme est absente, son état doit commencer à se voir.

— Agathe ! appelle une voix.

Dans la file, Mère m'incite discrètement à les rejoindre d'un geste d'éventail. Quand j'arrive, Père se retourne et grommelle un « bonsoir » froid et formel. D'une certaine façon, je suis tout de même contente de les revoir.

— Cette robe est une merveille, ma fille, chuchote Mère alors que je cherche encore comment engager la conversation.

— Merci. C'est St… Lord Stone qui me l'a offerte pour le bal.

Après un silence court mais néanmoins embarrassant, Mère ajoute :

— Nous sommes allés rendre visite à Euphemia la semaine dernière, tu la verrais, elle ressemble à un ange ! Et toi, comment vas-tu ? Tu ne me dis jamais rien dans tes lettres.

Parce que je sais que ce que j'aurais à lui dire ne l'intéresse pas.

— Mon projet se présente bien pour le concours.

Devant nous, Père émet un sifflement réprobateur ; ce n'est pas la réponse qu'il attendait.

— Tu n'as toujours pas changé d'avis, à ce que je vois. Tu t'obstines dans cette folie !

Il n'est pas près de me pardonner.

Nous arrivons au niveau de Kenneth qui, d'un regard, m'envoie toutes ses amitiés.

— Monsieur et madame Langley, bienvenue à Bloomstone Manor. Dois-je vous annoncer avec votre fille ?

Père me toise. Il est aisé de deviner qu'il calcule les avantages et les inconvénients. Si on nous présente ensemble, cela voudra dire que malgré ce qu'on raconte, je fais toujours partie de la famille, ce qui pour lui doit être faux. D'un autre côté, si on m'annonce seule alors que je ne suis pas mariée, cela cautionnera les rumeurs les plus folles. Quant à moi, je ne sais pas ce que je préfère. Ou plutôt si : ne pas être annoncée du tout.

Père hoche sobrement la tête et Kenneth lance de sa voix de stentor :

— Mr et Mrs Langley et leur fille Miss Agathe Langley.

Nous pénétrons enfin dans la salle de bal et je n'en crois pas mes yeux. De la part de Miss Cherry et des filles, je m'attendais à quelque chose de somptueux, mais j'étais loin d'imaginer cela. Au plafond, de larges rubans carmin, longs de plusieurs mètres, partent du lustre illuminé jusqu'aux murs et s'étirent en un gigantesque chapiteau. Derrière les bancs, les consoles s'alignent entre les portes-fenêtres, surmontées de superbes compositions florales de saison, résineux, herbacées, plantes grasses et les premiers poinsettias. Voilà qui explique les nombreuses expéditions de Clara et Ruth chez le fleuriste et la brouette de branchages récoltés par Ted. Au fond de la pièce, une dizaine de musiciens dirigés par un tout petit homme nerveux organisent leurs pupitres, perchés sur une estrade recouverte d'un tapis vermillon.

De l'autre côté du couloir, dans la salle à manger, les petits-fours s'empilent dans des plats en argent et un jeune commis assure le service des boissons près d'une énorme marmite de punch.

— Vous devez être monsieur et madame Langley ?

Je tourne vivement la tête pour voir Iris, habillée d'une élégante tenue de satin rouge et noir. Celui que je suppose être son mari, un homme frôlant la soixantaine, à la mine endormie, s'adresse à mes parents :

— Enchanté de faire votre connaissance.

— Lord Rutherford ! Tout l'honneur est pour moi ! s'exclame Père avec déférence.

— Votre fille et ma femme Iris s'entendent à merveille, paraît-il ?

— Eh bien…

— J'ai entendu dire que vous veniez de vous installer à Chester House ?

Lord Rutherford entraîne mes parents vers un plateau de coupes de champagne et, me retrouvant seule avec Iris, je pousse enfin un long soupir.

— Vous êtes superbe, Agathe, me complimente Iris.

— Merci.

— Ne vous inquiétez pas, tout se passera bien. Profitez du bal. Voyez ça comme un grand terrain de jeu ! ajoute-t-elle malicieusement.

— Un terrain de jeu ?

— Souvenez-vous de ce que je vous ai dit. Vous connaissez ce monde, vous en connaissez les règles et vous êtes intelligente. Prenez conscience de vos atouts et personne ne vous résistera.

Je déglutis avec difficulté. Il semble y avoir des enjeux à cet évènement qui me dépassent. Est-ce le concours ? Ce qu'on dit de moi ?

Je n'ai pas vraiment le temps d'y songer, car nous rejoignons la salle de bal où Stone va faire son discours, rayonnant dans un costume bleu canard. Je ne peux m'empêcher de sourire. Aussi étrange que soit cette couleur, elle correspond tout à fait au personnage.

Son discours est bref, on ne peut plus formel et poli. Dans un tonnerre d'applaudissements, il annonce enfin le début officiel des réjouissances et donne discrètement des instructions à l'orchestre qui esquisse quelques notes. Cinq couples s'avancent au centre de la pièce, dont Iris avec Evelyn – le protocole interdit d'ouvrir un bal avec son propre cavalier. Stone vient galamment vers moi et je redoute le pire :

— Miss Langley ? Me feriez-vous le plaisir de m'accorder votre première danse ?

Misère. Pourquoi ne m'en a-t-il pas parlé avant ? On va croire qu'il se trame quelque chose. Oh et puis après tout… Au vu de ce qui doit déjà se dire à mon propos, autant leur en donner pour leur argent. Je réponds cérémonieusement :

— Avec joie, Lord Stone.

Je saisis sa main et nous débutons par une grande marche, un classique. Les couples se tournent autour jusqu'à se rejoindre, puis chacun passe sous les arches formées par les bras des autres. On retrouve alors son premier cavalier et commence la première valse d'ouverture à laquelle tout le monde peut désormais prendre part.

— Merci, me glisse Stone quand le volume de la musique permet de dissimuler nos chuchotements.

— De quoi ?

— De m'avoir accompagné. J'aime beaucoup danser, mais le fait est que je me sens vite… gêné lorsqu'il s'agit d'une dame. C'est plus facile de me laisser aller avec une amie.

Je lui souris, pourtant mon cœur se serre. Il ne pourra jamais danser avec Evelyn en public.

— Il n'y a pas de quoi.

Les violons s'arrêtent et nous nous inclinons. Après une courte pause, des groupes se forment pour un quadrille, et de tous côtés les gens se détendent, discutent, se retrouvent autour d'un verre ou près du buffet. Les femmes se rassemblent, murmurent derrière leurs éventails, acceptant de temps à autre une invitation. Les gentlemen parlent cigare, politique, bourses et paris hippiques.

On m'a dit de profiter, alors je profite. Mon carnet de bal se remplit, j'ai rarement autant dansé. Certains partenaires sont plus doués que d'autres, mais je passe un moment fort agréable et en oublie temporairement tous mes soucis. Une seule chose me pose encore question : de tout le temps où je suis restée sur la piste, je n'ai entrevu Adrian qu'un bref instant et il se rendait à la salle à manger.

Sous couvert de me féliciter sur ma tenue, de nombreuses jeunes femmes sont venues m'adresser la parole. Cela me change de Londres où mes manières étaient un peu trop connues. Je reste sur mes gardes, car je présume que les rumeurs sur mon compte vont bon train, néanmoins j'entretiens quelques conversations moins superficielles que ce à quoi je m'attendais. Je mesure chacune de mes phrases pour ne pas prendre le risque de créer le moindre incident diplomatique. De loin, Iris veille sur moi comme un maître d'armes apprécierait les progrès de son élève, alors je fais de mon mieux.

Le champagne et la danse finissent par me faire tourner la tête et je m'installe dans un coin de la salle de bal où Evelyn me rejoint avec un verre de punch. Nous nous efforçons de nous mêler à d'autres personnes afin de ne pas attirer l'attention sur nous. Impossible d'adresser seule la parole à un homme sans être jugée immédiatement.

— Belle soirée, n'est-ce pas ? demande-t-il de sa voix douce.

— Je dois bien reconnaître que oui. Il y a longtemps que je ne m'étais pas autant amusée.

— Tant mieux. J'ai cru comprendre que vous étiez très absorbée par vos recherches, ces derniers temps ?

— C'est le moins qu'on puisse dire. Vous souvenez-vous des calculs sur lesquels j'avais passé la nuit lors de votre dernière visite ?

Il hoche la tête en buvant une gorgée de liquide orangé où flotte une étoile de badiane.

— Tout à fait, Nel en avait été très impressionné, d'ailleurs.

— Ils ont conduit à quelques avancées majeures, mais depuis, j'ai l'impression d'être dans une impasse.

— Vous voulez en parler ?

Je soupire :

— Les interactions entre les corps ne correspondent pas. Deux par deux, tout va bien, Uranus influe sur Neptune, la planète mystère sur Uranus et ainsi de suite, mais mis bout à bout, plus rien n'a de sens. J'imagine mal un quatrième élément venir interférer dans tout ça. Il y a quelque chose qui ne tourne pas rond et impossible de déterminer quoi. J'ai tenté d'envisager le problème différemment, sans succès. Au moins, mes erreurs sont cohérentes les unes avec les autres, c'est déjà ça.

— Evelyn ! gronde gentiment Iris en venant se greffer à notre improbable duo. Ce n'est pas le moment de parler de sciences, encore moins de problèmes ! Laissez donc Agathe tranquille et remettez tout cela à demain.

— Veuillez me pardonner, milady, feint-il de s'offenser.

Je m'amuse de les voir se taquiner en se donnant du milord et du milady, quand je sais qu'ils ne s'encombrent pas du protocole en privé. Enfin, Iris me lance :

— Vous réalisez des merveilles ce soir. Vous avez fait forte impression en ouvrant le bal, c'était très habile de la part de Stone.

Je hausse les sourcils.

— Comment ça ?

— Vous avez osé vous exposer, sans tenir compte de ce qui s'est dit lorsque vous avez quitté Chester House, montrant ainsi que vous ne craignez pas les qu'en-dira-t-on. On suppose donc que vous n'avez rien à vous reprocher. De plus, vous devenez officiellement la protégée de Stone. Enfin, tous ceux avec qui vous avez échangé quelques mots vous trouvent charmante et courtoise. En quelques heures, même les plus médisants envisagent de changer leur fusil d'épaule.

— Je n'avais pas considéré tout cela. Je pensais juste que Stone m'avait invitée car...

Je ne sais pas si je peux le dire.

— D'ordinaire, c'est moi qui me charge d'ouvrir le bal, ou Lady Kensington, une autre amie commune qui n'a pas pu venir ce soir. S'il n'en montre rien, Stone est vite mal à l'aise.

Finalement, je suis plutôt contente d'avoir échappé à tout ce que l'on peut dire de moi. Mes parents approchent à ce moment-là et Evelyn en profite pour inviter Iris à danser la prochaine polka.

— Qui était ce monsieur, Agathe ? demande Père.

— Sir Evelyn Carlysle, le fils de Lord Richard Carlysle.

— Les Carlysle du Cumberland ?

J'approuve d'un signe de tête. Son ton ne m'inspire pas confiance.

— Voilà qui est prestigieux, mais je m'interroge. Vous sembliez très proches.

Ah, nous y sommes.

— Pas du tout. Nous ne nous sommes vus qu'une fois, et...

— À quelle occasion ?

— C'est un ami de... Lady Rutherford.

— Ah. Dans ce cas...

Mieux vaut ne pas évoquer son « amitié » avec Stone.

— De quoi parliez-vous ? continue Père.

Mère lui jette un regard anxieux, mais garde le silence. Il cherche manifestement à me provoquer, espérant que je gâcherai la fête comme la dernière fois et que Stone me renverra à la maison. Il rumine sa rage depuis deux mois. Je ne tomberai pas dans un piège aussi grossier.

— De mon projet pour le concours de la Royal Society.

— Tsss. Tu sais, Lord Bancroft aussi parraine un étudiant.

— J'en ai entendu parler.

— À ce qu'on raconte, il est brillant et fera certainement de grandes découvertes. J'espère que tu es consciente que tu ne pourras jamais rivaliser avec ce garçon. L'enthousiasme ne fait pas tout. En compétition avec de jeunes gens dotés d'une solide formation universitaire, tu risques vite d'être écartée de la course.

Je me redresse, bien décidée à lui montrer que je ne céderai pas.

— Au moins, j'aurai essayé.

— Gilbert, regarde ! tente Mère. Les Jermyn sont juste là. Allons les saluer.

Elle s'éloigne dans leur direction et Père se penche vers moi :

— Puis-je savoir ce que tu comptes faire une fois cette histoire de concours terminée ?

— Eh bien, je...

Je n'en ai pas la moindre idée.

— Te rends-tu seulement compte de l'embarras dans lequel tu nous as mis, ta mère et moi ? D'abord ces sciences, l'incident avec les Ravencourt qui a bien failli nous coûter cher, sans compter ta présence ici sans le moindre chaperon. Si je ne savais pas ce que je sais...

Il n'oserait tout de même pas ?

— Lord Stone ne t'accordera jamais le moindre intérêt. Je me demande malgré tout ce que cette robe t'a réellement coûté et j'espère pour toi qu'il n'y a rien d'irréparable.

S'il m'avait frappée, l'affront n'aurait pas été moindre. Je ne réponds pas, raide comme un piquet, luttant contre l'envie terrible de lui hurler dessus et celle, beaucoup plus difficile à maîtriser, de fondre en larmes.

— Gilbert ! appelle Mère.

— N'espère pas rentrer à la maison tant que tu ne sauras pas rester à ta place. Si tu ne le fais pas pour toi, fais-le au moins pour nous.

Mes ongles s'enfoncent dans mes paumes alors qu'il s'éloigne. Soudain, la musique me semble fade et la polka tout à fait ridicule. Ce morceau si gai, si dansant et enjoué se moque de moi. J'ai l'impression d'être perdue dans cette grande salle. J'ai chaud, j'étouffe.

Je navigue entre les invités, parviens derrière l'orchestre et m'empare de ma veste que Lucy a dissimulée comme elle l'avait promis – Dieu bénisse cette fille. Je tourne en toute hâte la poignée de la porte-fenêtre la plus proche et me précipite dehors. L'air glacial me saisit, mais peu importe. Je trouve refuge dans le pavillon à colonnades où je peux enfin souffler et prendre le temps de ravaler mes larmes. Je ne veux pas pleurer, pas ce soir. Pas par une si belle nuit.

Je lève les yeux vers le ciel, par-dessus les colonnes de pierre et les lianes de la glycine en sommeil. Orion tourne le dos aux Gémeaux et une lune gibbeuse illumine le domaine, on y verrait presque comme en plein jour. Emmitouflée dans ma veste, je m'assois sur le banc et tente de recouvrer mon calme. Une brise me caresse, parfumée par la mousse de la forêt et la végétation endormie. À l'intérieur, les musiciens entament un nouveau quadrille. Tout cela me semble bien futile.

Qu'est-ce que j'ai cru ? Que tout allait se résoudre en un claquement de doigts ? Que Père s'excuserait, ou à défaut, qu'il n'envenimerait pas la situation ? J'ai très bien compris ce qu'il a sous-entendu, je ne suis pas idiote. Et Mère qui fait comme si tout allait pour le mieux, qui jamais ne proteste ni ne le contredit... Ma naïveté me désole.

— Agathe ?

Je sursaute et me retourne. Adrian se tient au pied du pavillon dans un costume gris clair qui paraît tissé d'argent sous les rayons de la lune. La blancheur de son gilet et de sa chemise fait ressortir le noir de ses cheveux, et sa cravate nacrée est très élégante. Je le trouve vraiment beau.

— Tout va bien ?

Je tente un sourire sans conviction.

— J'avais... besoin de sortir.

Il monte les deux petites marches et s'assoit à côté de moi.

— Je vous ai aperçue par la fenêtre de la salle à manger. Je suppose que vous n'êtes pas là pour profiter de la température.

Je ris doucement :

— Pas vraiment. J'ai échangé quelques mots avec Père et ça ne s'est pas bien passé.

— Je vois.

— En ce qui me concerne, un bal ne s'est jamais bien terminé. Je ne sais pas pourquoi j'ai cru que celui-ci serait différent.

— La soirée n'est pas finie.

Cette voix qu'il a ! Et chaque fois, la même sensation dans ma poitrine.

— Où étiez-vous caché ? Je vous ai à peine entrevu.

— Je suis moins habitué que vous à ces mondanités, soupire-t-il.

— Je n'en ai pourtant aucun goût !

Il ne répond pas, me détaille des pieds à la tête et murmure :

— On a dû vous le dire des centaines de fois, mais vous êtes particulièrement en beauté ce soir.

— Vous n'êtes pas mal non plus.

Je n'ai quand même pas dit ça à voix haute ?

Une lueur s'allume dans ses yeux noirs quand il me sourit. Il se lève alors et s'incline :

— Miss Langley, me feriez-vous l'honneur de danser avec moi ?

Je le regarde, interdite, puis ôte ma veste :

— Avec grand plaisir, monsieur Carver.

L'orchestre joue une valse dont les rumeurs nous parviennent, mais je crois que la musique est le cadet de nos soucis. Adrian m'entraîne d'un coup au centre du pavillon. Il prend ma main droite dans la sienne, pose la gauche près de mon épaule et malgré nos gants et les couches de tissus, une soudaine chaleur se diffuse dans mes bras, serpente sous mon corset et vient se lover dans le bas de mon dos. Jamais nous n'avons été si proches. Il sent quelque chose qui ressemble à du genévrier. J'ai du mal à réaliser que les grandes mains de cet homme, qui parcouraient le clavier du piano et jouaient cette mélodie si triste, sont posées sur moi. Un léger sourire flotte sur ses lèvres alors qu'il commence à me guider. Je ne suis pas concentrée sur mes pas, pas du tout, mais il est bon danseur et je finis par me laisser porter.

Le temps s'arrête. Lentement, nous nous rapprochons l'un de l'autre. En fait, nous sommes bien trop près pour danser. Il me fixe de son regard abyssal, son visage à quelques pouces du mien. Je perçois son souffle sur ma peau, ses doigts autour des miens, les ondulations de sa respiration, sa main gauche qui me serre maintenant contre lui. Je voudrais que ce moment ne prenne jamais fin.

Je frissonne et je sais que ce n'est pas dû au froid, mais le mal est fait. Adrian relâche son étreinte :

— Vous devez être gelée. Rentrons, dit-il d'une voix peu assurée.

Nous retournons vers Bloomstone Manor en silence. Mon trouble et mon cœur qui tambourine dans ma poitrine me confirment une certitude désormais inébranlable.

Lui, je pourrais l'aimer.

13

L'OFFENSE

La fête bat son plein et Adrian et moi nous faufilons jusqu'à la salle à manger, dans un coin près de la cheminée. Pendant qu'il part nous chercher des boissons, je m'adosse contre les pierres tièdes. Tout ce qui vient de se passer sous la colonnade, cette façon qu'il a eue de me serrer dans ses bras... Adrian n'a presque pas dit un mot depuis que nous sommes rentrés. A-t-il lui aussi ressenti ce trouble ? Est-ce que c'était juste l'instant, le lieu, la nuit, les étoiles ? Autre chose ? Cela pourrait-il se reproduire dans d'autres circonstances ? Il faudrait tenter l'expérience.

Je devine ce qui m'arrive avec une netteté déconcertante, pourtant j'ai du mal à y croire.

Adrian revient avec deux verres de punch et une assiette de petits-fours qu'il pose sur le guéridon à côté de moi. La boisson a beau être sucrée, parfumée, épicée, je n'oublie rien de cette odeur de baies de genièvre. Un peu embarrassée de ne rien trouver de plus à dire, je m'empare d'un canapé à la tomate confite que je déguste pour me donner une contenance.

Adrian semble ailleurs et nous restons silencieux de longues minutes, à observer le ballet des invités autour du buffet.

Le froid m'avait dégrisée, mais maintenant que je suis de retour au chaud, le rhum me monte à la tête plus vite qu'il ne le devrait. Je m'entends demander d'un ton plutôt abrupt :

— Voulez-vous que nous dansions encore ?

Il est aussi surpris que si je lui avais jeté mon verre au visage.

Tant qu'à faire, autant jouer franc jeu :

— Vous m'avez proposé notre première valse, faites-moi l'honneur de la seconde.

Un bref sourire illumine son expression et il me tend le bras :

— D'accord.

Nous nous dirigeons vers la salle de bal où l'assemblée est en plein quadrille. Tout le monde a l'air de beaucoup s'amuser, les rires sont joyeux, les danses enlevées ; il est vrai que Stone a réussi là une des plus belles réceptions auxquelles j'ai été conviée.

Soudain, je sens Adrian se raidir et se détacher de moi. Lorsque je me retourne, je vois Lord Bancroft qui s'avance vers nous. J'observe cet homme qui, à lui seul, cristallise toutes les raisons que j'ai de participer au concours. Sa tenue, d'un noir classique, est élégante et soignée ; l'archétype parfait de sa classe sociale – et je suis sûre qu'il en est conscient.

— Miss Langley ! s'exclame-t-il en me tendant la main, sans un regard pour Adrian. M'accorderez-vous la prochaine danse ?

Jamais de la vie !

— Je vous remercie, Lord Bancroft, mais j'ai déjà beaucoup dansé ce soir et je crains que mes pieds ne supportent pas un pas de plus !

Il replie sa main, quelque peu froissé. Il n'a pas l'air d'être le genre d'homme habitué à un refus.

— Avant de partir, votre père m'a dit que vous travailliez toujours sur votre projet pour le concours de la Royal Society ?

Mes parents ont donc quitté la réception sans me dire au revoir, de mieux en mieux.

— En effet.

— Sur quoi porte-t-il ?

Du coin de l'œil, je vois Stone et Iris arriver derrière nous.

— Sur la physique, milord. Je ne peux malheureusement pas en dire plus. J'ai entendu dire que vous parrainiez également un candidat.

— Oui, Mr Selby a de l'avenir, à n'en pas douter. Si je puis me permettre, Miss, d'où vous vient ce goût pour la science et ce tempérament si obstiné ? Votre persévérance est pour le moins surprenante, d'autant plus que vous êtes une jeune femme.

Du calme, Agathe.

— Je vous demande pardon ?

Cherche-t-on à savoir pourquoi un homme choisit tel ou tel champ d'études ? Pourquoi s'étonne-t-on de ma persévérance alors qu'on l'admirerait chez le sexe opposé ? Je dévisage mon interlocuteur. Il n'a pas l'air de saisir l'absurdité de ses paroles. Pire, il semble sincère. Pour lui, je suis simplement une sorte de bête curieuse échappée d'un zoo.

Du calme, Agathe.

— Eh bien, poursuit-il après un moment d'hésitation, il est reconnu que le cerveau des femmes est plus enclin aux travaux manuels délicats, la musique, la décoration, ou plus rarement la littérature. Ce n'est pas pour rien que les plus prestigieux diplômes de nos universités sont réservés aux hommes, comprenez que nous avons une renommée internationale à défendre et que nous entendons bien la conserver.

Le poing serré, je réponds brusquement :

— Vous avez surtout tellement peur de l'esprit féminin que vous leur fermez l'accès aux études supérieures.

Il hausse les sourcils :

— Pas le moins du monde. Je ne vois pas de quoi vous parlez, les cursus pour femmes existent depuis de nombreuses années.

— Pour que vous puissiez vous assurer que jamais elles ne vous surclassent dans les vôtres ! Pour vous dédouaner de toute notion de réelle égalité ! Vous en faites des infirmières plutôt que des médecins. Alors qu'elles pourraient devenir ingénieures, elles restent des ouvrières qualifiées et des éternelles secondes. Savoir, c'est pouvoir, et cela vous terrifie !

De toutes les fois où j'aurais dû tenir ma langue, celle-ci était de loin la plus importante.

— Quelle impertinence ! souffle-t-il enfin, scandalisé.

Il jette un regard mauvais à Stone qui observe la scène en sirotant sa coupe de champagne.

— Par respect pour votre père, dont je sais très bien qu'il ne vous a pas élevée de cette manière, je ne lui dirai rien de cette conversation. Il était déjà affligé par vos récentes fréquentations, inutile d'en rajouter. J'attends de voir, ajoute-t-il en me toisant. J'attends de voir ce que vaudront vos beaux discours devant le jury du concours.

— Je gagnerai, rétorqué-je, pas grâce à mes beaux discours, comme vous dites, mais grâce à mes propres capacités.

— C'est ce que nous verrons, maugrée-t-il en s'éloignant à grands pas.

Personne ne semble avoir remarqué notre altercation. Une fois Bancroft hors de vue, je me retourne vers Stone, tétanisée :

— Qu'est-ce que j'ai fait ? Stone, je suis désolée !

L'aristocrate s'avance vers moi et pose une main sur mon épaule.

— Ne le soyez pas, ma chère. Vous n'avez dit que la pure vérité.

— Vous l'avez mouché avec une telle éloquence ! s'enthousiasme Iris en levant son verre. Vraiment, Agathe, je vous admire !

Je me tourne vers Adrian. Devant son air médusé, je devine que c'est la première fois qu'il voit son père se faire rabrouer de la sorte. J'espère ne pas avoir aggravé sa situation.

— En attendant, déclare Stone, il est fort possible que vous vous soyez fait un ennemi. Nous devrons redoubler de prudence. Vous avez bien fait de ne rien dire au sujet de vos recherches.

— Je vous crée déjà suffisamment de problèmes comme ça...

— Du tout ! De l'animation, tout au plus. Oubliez ça jusqu'à demain, voulez-vous ?

Au fond de la salle, la musique s'arrête.

— Vous vous apprêtiez à danser, je crois ?

— Mais...

Adrian me prend par la main et m'entraîne vers la piste.

— Ce n'est pas négociable ! m'ordonne Stone.

Sans vraiment comprendre comment, je me retrouve de nouveau dans les bras d'Adrian. Les violons entament leurs premières notes et nous voilà aspirés dans le tourbillon des robes et des costumes autour de nous.

— Je suis vraiment désolée.

— Ne le soyez pas, me souffle-t-il de sa voix grave.

— Je ne sais pas me taire.

— Alors, ne vous taisez pas. Votre franchise fait partie de vous.

Je décide de rester silencieuse – mieux vaut tard que jamais – et de poursuivre notre valse en tentant de cerner ce que signifie cette lumière qu'il a dans les yeux quand il me regarde.

Le bal se termine vers 4 heures du matin, et malgré tout ce qui s'est produit, j'ai passé une excellente fin de soirée, et la danse avec Adrian y est pour beaucoup. Je n'ai pas eu de nouveau frisson imprévisible, mais quand je repense à sa main dans la mienne et à nos visages si proches, mon cœur fait des bonds délicieux. Lorsque nous sommes montés nous coucher, il m'a raccompagnée devant ma porte et m'a souhaité une bonne nuit ; il m'a semblé que sa voix était encore plus basse que d'habitude.

Je me réveille un peu après midi, avec Lancelot roulé en boule au pied du lit. Je ne me souviens même pas de m'être changée – mais je me souviens de tout le reste. Il me faut bien vingt minutes pour rassembler mes idées, avant de me rendre à l'évidence : j'ai besoin de café. J'avais oublié comment on se sent après une vraie soirée. À Londres, je ne restais jamais longtemps, ou plutôt, je trouvais toujours un moyen de dire un mot de travers, ce qui avait pour effet immédiat de nous faire regagner la maison.

Faisant fi des convenances, j'enfile ma tenue de thé et file droit dans les cuisines où Martha Cherry essuie la vaisselle que Hazel empile sur l'égouttoir avec la régularité d'un métronome. Quand j'apparais, encore un peu ensommeillée, elle s'interrompt :

— Oh, mon enfant, quelle soirée ! Venez vous asseoir par ici. Le thé est chaud.

— Auriez-vous du café, plutôt ?

— Attendez, je vais réchauffer la cafetière.

Quelques minutes plus tard, à l'odeur chaude et réconfortante qui s'échappe de ma tasse, tout semble déjà plus simple. Martha me sert également un bol de compote de pommes et deux biscuits. Hazel repose l'éponge, s'essuie les mains sur son tablier et prend place à côté de moi avec son thé :

— Ça va mieux ?

— Oui, merci. Le réveil est un peu laborieux.

— Il paraît que vous avez bien dansé, hier soir, me glisse-t-elle avec un sourire.

Je hoche la tête et me concentre sur ma soucoupe, alors que la cuisinière me tapote affectueusement la joue :

— C'est bien que vous vous soyez amusée. Vous en aviez besoin.

Lucy arrive à ce moment-là en portant le saladier vide de punch d'où s'échappent encore des effluves fruités.

— Ah, bonjour, Agathe ! Déjà levée ?

— Bonjour, Lucy.

Je dois lui raconter ce qui s'est passé hier soir.

— Avez-vous besoin d'aide ?

— Ruth et Tillie s'occupent encore de la salle de bal, j'ai commencé à débarrasser la salle à manger.

— Laissez-moi retrouver mes esprits et je vous rejoins.

— Ne vous inquiétez pas, restez…

Je lui lance *le* regard qui, entre nous, signifie qu'on a besoin de se parler en privé.

— Oh… Très bien. Dans ce cas, à tout à l'heure.

Hazel et Martha ne sont pas dupes, mais ont la gentillesse de faire semblant de ne rien remarquer.

L'amertume du fond de tasse m'arrache une grimace, vite compensée par la douceur de la compote. Je ne laisse pas une miette des biscuits et quand je retrouve Lucy, toutes les fenêtres de la salle à manger sont grandes ouvertes. L'air froid qui s'y engouffre finit de me remettre d'aplomb.

— Vous voilà ! Qu'aviez-vous donc de si urgent à me dire ?

Je récupère un à un les verres vides abandonnés dans tous les coins. Si cela me semble normal ici, je me rends compte à quel point il serait choquant que je participe aux tâches ménagères dans n'importe quel autre endroit d'Angleterre. Je confie à Lucy chaque détail de la soirée. Elle ponctue mon récit de réflexions de plus en plus péremptoires : « Pardonnez-moi, mais votre père s'est comporté de manière tout à fait odieuse » ou « Bancroft n'a eu que ce qu'il méritait ! »

qui ont l'avantage de me faire rire et de dédramatiser la situation. Enfin, lorsque je lui raconte la danse avec Adrian, sa perspicacité m'étonne :

— Tel que vous me le décrivez, c'était un moment fort romantique.

— Je suppose, oui.

— Je sais que vous avez passé toute la fin de soirée avec lui. A-t-il donné suite ?

— Donné suite ?

— Est-ce qu'il a dit quelque chose qui pourrait laisser entendre qu'il éprouverait des sentiments pour vous ?

— Non, rien de ce genre. Pas que j'aie remarqué, en tout cas. Enfin, peu importe. Le bal était réussi !

Lucy soupire et ne commente pas. Nous changeons de sujet en rassemblant sur un plat ce qui reste de petits-fours, mais je ne peux m'empêcher de repenser à la soirée. Je ne vois pas en quoi je pourrais intéresser quelqu'un de raffiné comme Adrian. Je ne peux offrir ce qu'un homme recherche normalement chez une femme. Je ferais une atroce maîtresse de maison !

Lucy enlève la nappe légèrement tachée et la replie pour éviter que les miettes ne tombent par terre. De mon côté, je m'empare d'un des plateaux chargé de verres à cocktail sales et entreprends de le rapporter dans la cuisine. Je dépose tout sur la grande table de bois brut et me prépare à un second voyage aussi précautionneux que possible, quand la porte de l'arrière-cour s'ouvre :

— Oh, bonjour, Alexander !

Le palefrenier ôte précipitamment son chapeau.

— Bonjour, Miss Agathe.

Il ne parle qu'en murmurant, ou presque. Je n'ai pas encore réussi à déterminer si c'est son volume naturel ou si sa timidité prend le dessus. Vu qu'il n'ajoute rien, je demande :

— Vous cherchez quelque chose ?

— Oh, non, Miss. Je venais simplement récupérer le seau d'épluchures pour les chevaux et les poules. À moins que… vous ayez besoin de moi, Miss ?

— Non, nous sommes en train de débarrasser la…

Puis, prise d'une inspiration subite, je lance :

— Mais peut-être pourriez-vous aller voir Lucy. Les rallonges de la table sont lourdes et encombrantes, ce sera plus facile à deux.

Immédiatement, son expression s'illumine.

— Oui, Miss.

Il essuie soigneusement ses bottes sur le paillasson, accroche son chapeau à la patère et gagne le couloir à grands pas.

Je ne peux m'empêcher de sourire. Il est à peu près aussi empoté que moi en ce qui concerne les relations amoureuses, et je pense que c'est pour ça que cela me saute aux yeux. Dès qu'on parle de Lucy, il change littéralement de visage. De ce que j'ai pu constater les quelques fois où j'ai pansé River après une promenade, il a l'air gentil, attentionné et prévenant. Quand Tillie a attrapé un mauvais rhume au début de l'automne, il cueillait tous les jours des herbes fraîches dans le jardin pour lui faire des tisanes, et quand Storm s'est fait piquer par une bête en forêt, il avait lui-même préparé le cataplasme. On ne sait pas grand-chose de lui, si ce n'est qu'il a été élevé par sa grand-mère, une rebouteuse de la région, et qu'il est arrivé à Bloomstone Manor après sa mort. C'est un garçon qui aime son monde et aime en prendre soin.

À Londres, il se serait fait dévorer tout cru.

Stone et Evelyn se lèvent peu de temps après Adrian, aux environs de 14 heures, et peinent à mettre un pied devant l'autre. L'aristocrate souffre d'un mal de tête carabiné et son compagnon n'a pas meilleure allure.

Avec l'aide d'Alexander et d'Adrian, nous avons tôt fait de rendre à la salle à manger sa coquetterie ordinaire. Après avoir lavé le sol de la salle de bal, Ruth et Tillie entreprennent de brosser les tapis. Il reste encore un monceau de vaisselle, mais Kenneth vient à la rescousse de Hazel et de Martha.

Toute trace de la fête semble avoir disparu. Dans mon esprit, pourtant, c'est autre chose. Adrian n'a pas mentionné ce qui s'est passé sous la colonnade et s'est comporté tout à fait normalement. Et, sous un jour nouveau, je mesure désormais les conséquences des propos que j'ai tenus à Bancroft. Peu importe au fond que j'aie eu raison ou tort, je l'ai offensé. On peut même qualifier ça de bravade, car j'ai présumé de ma réussite au concours alors que ce sera déjà bien de terminer le projet à temps. Si je me retrouvais témoin de la scène maintenant, j'en serais mortifiée.

Dans quel guêpier suis-je encore allée me fourrer ?

Quoi qu'il en soit, ce n'est certainement pas aujourd'hui que j'avancerai dans mes recherches. Stone propose un goûter dans une heure et demie, j'en profite donc pour remonter à ma chambre et me reposer un peu. Je me détends dans la chaleur d'un bain parfumé et me laisse doucement sécher devant le feu de cheminée, les yeux dans le vide et perdue dans mes pensées. Les paroles de Père me reviennent en tête, et je m'en serais bien passée. Il a soulevé un point que j'avais pris grand soin d'ignorer : que vais-je faire une fois le concours terminé ? Stone ne va pas me garder ici indéfiniment et je n'ai aucune envie de rentrer chez mes parents – car qui sait alors quand j'en ressortirais et dans quel état ?

On frappe trois coups à la porte et Lucy entre, perplexe. Je m'inquiète :

— Tout va bien ?

— Oui, oui.

— Ça n'a pas l'air.

— Enfin, ce n'est sans doute rien, mais… Maman est en train de préparer de la compote et des scones pour le goûter et je l'ai aidée à faire la cuisine. Alexander a été tellement gentil de venir nous aider tout à l'heure que je me suis dit que je pouvais bien lui rendre la pareille. J'ai pris les déchets des pommes et je suis allée jusqu'aux écuries, et c'est là que…

— Que quoi ?

— Eh bien, je lui ai donné le seau, et vraiment ce n'était rien, mais... Vous l'auriez vu, Agathe, il avait l'air tellement content !

Ne pas rire.

— En quoi est-ce un problème ?

— Cela m'étonnerait, mais... Un moment, j'ai pensé qu'il avait peut-être le béguin pour moi.

— Vous vous y connaissez mieux que moi, Lucy.

Avec un regard amusé, elle me lance d'un ton féroce :

— Ça, c'est le moins qu'on puisse dire !

Je mérite tant cette remarque que je ris de bon cœur, avant de demander :

— Pensez-vous que je puisse rester en tenue de thé ?

— Dans l'état où il est, je crois que Stone ne vous en tiendra pas rigueur.

— Tant mieux. Et...

Et Adrian ?

— Non, rien.

Je rejoins tout le monde dans le jardin d'hiver où Evelyn est déjà en train de servir un thé fumant à la robe cuivrée des plus appétissantes. Adrian est plongé dans un livre dont je ne parviens pas à lire le titre et Stone a retrouvé des couleurs :

— Agathe ! Comment allez-vous ?

— Certainement mieux que vous !

— J'avais bien promis que le bal de cette année serait mémorable !

Je m'assois sur la banquette et murmure :

— Je ne peux qu'être d'accord avec vous.

— J'ai repensé à cette affaire avec Bancroft. Il digérera mal l'affront, c'est certain, et j'espère me tromper en vous disant qu'il essaiera de vous faire trébucher.

— C'est censé me réconforter ?

— Je préfère être franc, Agathe. Ce que vous avez dit est on ne peut plus vrai, mais il ne peut pas s'en rendre compte. Ce n'est tout simplement pas compatible avec sa vision du monde.

Entre deux bouchées d'un scone à la mie tendre et encore tiède, je réplique d'un ton amer :

— Il m'a l'air imperméable à une quantité de notions pourtant essentielles.

— Oui… et non, répond Evelyn. On peut lui reprocher beaucoup de choses, mais certainement pas sa dévotion à sa famille, bien que je réprouve fortement ses méthodes, précise-t-il à l'intention d'Adrian, et encore moins à son pays. Sur certains sujets politiques et économiques, il est à l'origine de nombreux progrès. Par exemple, c'est un des principaux mécènes de la National Trust, pour la préservation des monuments. Il a beaucoup œuvré à l'élaboration d'un texte satisfaisant pour la loi qui oblige les employeurs à indemniser les accidents du travail de leurs salariés. Il s'investit également dans les milieux culturels et scientifiques, les musées… Fondamentalement, il est très dévoué à l'essor de la recherche scientifique, tant qu'elle ne bouscule ni ses convictions ni les conventions préétablies, telles que la participation des femmes par exemple. Comme beaucoup d'autres membres de sa classe – y compris ma propre famille –, il est à la fois victime et bourreau de sa condition sociale, dont, vous le savez, les œillères sont tenaces.

– Si je vous comprends bien, le seul fait que je participe au concours lui paraît si incongru que j'en deviens menaçante ?

– En un sens, oui, puisque vous ne rentrez dans aucune des catégories validées par la majorité de ses pairs.

– Je serais donc à moi toute seule une véritable expérience socioculturelle ?

Evelyn et Stone éclatent de rire, et Adrian sourit largement avant de reposer son livre.

– Ce qu'il y a de sûr, Agathe, s'exclame Stone, c'est que vous êtes unique !

Cela me réconforte bien plus que je ne l'espérais. Le thé et la nourriture nous font à tous le plus grand bien et lorsque la lumière rasante du coucher de soleil illumine la verrière, j'en viens à me dire que la vie est belle, malgré les doutes, les craintes et les déceptions. Ici, maintenant, je me sens bien.

Martha nous apporte une seconde théière, tandis que Stone et Evelyn montent dans le bureau. Pour ma part, je récupère le dernier numéro de *Nature* dans la bibliothèque et me réinstalle dans le jardin d'hiver.

En face de moi, Adrian ne va pas tarder à terminer sa lecture. Je ne me retiens pas et le détaille par-dessus mon magazine. J'ai l'impression de le voir pour la première fois. Ses épaules larges, son torse qui ondule au rythme de sa respiration, la ligne de sa mâchoire, la courbure de ses lèvres, cette mèche de cheveux qui s'égare sur son front, son air concentré quand il lit.

Il tourne brusquement la tête vers moi avant que j'aie pu détourner le regard :

— Qu'y a-t-il ?

— Rien. Rien du tout, je... cherchais juste le titre de votre livre.

— Oh, il s'agit de *Rob Roy* de Walter Scott, qui se passe pendant la révolution jacobite en Écosse. Je n'étais pas convaincu en le commençant, mais je dois bien reconnaître que je le préfère à *Ivanhoé*. Au fait, avez-vous poursuivi la lecture de *Dracula* ? Qu'en pensez-vous ?

Sa voix grave et profonde résonne au milieu des plantes et j'ai l'impression que les ondes sonores viennent me caresser la peau. Je sens le rouge me monter aux joues et souffle :

— Fascinant.

14

LES FEMMES

Une pluie froide martèle les carreaux depuis ce matin. Noël approche et les beaux jours de début décembre semblent lointains. Il fait si sombre dehors que nous avons déjà allumé le lustre. Le bureau se trouve plongé dans un silence quasi religieux.

Je rature une fois de plus mon cahier, avant de finalement rayer toute la page d'un trait rageur :

— Non, non, ça ne marche pas !

De l'autre côté de la table, Stone relève la tête.

— Qu'est-ce qui ne va pas ?

Il est venu à ma rescousse en début d'après-midi, mais c'est peine perdue. Je m'égare en hypothèses douteuses depuis des heures et cela commence à sérieusement m'énerver :

— J'ai fait une erreur d'angle ! J'ai confondu l'inclinaison orbitale avec... Je ne sais même plus avec quoi !

— De quoi êtes-vous partie ?

— Comme la dernière fois, des travaux de Laplace et du problème à deux corps, puis à trois corps, mais c'est trop vague. J'ai épluché tout ce que la bibliothèque contenait sur ces sujets, rien ne correspond.

— Vous payez cher l'audace de votre projet, soupire Stone. Il est vrai que ce ne sont pas les thématiques que je cherchais le plus à étudier lorsque j'enseignais. Je profitais des livres de l'université les rares fois où j'en avais besoin. Voulez-vous que j'écrive à Mr Beddow, mon libraire à Londres ? Il répondra certainement après les fêtes, néanmoins je suis sûr que s'il a quelque chose en rapport avec ces questions, il nous procurera de très bons ouvrages. Il fournit également le King's College, vous savez.

— Est-ce vraiment prudent ?

Mon accrochage avec Bancroft m'obsède depuis deux semaines. Je ne sais pas pourquoi, mais j'ai l'impression d'avoir déclenché malgré moi quelque chose qui pourrait très, très mal se terminer. Dans les lettres que j'envoie à Mère, à Miss Davies ou plus rarement à Euphemia, je fais très attention à peser chacun de mes mots. Il semble toutefois qu'il ait tenu parole : je n'ai pas encore reçu le retour de bâton.

— J'ai toute confiance en lui, répond Stone. De plus, il ne sait pas qu'il s'agit du concours. Pour lui, je suis seulement un ancien professeur qui souhaite rester aux faits des récentes publications.

Bénie soit la présence d'esprit de cet homme.

— Oui, merci. Je crois que j'en aurai besoin.

— Ce dont vous avez besoin, Agathe, c'est de vous changer les idées. Vous êtes penchée sur ce cahier depuis tôt ce matin, vous n'avez presque rien mangé ! Faites une pause pour aujourd'hui, d'accord ?

— Mais...

— Pas de mais ! C'est un ordre. Pensez à autre chose, regardez le monde. La solution ne s'écrira pas comme par magie ! Je crois que Hazel, Martha et les filles ont prévu de confectionner les couronnes de Noël, pourquoi n'allez-vous pas les rejoindre ? À elles toutes, ces femmes redonneraient le sourire à un condamné !

Il a raison. Je me suis emmurée dans les recherches pour éviter de penser à ce qui se passera après, à Bancroft, à mes parents... et à Adrian. Je referme mon carnet plein de ratures, de réflexions et de remarques griffonnées à la hâte dans les marges et souffle :

— C'est une bonne idée. J'imagine que ça me distraira.

— Certainement.

— Merci, Stone.

Je sors d'un pas un peu plus lourd que je ne le voudrais. Nous n'avons guère eu le loisir de nous reposer depuis le bal. Je me suis beaucoup investie dans mon projet et les fêtes de fin d'année approchant à grands pas, tout le monde s'active. Bloomstone Manor se pare petit à petit de ses plus beaux atours d'hiver alors que le parc s'est définitivement endormi, à l'exception des hellébores. Les boutons commencent à se dessiner au milieu des feuilles et promettent une floraison spectaculaire. Dans le jardin d'hiver, soigneusement entretenu par Kenneth, le jasmin diffuse un parfum entêtant qui, les jours de soleil, envahit le manoir jusqu'à la salle à manger. Cette ambiance me réconforte beaucoup : j'ai toujours été particulièrement attachée à Noël.

L'épicentre de toutes les récentes activités de la maison se situe dans la cuisine. Hazel a préparé le pudding qui, aux dernières nouvelles, continue de sécher tranquillement dans le cellier, enveloppé dans son torchon. Bien évidemment, nous avons tous remué le mélange de fruits secs et fait un vœu. Le moment était réjouissant, mais je n'ai pas fait preuve d'une grande originalité. J'ai souhaité la même chose que tous les ans, à un détail près : que tout aille bien pour tous ceux qui me sont chers… et le seul nom d'Adrian, comme s'il était une notion à part entière. Mon cerveau n'a pas pu verbaliser mieux que ça ce qui se passe en ce moment.

Ensuite, Clara et Tillie ont confectionné des quantités astronomiques de petits biscuits aux amandes, aux épices ou aux fruits confits pour l'œuvre de charité locale et les quelques chanteurs de cantiques qui se donnent la peine de remonter toute l'allée du domaine. Hazel a prévu un menu pantagruélique, à tel point que je ne suis pas sûre d'en réchapper. Enfin, disséminée dans les recoins, sur les dessus de guéridons et les appliques du couloir, la décoration de la maison progresse un peu chaque jour. Il y a au moins un poinsettia ou un bouquet de houx dans chaque pièce et nous installerons le sapin le 23 décembre.

J'arrive dans la cuisine qui fleure bon les pommes cuites et le bois de chauffage pour y découvrir une scène des plus singulières. Sur la longue table s'entassent des paniers pleins de branchages de résineux, de houx, de pommes de pin et autres ornements végétaux, tandis que rubans, boules de verre, petits sujets et bougies débordent de grosses boîtes posées sur les plans de travail. Les femmes gravitent autour en discutant et en dressant un thé avec une montagne de gâteaux aux amandes. Elles s'interrompent en me voyant.

— Agathe, vous venez vous joindre à nous ? demande Lucy en reposant la bouilloire.

— En voilà une bonne idée, vous allez voir, ce sera amusant comme tout ! renchérit Ruth, un gros ruban rouge autour des épaules.

J'acquiesce, un peu intimidée de me retrouver brusquement au centre de toutes les attentions. Je m'assois entre Tillie et Martha et on me donne une structure de couronne en osier ficelé. À moi ensuite de composer l'arrangement. Ce qui m'étonne, c'est que nous en avons *toutes* une et qu'il en reste encore !

— Pourquoi autant de couronnes ?

— Oh, il en faut pour la porte d'entrée, bien sûr, pour celle du jardin d'hiver, de la cuisine, énumère Hazel, pour les tables, le manteau de la cheminée… De toute manière, on n'a jamais trop de décorations de Noël !

Lucy sert le thé et prend place en face de moi, un biscuit coincé entre les dents. Les bavardages vont bon train, pendant que je me concentre sur les petites branches garnies d'aiguilles de pin que j'essaie de passer entre les brins d'osier. Je demande à Tillie de me montrer comment elle arrive à les discipliner, mais je n'ai pas son adresse. Je grignote un biscuit sablé et fondant, aux savoureuses incrustations de grains de sucre, et avale une gorgée de thé quand Martha lance :

— Avez-vous appris la dernière ? Gareth et Alexander se sont violemment disputés hier. Apparemment, ils ont failli en venir aux mains.

Lucy se tasse sur sa chaise en rougissant à vue d'œil, avant de me regarder d'un air catastrophé par-dessus une liane de lierre. Je m'efforce de ne pas m'esclaffer. Il est vrai que Lucy et Alexander se sont discrètement rapprochés ces derniers temps. On ne peut pas encore dire qu'ils se fréquentent, ils sont seulement bons amis. La raison de la dispute semble évidente.

— Je me demande ce qui leur est passé par la tête. Surtout Alexander, ce garçon est doux comme un agneau, commente Hazel.

— Je crois ne l'avoir jamais entendu dire un mot plus haut que l'autre, approuve Clara.

— Allez savoir, avec les hommes..., soupire Martha.

— Au fait, Tillie, comment ça se passe avec ton boulanger ? demande Lucy, habile à changer de sujet.

— Stephen ? Oh, il est gentil avec moi, mais je crois que son père ne m'aime pas beaucoup.

— Et pourquoi donc ne t'aimerait-il pas ?

— J'ai l'impression qu'il n'est pas très à l'aise avec l'idée que je travaille ici. J'espère que ça passera, dit Tillie. En attendant, Stephen est très amoureux. À l'écouter, il ne pense qu'à moi toute la journée ! ajoute-t-elle en souriant.

— Ma chérie, je crois que ce n'est pas vraiment son cœur qui parle..., glisse Hazel avec un sourire en nouant un ruban à sa couronne.

Elles éclatent toutes de rire et, cette fois, c'est à mon tour de rougir. Je ne m'attendais pas à une telle intimité entre elles ni à une discussion aussi ouverte.

— Ne vous moquez pas, murmure Martha. Les premiers émois, ça a toujours quelque chose de magique, il faut préserver ça. Tillie, ne tiens pas compte de son père, c'est un abruti fini. Il s'est rangé du côté de mon ex-mari et a mis tellement de mauvaise volonté à me vendre son pain que j'ai failli le lui renvoyer dans la figure.

J'avais déjà deviné que le père de Clara et Ruth était violent, mais je ne m'étais pas doutée qu'elles avaient dû s'enfuir. J'avais supposé qu'il était décédé. Cela explique qu'elles aient trouvé refuge ici, elles aussi.

— Tout le monde n'a pas la chance d'avoir un Kenneth ! conclut Martha.

— Ah, c'est malin ! rétorque Hazel qui ne peut s'empêcher de sourire. C'est vrai que j'ai de la chance, mais sachez bien une chose, les filles : la chance, ça se reconnaît. Au moindre signe inquiétant, la meilleure des choses à faire, c'est de couper court pour éviter le fiasco à long terme.

— Plus facile à dire qu'à faire ! grimace Ruth. Bientôt, je vais devoir aller chercher un homme à Londres !

Remarque, avec un peu de chance, il sera peut-être déjà assez riche pour qu'on puisse s'offrir une maison.

Je proteste :

— Ce n'est pas parce que les hommes sont plus fortunés qu'ils sont moins bêtes !

Six paires d'yeux convergent vers moi et les femmes éclatent de rire une nouvelle fois. Lucy hoche la tête :

— Agathe a eu son lot d'imbéciles, il faut dire. Racontez donc l'affaire Ravencourt !

J'obtempère sans trop savoir à quoi m'attendre. Je ne pense pas qu'elles me jugeront, mais à côté de leurs problèmes, je crains de passer pour une enfant gâtée.

— Outre le fait que c'est un ignare, ce qui m'a mise hors de moi, c'est qu'il m'a... comment dire ? Il n'a pas pris en compte ce que je voulais, moi, il m'a...

— ... considérée pour acquise ? suggère Clara.

— Oui ! C'est ça ! Comme si le fait que nos parents se connaissaient et que j'avais la réputation d'être assez..., eh bien, abrasive lui garantissait mes faveurs, juste parce que je daignais lui répondre. On nous éduque pour charmer les hommes, ce devrait être l'inverse ! Ils sont tellement imbus d'eux-mêmes, enfermés dans leur fierté de mâles et si convaincus de leur supériorité que, parfois, c'est plus simple de ne pas leur parler du tout.

— Ce qui explique certainement votre profonde incompétence à les décrypter ! se moque gentiment Lucy en me tirant la langue.

— Nous ne sommes que des langues de vipère ! s'esclaffe Martha. Ne prenez pas pour argent comptant tout ce qu'on raconte ici. Les hommes bons ne sont pas si rares que ça, il suffit juste de se faire suffisamment confiance pour prendre les bonnes décisions.

Je ne suis pas certaine de saisir. Se faire suffisamment confiance ? Comment savoir si on se trompe ? Comment faire quand on se rend compte que l'on a commis une erreur ?

C'est au tour de Tillie de faire une réflexion acerbe et notre rire inonde et réchauffe la pièce. Je comprends ce que Stone a voulu dire. Cela n'a rien à voir avec les discussions que j'ai pu avoir à Londres, même pendant les plus passionnantes des réunions. Je suis abasourdie par la force de ces femmes dans un univers régi par les hommes, d'une façon encore différente de ce que je connais dans la haute société. Chacune à leur manière, elles se sont toutes fait piéger à un moment ou à un autre. J'ai le sentiment d'avoir été accueillie dans un monde à part, peuplé de paroles libérées et de confidences, qui n'existe qu'entre elles.

Il est 18 heures passées lorsque nous terminons les couronnes. La mienne est simple et traditionnelle, car je ne sais pas les faire autrement. Celles de Clara et Ruth sont un enchantement pour les yeux. Elles ont entremêlé aux branchages des rubans, des pommes de pin, de petites étoiles découpées dans du papier et se sont piqué les mains en disposant le houx. Tous mes blocages scientifiques du matin se sont envolés et je décide de ne plus y songer pour aujourd'hui.

Ce dont il faut que je m'occupe, en revanche, ce sont mes cadeaux. Outre le problème de mes fonds inexistants, j'ai quelques idées pour Stone et Lucy, mais ça s'arrête là, et je n'ai pas encore commencé mes cartes de vœux. Je fais part de mes questionnements à Lucy, notamment au sujet du présent d'Adrian pour lequel je suis en panne totale d'inspiration :

— Offrez-lui quelque chose qui vienne de vous, me conseille-t-elle.

— De moi ?

— Vous avez beaucoup en commun. Ça n'a pas forcément besoin d'être matériel, il faut juste trouver une idée qui vous fera plaisir à tous les deux, en rapport avec ce que vous partagez.

Voilà qui m'embrouille plus qu'autre chose. Il est vrai que nous nous accordons sur certaines lectures, mais il a lu tellement de livres que j'ai peur de me tromper. Je déclare sans grande conviction :

— Je vais voir ce que je peux faire.

En passant dans le couloir, je m'arrête devant la salle de musique déserte. En dehors des romans, il y a bien autre chose qui nous lie : la musique.

Je m'approche du piano et avise les partitions sur le chevalet. Avec un peu de chance... oui, il s'agit bien de cette musique qu'il joue sans cesse et qui me reste en tête. Je pourrais tenter d'adapter la mélodie principale au violon, peut-être y ajouter un contre-chant ? Voilà qui serait original et inattendu. Cela lui fera-t-il plaisir ?

Je ne sais pas encore très bien si je le fais pour lui ou pour moi, mais je m'empare d'un crayon à papier et d'une feuille où je trace rapidement une portée grossière. Je reporte à toute vitesse les notes. Le morceau n'a rien de difficile, il suffira que je fasse attention au rythme. Le plus dur sera de le travailler sans qu'Adrian s'en aperçoive, car il ne reste que dix jours avant Noël.

Je replace les partitions telles que je les ai trouvées et plie la copie soigneusement quand la voix d'Adrian me fait sursauter :

— Agathe, je vous cherchais !

— Oui ?

J'ai le souffle court, mais il ne semble pas le remarquer.

— Deux lettres sont arrivées pour vous au courrier de ce soir, m'explique-t-il en me donnant les enveloppes.

Je range la feuille dans ma poche le plus discrètement possible.

— Que faisiez-vous ?

— Oh... rien de particulier, je...

Pitoyable.

Je tends la main pour récupérer ma correspondance et, par mégarde, mes doigts effleurent les siens, m'envoyant une vague de chaleur inattendue.

— Tout va bien ?

— Oui, oui, c'est juste que...

Ridicule.

— Je peux faire quelque chose ?

— Non, c'est que… J'ai fait les couronnes de Noël avec les autres et euh… Je me suis un peu abîmé les mains avec les branches de pin, et…

Pathétique.

— Faites voir.

Il attrape ma main droite et j'étouffe un cri de surprise. Ce n'était pas ce qui était prévu. Pas du tout.

— Ce n'est vraiment rien, dis-je en secouant la tête.

Son regard brille de cette même lueur que lors du bal quand il relève les yeux vers moi.

— Vous êtes sûre ?

— Absolument.

— Faites attention à vous.

— Je ne suis pas en sucre.

— Ce n'est pas ce que je voulais dire. En fait, je…

— Non, non, il n'y a pas de mal.

Je devrais peut-être lui lâcher la main, maintenant.

Il se rapproche et j'ai beau savoir que l'Angleterre n'est pas sujette aux séismes, je commence à douter.

— Agathe, je…

— Oui ?

— Je… suis content que vous fêtiez Noël avec vous.

Je retire lentement mes doigts et sa peau douce glisse contre la mienne.

— Moi aussi, Adrian. Merci pour… le courrier.

Navrant. Tout à fait navrant.

— Je vous en prie.

Il quitte la pièce, l'air quelque peu ennuyé. De mon côté, je reste pétrifiée quelques instants avant de remonter dans ma chambre en courant.

Je me suis comportée telle la dernière des demeurées ! Ce que j'ai dit n'avait strictement aucun sens ! Mais quelle idée, aussi, de me prendre la main de cette manière ! Pourquoi est-ce que chaque contact déclenche ce… je-ne-sais-quoi ? J'ai l'impression que tout chez cet homme me crie de me lover dans ses bras comme sous la colonnade et de…

Bon. Il est désormais clair que j'éprouve quelque chose pour Adrian. Bien malgré moi, je sens mes lèvres s'étirer en un sourire à m'en faire mal aux joues. Mon cœur s'emballe et je me retiens de rire toute seule.

Du calme. Le pauvre venait simplement m'apporter mon courrier, il n'a rien demandé.

Il faudra que je fasse attention au dîner à ce que rien ne transparaisse. Cela risque d'être difficile étant donné les fourmillements dans mon estomac à la seule pensée que nous allons passer la soirée ensemble. J'ai envie d'en parler à Lucy, à tout le monde, j'ai envie de le crier et d'un autre côté, j'ai aussi envie de garder cette jubilation rien que pour moi, encore un peu.

Je n'imaginais pas qu'être amoureuse serait si exaltant, tout irrationnel que ce soit. Quelque chose s'éveille en moi, c'est intime, c'est chaud et oppressant tout à la fois, tendre et virulent, renversant et réconfortant.

J'ai l'impression d'être une contradiction tout entière.

Le temps de reprendre mes esprits, je suis attendue pour manger, mais avant, je prends le temps de lire mon courrier. Rien de tel qu'une lettre de Mère pour redescendre sur terre. Je garde celle d'Iris pour après, elle sera sans aucun doute beaucoup plus agréable.

Ma surprise est totale lorsque j'ouvre l'enveloppe en provenance de Chester House :

Le 15 décembre 1898

Chère Agathe,

Comment vas-tu ?
Nous avons prévu d'aller passer Noël chez Euphemia et Eric. Ta sœur t'a invitée également, mais je suppose que tu préféreras rester comme convenu à Bloomstone Manor.
La maison s'avère très douillette pour l'hiver. Nous n'avons jamais eu froid, ce qui est exceptionnel compte tenu du temps détestable que nous avons eu ces derniers jours. Je me demande s'il y aura de la neige pour les

fêtes. Nous n'en aurons certainement pas à Londres avec toute l'humidité de la Tamise.
Dans l'enveloppe, je t'envoie quinze livres pour tes dépenses si tu en as, je pense notamment à tes cadeaux et à tes cartes de vœux. Il est inconcevable que tu passes pour pingre auprès de Lord Stone et de son cousin !
Ne dis rien à ton père au sujet de l'argent. Il n'approuverait pas.

Bien à toi,

K.L.

Quinze livres ! C'est une somme conséquente ! Et depuis quand Mère œuvre-t-elle dans le dos de Père ? Je relis la lettre puis regarde dans l'enveloppe pour y trouver trois billets de cinq livres. C'est le monde à l'envers !

La missive d'Iris se révèle tout aussi réjouissante :

Le 15 décembre 1898

Ma chère Agathe,

J'espère que ce billet vous trouvera en plaisante compagnie et l'esprit joyeux.
Je me rends demain à Ipswich pour des achats de dernière minute. Voulez-vous m'accompagner ?

Si tel est le cas, rendez-vous à la gare pour le train de 11 h 20. Sinon, nous nous reverrons pour le réveillon. Je ne sais pas si Stone vous en a parlé, mais Henry devra rester à Londres pour les affaires, je me joindrai donc à vous pour le dîner.

Avec toutes mes amitiés,
Iris Rutherford

Je rejoins la salle à manger, le cœur en fête, avec une certitude.

Ce Noël sera mémorable.

15

MERRY CHRISTMAS

Nous avons passé l'après-midi d'hier à décorer le sapin que Ted et Gareth ont coupé dans la forêt. L'arbre fait ma taille, très touffu, avec suffisamment d'espace entre les branches pour que nous puissions le recouvrir de rubans et de petits sujets à suspendre. La table de réveillon est dressée pour ce soir et avant que je monte me changer, Stone m'a nommée « maîtresse de maison » et chargée de placer tout le monde.

Je dispose les étiquettes, en alternant les hommes et les femmes autant que faire se peut, à l'exception d'Evelyn que je laisse volontairement à côté de Stone. J'installe Lucy aux côtés d'Alexander, loin de Gareth, et Adrian en face de moi, entre Iris et Hazel.

Les assiettes sont splendides, les couverts lustrés, les serviettes délicatement pliées, les bougies prêtes à être allumées... Tout y est. Parfait.

La magie de Noël a vraiment commencé quand Iris et moi sommes allées à Ipswich. J'ai acheté un magazine de coiffure et un joli peigne verni pour Lucy, une épingle à cravate pour Stone de la même couleur que ses yeux, un petit carnet pour Evelyn qui n'a jamais de quoi écrire sur lui (un sujet de plaisanterie régulier) et quelques attentions soignées pour mes parents et Euphemia. En outre, j'ai dû ruser pour dissimuler la boîte de thé japonais que je compte offrir à Iris. Elle en raffole.

Quant à Adrian… Je n'ai pas pu m'empêcher d'entrer dans une librairie pour lui trouver un présent qui lui plairait. Mon entraînement acharné depuis une semaine pour être capable de jouer sa mélodie au violon porte ses fruits, mais cela ne me semblait pas suffisant. Je voulais qu'il trouve un cadeau de ma part sous le sapin, je voulais quelque chose de tangible. Heureusement, la jeune femme de la boutique m'a beaucoup aidée et m'a conseillé un recueil de poèmes de Thomas Hardy qui vient de sortir. Au moins, il ne l'aura pas lu et je ne pense pas me tromper en misant sur la poésie. Iris a également acheté deux livres pour Stone, qu'elle a trouvés au rayon des enfants – je ne me l'explique toujours pas.

Les odeurs provenant de la cuisine embaument le couloir depuis ce matin. Nous avons déjeuné légèrement en prévision de l'abondance de ce soir. Tout doit être prêt à servir, maintenant, ou gardé au chaud le temps que nous nous préparions.

Je passe une heure à ma toilette. J'ai décidé de porter ma robe rouge à nouveau, elle s'accordera à merveille avec l'ambiance festive. Lucy tient à me coiffer, évidemment. Elle est déjà tout apprêtée et jolie comme un cœur dans sa robe bleu foncé. Je parfais mon maquillage, choisis mes boucles d'oreilles avec soin et il me faut cinq bonnes minutes pour réajuster le nœud de mon collier qui ne tombe pas comme je veux. Lucy me dévisage avec un petit sourire en coin, presque attendrie. Je sais qu'elle a deviné qu'il se trame quelque chose avec Adrian, mais elle attend que j'aborde le sujet moi-même. Je lui en suis profondément reconnaissante. Mes sentiments sont encore confus et je ne me sens pas suffisamment confiante pour m'étendre à ce propos.

Une fois autour de la table, j'observe chacun des convives. Vraiment, je n'aurais jamais rêvé meilleur Noël. Stone et Evelyn semblent ravis, eux aussi. Kenneth et Hazel se chargent de servir l'apéritif et les entrées, en renvoyant quiconque voudrait les aider. Je crois qu'ils aiment cette maison et cette famille autant que le propriétaire des lieux. Face à moi, Adrian est superbe dans son costume noir. Cela fait ressortir l'intensité de son regard, surtout quand il sourit.

Je me rends compte que le simple fait d'être là suffit à me rendre heureuse. Aussi, alors que les conversations vont bon train, je parle peu et profite beaucoup.

Nous commençons par des huîtres, suivies par du saumon assaisonné à l'aneth et à la crème fraîche. Cela aurait presque pu nourrir tout le monde, mais Hazel apporte ensuite une énorme dinde rôtie avec une sauce onctueuse à la sauge et aux oignons caramélisés, qui se révèle absolument divine accompagnée de Yorkshire puddings moelleux et aériens. Le repas est sublime et nous complimentons Hazel qui rougit exactement de la même manière que sa fille. Celle-ci, les yeux légèrement brillants, discute avec le palefrenier qui abandonne un peu de sa retenue. Voici un spectacle tout aussi charmant que les rires de Clara et Tillie au bout de la table. Après une pause bienvenue, arrosée de cognac, Kenneth apporte un saladier de poires pochées et Hazel dépose fièrement sur la table un Christmas pudding somptueux sur un plat en porcelaine décorée. La pâtisserie est surmontée de feuilles de houx et semble encore tiède de son flambage au rhum. On ne saura pas qui aurait trouvé le dé à coudre[2], car Martha a coupé en plein dessus. Le goût des fruits secs explose sur ma langue, les épices envahissent mes sens. Je pourrais en manger toute l'année sans me lasser et à en juger par le silence qui s'abat sur la pièce, tous les invités pensent la même chose que moi.

— Vous êtes bien silencieuse, ce soir, constate Evelyn quand les bavardages reprennent.

— Pardonnez-moi. Je suis d'une impolitesse ! J'ai toujours adoré Noël. Je suis tout simplement très heureuse d'être là, je dois le reconnaître.

— Agathe, cessez de vous excuser. Je n'ai quasiment pas dit un mot non plus, lors de mon tout premier Noël

---

2. NdA : Le Christmas pudding est agrémenté de différents porte-bonheur (comme notre fève de la galette des Rois), un des plus classiques étant le dé à coudre, garantissant selon les familles soit une année de célibat, soit une épargne nouvellement assurée.

ici. Avec le recul, je crois que c'est l'honnêteté et la chaleur de ces gens qui causent ce soudain mutisme. Ils ne prétendent pas être quelqu'un d'autre, ils se contentent d'être eux-mêmes et ont moins peur que nous d'exprimer leurs sentiments. Pour moi, c'était très intimidant.

Je hoche la tête. C'est peut-être ce qui m'arrive aussi. Je suis contente quand Lucy s'ouvre à moi, ou quand Iris ne s'encombre pas des conventions sociales, ou encore lorsque Stone me parle de lui alors que nous prenons le thé dans son bureau. Je ne sais pas si l'inverse se vérifierait. Depuis des années, j'ai appris à peu me confier de peur que cela ne se retourne contre moi.

Le rire d'Adrian me sort de mes tergiversations. J'ignore ce qu'Iris a bien pu lui dire pour déclencher une telle hilarité – je la devine légèrement pompette.

— Tout va bien, Agathe ?

Cette voix qu'il a quand il prononce mon nom. Je réponds avec un sourire :

— Oui, merci. Il y avait des années que je n'avais pas passé un réveillon aussi agréable.

— Moi aussi.

Je cherche quelque chose à dire qui ne soit pas totalement stupide, mais Stone se lève :

— Après ce festin de roi, je propose que nous passions tous dans la salle de musique, qu'en dites-vous ? Nous avons de merveilleux chanteurs dans cette pièce et il serait dommage de nous en priver ! Iris,

Ruth, Kenneth, veuillez nous faire l'honneur. Je vous suis avec les digestifs.

Je n'ai jamais vu la salle de musique aussi remplie que ce soir. Notre hôte arrive avec un petit plateau chargé de verres en cristal délicat et Martha apporte les liqueurs. Iris s'assoit à côté de moi sur la banquette, son verre à la main. Je m'apprête à lui demander pourquoi Stone l'a désignée comme chanteuse, mais je sens que quelqu'un prend place à ma droite. Je me retourne et retiens une exclamation de surprise. Ma jambe est à peine à cinq pouces de celle d'Adrian. Instantanément, je reconnais la réaction que j'ai eue lors du bal.

Dieu du ciel, Agathe, maîtrise-toi un peu.

Evelyn se met au piano et entame un lent *O come, O come Emmanuel* pour lancer les cantiques. Ruth inaugure la session musicale d'une voix de soprano époustouflante, claire et limpide. Jamais je n'aurais deviné ! Je dois afficher une drôle d'expression, car Adrian se penche vers moi et m'arrache un frisson quand il me murmure à l'oreille :

— Et encore, vous n'avez pas entendu Iris.

Celle-ci vide son verre d'une traite, avant de s'avancer près de Ruth qui termine. Evelyn, sous le regard amoureux de Stone, attaque les premières notes d'un classique. Iris s'éclaircit la gorge :

Deck the halls with boughs of holly!
Falalalala lala la la

'Tis the season to be jolly!
Falalalala lala la la

Je n'en reviens pas. Iris est métamorphosée ! Elle a une voix un peu plus grave que quand elle parle et on l'entend vibrer, on dirait qu'elle chante avec son corps tout entier ! Lorsque Ruth et Kenneth l'accompagnent sur le refrain, elle enveloppe leurs voix avec puissance. Son visage change et dans ses yeux brille une passion que je ne lui ai jamais vue.

Je l'écoute, subjuguée. Bientôt, Martha rejoint les choristes avec Lucy et Ted et la chanson s'achève en apothéose. Adrian observe ma réaction d'un air entendu :

— Je vous l'avais dit, commente-t-il en prenant une gorgée de son whisky.

Good King Wenceslas, *Joy to the World*, *Silent Night* ou *God Rest you Merry Gentlemen*, tout le répertoire traditionnel y passe.

Soudain, alors que je pensais qu'il allait remplir mon verre, Stone me désigne l'étui de mon violon :

— Il me semble que c'est le moment idéal pour offrir votre cadeau à Adrian.

— Maintenant ?

— Il serait regrettable d'attendre jusqu'à demain. L'ambiance s'y prête.

— Se prête à quoi ? demande Adrian en se retournant vers nous.

— Agathe ? insiste Stone.

Ça devait arriver, de toute manière. Je prends une longue inspiration :

— J'ai quelque chose pour vous, Adrian.

Il me regarde me lever et attraper mon violon, interloqué. Stone chuchote quelque chose à Evelyn qui quitte le piano. D'un geste tremblant, j'ôte mes gants et retrouve le vernis de l'archer sous mes doigts, l'odeur boisée de l'instrument. Presque plus personne ne parle et nous sommes au centre de l'attention – j'aurais peut-être dû choisir un autre moment, à bien y réfléchir.

— Pouvez-vous jouer ce morceau que vous jouez si souvent ?

Hésitant, Adrian pose son verre sur un guéridon et se positionne au clavier. Je cale le violon au creux de mon cou et il commence à jouer. Je ne l'ai jamais entendu d'aussi près et chaque note me chatouille la peau. À la troisième mesure, j'entame la mélodie et il ralentit en me regardant, éberlué. Il ne s'arrête pourtant pas et j'adopte son rythme. Il plonge ses yeux dans les miens et revient à un tempo normal.

Tout s'enchaîne presque trop facilement. Nous nous suivons l'un l'autre, comme si nous avions répété ensemble de longues heures. Je ne sais pas comment j'arrive à jouer juste, je me noie dans son regard d'obsidienne et mes doigts semblent animés d'une volonté propre. Nous nous retrouvons enfermés dans une bulle qui n'appartient qu'à nous. J'ai l'impression que c'est moi qui hurle quand les cordes vibrent.

Tout mon corps s'embrase et se consume. J'ai envie qu'il me serre dans ses bras, qu'il m'embrasse, qu'il...

Nous terminons le morceau et il reprend simplement quelques notes avant de s'arrêter. Son visage affiche une expression indescriptible qui tranche tellement avec ce que je ressens que je ne sais plus où me mettre.

Après un court silence, les applaudissements retentissent et c'est une torture. Adrian n'a toujours rien dit et j'ai si honte de moi ! J'ai la sensation d'avoir été un livre ouvert pendant quelques minutes et ce qu'il y avait à voir n'avait vraiment rien de glorieux. Je repose le violon et souris faiblement avant de souffler un lamentable « Excusez-moi » et de quitter la pièce.

Je trouve refuge dans le jardin d'hiver. Des nuages lourds encombrent le ciel et plongent la véranda dans une obscurité étrange et bleutée. Le jasmin répand son parfum entêtant et il doit faire froid dehors, car quelques gouttes de condensation se forment sur les vitres. Je m'assois sur le canapé et Lancelot, sorti d'on ne sait où, vient se frotter à mes pieds en ronronnant.

— Agathe ? appelle la voix de Lucy.

— Je suis là.

Elle me rejoint, inquiète :

— Tout va bien ? Pourquoi êtes-vous partie ?

— Enfin, Lucy, n'avez-vous pas vu ce qui s'est passé ?

— De quoi parlez-vous ? Vous avez divinement joué, tous les deux.

— Non, je voulais dire... Ma réaction, je... J'ai tellement honte, j'ajoute dans un murmure.

La jeune fille se rapproche et se penche vers moi :

— Mais… Honte de quoi ?

— Vous voulez dire que vous n'avez vraiment rien remarqué ?

J'entends des pas, puis Stone apparaît :

— Lucy, ma chère, pourriez-vous nous laisser quelques instants, s'il vous plaît ? demande-t-il d'un ton doux.

Lucy m'interroge du regard et je hoche la tête. Une fois qu'elle est partie, il vient s'asseoir et me tend un minuscule verre de liqueur d'orange.

— Désolée, Stone. J'avais besoin de respirer, et…

— N'ayez pas honte de vos sentiments, Agathe.

Lui, il a tout vu.

Il pose sa main sur la mienne avec bienveillance. Je ne sais pas pourquoi, je pressens que je peux tout lui dire. Qu'il ne me jugera pas. Je prends une gorgée d'orange et articule :

— Ce n'est pas exactement ça.

Il sourit et réplique :

— N'ayez pas honte non plus de l'attraction physique. C'est une chose tout à fait naturelle.

Je reste silencieuse. Heureusement qu'il fait nuit parce que je me sens rougir comme jamais. Plus malicieusement, il continue :

— Sans vouloir vous paraître présomptueux, ou même inconvenant… Je sais ce que cela fait d'aimer un homme.

Je m'y attendais si peu que j'éclate de rire, et lui aussi. Petit à petit, mon malaise se dissipe et je lui confie enfin :

— Adrian n'a rien demandé et il a assez de soucis comme ça. Je ne vois pas comment je pourrais lui plaire. Enfin, Stone, regardez-moi ! À part mes connaissances en sciences, je n'ai aucun atout. Mes manières sont tout sauf convenables. Hors d'ici, je serais infréquentable et je ne vous parle pas de mes capacités en tant que maîtresse de maison, c'est un désastre !

L'aristocrate se lève :

— Vous avez au contraire tellement de choses à offrir, Agathe. Je crois simplement que vous vous êtes sentie seule trop longtemps pour vous rendre pleinement compte de votre potentiel – et même de ce que les gens ressentent à votre égard.

Je me lève à mon tour, un peu intimidée devant ce compliment inattendu, et murmure :

— Adrian n'est pas intéressé.

— Je suis certain qu'il n'a rien formulé de tel.

— Non, bien sûr, mais je le vois bien !

— Vous êtes impossible ! s'exclame Stone en soupirant. Quoi qu'il en soit, rappelez-vous ce que je vous ai dit. Venez, maintenant. Minuit va sonner et je tiens à ce que nous soyons tous ensemble pour nous souhaiter un joyeux Noël.

Nous retournons dans la salle de musique où les chants ont recommencé de plus belle, avec cette fois

Martha au piano. Peu de temps après, les horloges de Bloomstone Manor carillonnent une à une.

— Joyeux Noël !

— Joyeux Noël !

Alors que je me suis isolée près des grandes baies vitrées, Adrian s'avance vers moi et me prend les mains, m'inondant d'une chaleur irradiante.

— Je vous souhaite un très bon Noël, Agathe. Merci infiniment pour tout à l'heure, cela me touche bien plus que vous ne pouvez l'imaginer. Je serais ravi de jouer avec vous une nouvelle fois.

— Avec plaisir. Joyeux Noël à vous aussi, Adrian.

Je me permets de presser un peu plus mes doigts contre les siens et avec une lenteur affolante, il se penche et dépose un léger baiser sur ma joue.

— Merci encore.

Je suis toujours dans un état second quand il s'éloigne. J'ai l'impression que personne n'a rien remarqué.

J'ai surtout l'impression d'être d'une couleur identique à ma robe.

La Terre s'arrête de tourner pendant les jours qui suivent et Bloomstone Manor semble plus hors du monde que jamais. Le domaine s'est paré de blanc. C'est une splendeur ! De gros flocons tombent du ciel gris en un bruissement délicat et tout le parc étincelle.

Les buissons ne sont plus que des collines duveteuses et les branches nues des arbres commencent à ployer.

C'est dans ce décor de rêve que nous avons ouvert nos présents. Stone m'a offert un astrolabe finement ciselé qui a appartenu à un de ses ancêtres, médecin dans la Marine royale et porté disparu au début du XVIIIe siècle alors qu'il était en route pour son mariage. Le cadeau d'Iris a trouvé une explication : l'aristocrate est friand d'histoires de pirates, communément classées parmi les livres pour enfants. J'ai reçu un roman de la part de Lucy et une magnifique épingle à chapeau d'Iris. Adrian, lui, m'a offert une très jolie boîte fleurie contenant du papier à lettres et une plume neuve ; par ailleurs, il a beaucoup apprécié le recueil de Thomas Hardy.

J'oublie tous mes soucis. Le concours et ce qui s'y rapporte, ainsi que mon avenir incertain. Nous passons notre temps à lire, à écouter de la musique, parfois à en jouer. Entre deux batailles de boules de neige, nous buvons des litres de thé au coin du feu et peut-être un peu trop de sherry.

La nouvelle année s'annonce pleine de défis.

16

LES OBSTACLES

THE TIMES

ÉDITION DU LUNDI 9 JANVIER 1899

Il y a quelques mois, nous vous annoncions dans ces mêmes colonnes le concours organisé par la Royal Society. À l'heure où nous écrivons ces lignes, plus de 300 candidats des quatre coins de l'Empire ont déjà déposé leur dossier d'inscription. Devant un tel succès, la rédaction du *Times* a décidé de lancer une chronique hebdomadaire présentant quelques-uns de ces scientifiques prometteurs.

Nous rencontrons aujourd'hui Mark Selby, âgé de 28 ans et originaire du Hertfordshire, diplômé d'Oxford et préparant une spécialité en mécanique des milieux continus. Son mentor, Lord Bancroft, professeur émérite et titulaire de la chaire de physique de Cambridge, nous reçoit dans sa demeure de Bloomsbury.

« Qu'une institution comme la Royal Society organise un tel concours est tout à fait admirable, souligne-t-il. Notre pays a une dynamique de recherche scientifique parmi les plus avancées du monde et il me semble juste que de nouvelles voix prennent le relais à l'aube du XXe siècle. Nos universités regorgent de talents, voici l'opportunité pour eux de s'exprimer. Mark Selby est de ceux-là. C'est un jeune homme doué et réfléchi, sans ambition démesurée et avec le désir profond de faire avancer la recherche. Bien qu'il ne soit pas l'un de mes étudiants, je l'ai choisi pour ses capacités et ses qualités, indubitablement nécessaires à la poursuite du savoir. J'ai connaissance de candidats pour le moins originaux, accompagnés de mentors qui le sont tout autant. Je ne les blâme pas de participer, mais il serait regrettable qu'ils prennent la place de personnes plus qualifiées du fait de leur formation universitaire. »

Laissons donc la parole à Mark Selby qui nous détaille son parcours d'études…

Le journal étalé sur la table du petit déjeuner, je relis encore une fois l'article, atterrée. L'entretien avec Mark Selby, pourquoi pas ; il m'a l'air d'un jeune homme tout à fait sensé qui connaît son sujet – encore heureux compte tenu de son cursus. Mais le discours de Bancroft ! Je ne peux m'empêcher de prendre personnellement la remarque sur les candidats « originaux » et la grimace de Stone n'arrange rien :

– Je ne pensais pas qu'il lancerait les hostilités aussi vite, maugrée-t-il. Il n'a pas perdu de temps.

Mon thé est soudain bien amer. Le repos des vacances de Noël m'a été profitable, mais depuis une semaine, je me rends compte de tout le travail qui me reste à abattre et on ne peut pas dire que les déclarations de Bancroft m'aident à garder confiance en moi.

Nous avons reçu les livres de Londres juste après le jour de l'An. Mr Beddow, le libraire, nous a envoyé une quinzaine d'ouvrages et de journaux scientifiques. Il y a plusieurs traités très intéressants, notamment quelques travaux de Laplace et Poincaré sur les lunes de Jupiter. J'ai essayé de m'y plonger, toutefois je dois affronter une révélation cruelle : je n'ai pas le niveau. Si certaines notions me paraissent claires, d'autres me demeurent totalement incompréhensibles. Je perds le fil, griffonne des feuilles entières d'équations alambiquées qui finissent par ne plus avoir de sens. Or, si je ne peux appréhender un concept *via* des équations ou au moins un raisonnement mathématique, mon projet sera bancal et ne retiendra pas l'attention des jurés. La théorie à elle seule ne suffit pas.

J'ai entrepris de démonter une vieille horloge hors d'usage pour personnaliser la maquette du système solaire dans le bureau de Stone. Grâce à une représentation plus concrète, je vais peut-être pouvoir éclaircir la situation. Avec les rubans métalliques, j'ai symbolisé les forces d'attraction d'Uranus et de Neptune, de Saturne également pour faire bonne mesure. J'ai utilisé un agencement d'engrenages pour simuler les révolutions sur le plan de l'écliptique ; ce n'est pas très précis, mais il s'agit de se figurer ce que cela donne dans l'espace.

Tout est juste, pourtant je n'arrive toujours pas à saisir comment cette planète peut impacter les *deux* orbites. Peu importent sa masse, ses dimensions, j'ai essayé en modifiant tous les paramètres possibles. Il y a forcément un moment où cela ne colle pas. Uranus est trop loin, Neptune potentiellement trop près ou pas assez.

Dans les livres que nous a fait parvenir Mr Beddow se trouvait un extrait des comptes rendus d'observation des perturbations orbitales ayant fait l'objet de l'encart dans l'*Astronomical Journal*. J'ai cru à une illumination salvatrice, mais non. Sur la maquette, en positionnant les planètes exactement au bon endroit, c'est encore plus incompréhensible : je ne vois pas comment ce corps céleste aurait évité une collision !

Ma frustration s'accroît et à défaut de ne pouvoir travailler sur les lunes de Jupiter dans l'immédiat, mon programme d'aujourd'hui consiste à reposer point par point ces observations pour y déceler un modèle mathématique, une récurrence, n'importe quoi. Rien n'arrive par hasard. Il y a fatalement quelque chose qui m'échappe.

Cet article du *Times* cristallise tous mes doutes, toute ma crainte et ma colère, et plus que tout, l'injustice de ma condition vis-à-vis de privilégiés comme Mark Selby.

Par-dessus mon épaule, Adrian souffle :

— Trois cents candidats... C'est considérable !

— Pour les inscriptions seulement, rectifie Stone. Cela ne veut pas dire qu'il y aura plus de trois cents soumissions de projet. Au moins un tiers d'entre eux ne termineront pas à temps.

Je repose ma tasse sur sa soucoupe et me lève de table, tentant d'étouffer dans l'œuf la panique qui commence à poindre dans le creux de mon estomac :

— Je vais donc m'efforcer de faire partie des deux cents qui restent. Gentlemen, permettez-moi de vous fausser compagnie et d'aller retrouver mes suites de nombres sans queue ni tête.

— Faites-moi signe au besoin, glisse Stone en hochant la tête. Et laissez-moi m'occuper de Bancroft.

Je fronce les sourcils à cette remarque.

— Qu'entendez-vous par là ?

— Rien d'inquiétant, je vous le promets. Maintenant, allez ! me rassure-t-il en m'adressant un petit signe de la main pour que je retourne travailler.

Dix heures sonnent lorsque j'arrive dans le bureau. Il est déjà tard. À ma décharge, nous avons passé une longue partie de la soirée d'hier avec Stone à chercher Uranus dans le ciel nocturne. Peine perdue. La lunette n'est pas assez puissante, et si nous l'avons aperçue par hasard, il est impossible de la différencier d'une étoile classique. C'était une idée de Stone, au départ, qui ne m'a pas vraiment conquise au premier abord. Je ne voyais pas en quoi observer Uranus allait m'aider, mais cela m'a rappelé que tout cela était bien plus qu'une succession de chiffres griffonnés, de lectures tardives et de démonstrations froides et implacables. L'astronomie, c'est aussi toute la poésie du monde, la beauté des nuits noires et l'éclat du firmament en plein cœur de l'hiver. Ce sont toutes mes insomnies lorsque j'étais enfant, le réconfort de la lune après chaque soirée désastreuse à Londres, mon premier acte de révolte, l'interlude sous les étoiles avec Adrian et, même si j'essaie de ne pas trop y penser, ma longue complicité avec Miss Davies. Elle ne m'écrit que quelques lettres qui n'attendent pas vraiment de réponse. J'ignore si cela vient de moi ou non, mais les missives que j'envoie en retour sont plus insipides que jamais, car lui parler du concours est inutile et je trouve imprudent d'évoquer la vie à Bloomstone Manor telle qu'elle est vraiment.

J'ai de la chance d'avoir Stone à mon côté, au-delà du simple fait qu'il m'ait accueillie chez lui. Ses affaires l'occupent plus que de coutume depuis Noël, sans que je sache ce qu'il trame, mais cela lui prend beaucoup de temps et d'énergie. Pourtant, il accepte d'être dérangé pour la moindre question et n'hésite pas à me réexpliquer un concept autant de fois que nécessaire. Il a confiance en moi et en mes capacités. Il me laisse mener mes expériences dans mon coin et encourage mon tempérament autodidacte.

— Si vous en êtes là aujourd'hui, c'est que cette méthode fonctionne pour vous. Chacun apprend à sa manière ! Je ne vais pas vous imposer la présence d'un vieux professeur si vous n'en avez pas le besoin.

Même s'il s'efforce de ne pas le montrer, il a très mal vécu le départ d'Evelyn, la semaine dernière. Il est souvent mélancolique et chaque enveloppe bleue qu'il reçoit le met profondément en joie. Cette séparation forcée depuis des années doit leur déchirer le cœur.

« MIAAAAAAW ! »

Je sursaute en apercevant Lancelot qui arrive avec panache de la chambre de son maître. Il saute élégamment sur la table, renifle la maquette qui doit encore sentir un peu la colle de poisson et s'assoit enfin sur une petite pile de livres, en me fixant de ses prunelles ambrées.

— Quoi ?

« Miaaaw », me répond-il en plissant les yeux.

— Tu vois bien que je travaille. Regarde-moi ces mesures, répliqué-je en pointant le rapport d'observation. Il doit bien y avoir un sens à tout cela, non ?

« Miaw. »

Mon cas ne s'arrange pas.

Après le déjeuner, je fais un détour par la bibliothèque. J'ai toujours besoin d'un petit moment de lecture avant de me remettre au travail. J'ai terminé *Rob Roy* que j'avais emprunté après qu'Adrian m'en avait vanté les qualités. Je l'ai trouvé accrocheur, non dénué d'aventures et d'émotions, mais il ne me laissera pas une impression de chef-d'œuvre impérissable.

J'hésite à me lancer, sur les conseils de Stone, dans *L'Île au trésor*. Qui ne tente rien n'a rien. Je m'assois dans mon fauteuil, récupère ma tasse de café et profite quelques secondes de cette plénitude diffuse. À part les discrets crépitements du feu et la pluie sur les fenêtres, la maison est plongée dans un silence apaisant. Immédiatement, je sens mes épaules se détendre, je prends des inspirations plus grandes et m'affaisse encore un peu, le dos calé par un coussin brodé, la porcelaine chaude au creux de la main. J'ouvre le livre.

Il y a une lettre.

Voilà des semaines que je n'en ai plus trouvé ! Je la déplie, les doigts frémissants d'excitation :

Le temps passe et mon amour ne se fane pas. Au contraire, je le sens chaque heure plus vif et plus ardent.
Il me dévore et me plonge dans d'insondables tourments dont je n'aurais jamais imaginé être la proie.
M'avez-vous jeté un sort ? Une telle tempête engloutirait des civilisations entières.
Les jours s'embrasent et les nuits me mettent au supplice.

Quelle cruauté de songer un seul instant que tout cela soit vain !
Et si vous ne m'aimiez pas ? En mourrais-je ?
Je sais parler d'amour, pourtant lorsque je vous vois, mes mots s'envolent en silences.
Comment vous faire parvenir ce sentiment qui m'étreint ?
J'aurais l'impression de vous déranger.
Moi qui n'ai aucune place dans ce monde, je me demande : y en a-t-il une à vos côtés ?
Je vous en supplie : soyons seuls ensemble.
Je vous serre dans mes bras.

À vous, à jamais.

— « À vous, à jamais. »

Ces mots. Ils sont la seule constante de ces lettres et peut-être les plus puissants de tous. Je ne saurais dire exactement ce qui se produit quand je les lis, mais ils me bouleversent. Il me semble que la personne qui les écrit avoue un amour pur et sincère, bien que cette dernière missive soit d'une intensité particulière, un peu moins chaste et plus mature, dans un sens. Nous ne sommes plus dans un béguin d'adolescent, c'est certain.

La porte de la bibliothèque s'ouvre sur Adrian avant que j'aie le temps de ranger l'objet du délit.

— Veuillez me pardonner, Agathe ! s'excuse-t-il. Je reviendrai plus tard. Il est inconvenant de déranger une femme quand elle lit sa correspondance.

Je l'imagine brièvement en train de m'écrire une lettre dans le genre de celle-ci et m'empourpre :

— Non, non, j'avais terminé, ne vous inquiétez pas.

Je remets la lettre dans le livre et il me regarde avec un drôle d'air.

— Un problème ?

— Aucunement. Cette missive était vraiment... charmante.

— Tant mieux. Que lisez-vous ? demande-t-il en pointant le roman du doigt.

— Oh, eh bien... Je pensais commencer *L'Île au trésor* de Stevenson.

Adrian me sourit et prend place dans le fauteuil en face de moi.

— Excellent choix. Dans un tout autre registre que Jekyll et Hyde, évidemment, mais je l'avais beaucoup aimé. Ma mère me l'avait offert quand j'étais plus jeune. Vous ne l'avez jamais lu ?

— Non.

La confidence sur sa mère me touche à tel point que j'en oublie la lettre. Il n'en parle presque jamais. Depuis le soir de Noël, nos échanges sont de moins en moins formels, plus personnels. Nous nous racontons des souvenirs d'enfance ou des anecdotes de sa vie à l'université et de la mienne à Londres. Quelques débats d'opinion, aussi, rien de sensible – nous tombons souvent d'accord, de toute manière.

Je me permets de demander :

— Elle vous manque ?

Adrian hoche la tête.

— Oui. Nous étions très proches. Elle avait un caractère fort et fier ; elle restait droite, peu importait ce qui arrivait. Et elle a toujours été très aimante avec moi. J'ai eu beaucoup de chance.

— Et votre père ? A-t-il jamais eu la moindre attention pour vous ?

Il se rapproche de moi et répond :

— Je vais vous confier quelque chose que je n'ai jamais dit à personne. Je crois que mon père a sincèrement aimé ma mère et que cela le fait encore souffrir aujourd'hui. Je lui rappelle sans cesse ce que sa vie aurait pu être si les choses s'étaient déroulées autrement.

— Je vous trouve bien compatissant compte tenu de la manière dont il vous considère.

— Peut-être. Je ne sais pas ce que je ressens pour lui. Je crois que j'ai toujours désiré qu'il me reconnaisse, mais cela ne changera en rien le fait qu'une partie de lui ne supporte pas ma présence. Pour lui, je ne suis qu'un outil, rien de plus. Je ne serai jamais son fils.

Il ne m'a jamais parlé aussi ouvertement. Je demande avec prudence :

— Que ferez-vous quand son enfant légitime naîtra ?

Il baisse légèrement les yeux :

— Si c'est un garçon, je disparaîtrai définitivement de sa vie, je suppose. Si c'est une fille, vous pouvez être sûre qu'il essaiera d'avoir un autre enfant dès que possible. Cela ne fait que repousser l'échéance.

Que c'est cruel d'avoir une vision si nette de son propre avenir !

— Je me pose une question, Adrian.

— Laquelle ?

— Je ne veux pas vous ennuyer.

— Si je ne veux pas y répondre, je ne le ferai pas. Je vous en prie.

— Pourquoi êtes-vous venu ici après la mort de votre mère ?

À mon grand soulagement, il esquisse un sourire :

— Ma tante a travaillé ici et j'avais déjà entendu parler de Stone en long, en large et en travers. Il a envoyé des fleurs pour les funérailles – à l'époque, j'ai cru que c'était parce qu'il avait un faible pour ma tante, imaginez-vous ! Le lendemain, j'ai reçu une lettre de lui. Il ne m'a pas caché ses griefs contre mon père et m'a avoué qu'il avait eu vent de ma situation et se proposait pour m'héberger. J'ai accepté, car je savais que je serais tranquille ici. Quand mon père l'a appris, il n'était pas très content, je peux vous l'assurer. Il m'a envoyé nombre de lettres pour m'ordonner de venir vivre chez lui, arguant que cela serait plus simple si jamais la question de l'héritage se posait.

— Et vous n'avez pas accepté ?

— Je n'ai aucun intérêt pour la politique ou les affaires, c'est-à-dire tout ce qui fait la fortune des Bancroft. Je n'aurais pas été heureux. Néanmoins, ma vie reste en suspens. Régulièrement, mon père me somme de quitter Bloomstone Manor. Je ne réponds même plus à ses courriers. D'une certaine façon, je suis un peu comme vous.

— Comme moi ?

— Tant que je suis sous la protection de Stone, je ne risque rien.

J'acquiesce en terminant mon café, désormais froid. Après un instant de silence, Adrian soupire :

— Je suis désolé, Agathe. Je ne voulais pas vous ennuyer avec mes histoires.

Je prends une grande inspiration :

— Au contraire. Merci de votre confiance. Vous... vous ne savez pas à quel point cela me fait plaisir. Même nos conversations lorsque nous prenons le thé me font très plaisir.

Sa seule présence me fait plaisir. Il sourit pour de vrai, cette fois-ci, et m'adresse ce regard qui me transperce systématiquement.

— Votre compagnie est des plus plaisantes.

Il se lève et me tend galamment le bras :

— Je vous ai retenue trop longtemps, laissez-moi au moins vous accompagner jusqu'au bureau.

— Vous avez raison, il est temps que je me remette au travail.

Le tissu de ma tunique me paraît bien fin contre celui de sa chemise et je crois que je serre un peu trop son avant-bras.

Nous arrivons devant la porte du bureau bien trop vite à mon goût. Quand je retrouve mes crayons et mes calculs, j'ai la tête dans les étoiles, mais cela n'a rien à voir avec mes recherches.

Les semaines, puis les mois passent. L'hiver a laissé la place au printemps, et la nature s'éveille. Nous redécouvrons les plaisirs simples d'ouvrir les fenêtres les jours de soleil, les caresses du vent tiède sur les joues et les pépiements des oiseaux dès les premières lueurs de l'aube. Le parc de Bloomstone Manor a doucement repris vie. Les arbres ont reverdi, les premières pâquerettes ont constellé le gazon et Ted lui-même n'a pas eu le cœur de tondre tout de suite. Où que l'on regarde, le domaine est une explosion de verdure. Les fusains resplendissent, les lilas embaument. Jonquilles et narcisses tapissent le sol en grandes coulées et le long des plates-bandes s'élèvent de somptueuses marguerites.

Les couleurs et les odeurs de la forêt sont revenues et nous avons repris nos promenades avec Adrian. De temps en temps, Stone se joint à nous, mais nous sommes seuls la plupart du temps – je soupçonne notre ami de le faire exprès. Surtout, il semble très occupé par ses affaires. Je ne sais pas ce qu'il mijote, mais cela lui prend tout son temps. Même lorsqu'il est au manoir, Evelyn et lui s'enferment pour travailler plus souvent que de raison, les courriers et les télégrammes pleuvent, et plusieurs notaires sont déjà venus tenir conciliabule. Lorsqu'ils ressortent de ces rendez-vous, les deux hommes ont le regard las de ceux qui se sont concentrés de trop longues heures. J'ai remarqué que Stone lisait beaucoup plus qu'avant les pages du *Times* qui concernent la finance. Mais pourquoi, mystère.

Adrian et moi nous sommes indéniablement rapprochés. D'après Lucy, il ne fait aucun doute qu'il a des sentiments pour moi et tout aussi plaisante que soit cette idée, je n'ose toujours pas lui dire ce que je ressens. Je me contente de profiter de chaque instant où nos doigts se frôlent, de chaque silence partagé quand nous lisons, de cette façon qu'il a de secouer la tête pour remettre ses cheveux en place. Je ne veux pas prendre le risque d'être rejetée et que ce que nous avons s'en trouve changé.

Je n'ai pas besoin de ça, surtout en ce moment où un autre problème bien plus important occupe mon esprit. À force de travail et d'obstination, j'ai bien avancé dans les équations, et la structure de mon dossier se tient. J'y consacre mes journées, parfois mes nuits, pourtant Stone avait raison depuis le début : mon principal ennemi reste le temps. Ce temps qui réduit mon sommeil, qui me fait trébucher sur les différents obstacles que je rencontre, qui délaye les heures en interrogations sur telle ou telle théorie et qui, en un claquement de doigts, disparaît quand une de mes hypothèses se trouve infondée.

Nous sommes début avril, j'ai perdu presque tout espoir de parvenir à rendre mon projet dans les délais.

17

ET LE MIROIR SE BRISA

J'ai travaillé, appris, calculé. Mes connaissances en physique théorique et en mécanique céleste se sont accrues de manière exponentielle. J'ai repris toutes les lois de Newton, de Kepler, de tous les grands noms de la discipline. En décortiquant toutes les mesures, j'ai acquis plusieurs certitudes. D'abord, si je ne me trompe pas et que cette planète est réelle, il y a quelque chose d'unique chez elle. Quelque chose que personne n'a pu envisager auparavant. Tous les paramètres concordent et respectent les principes les plus élémentaires, sauf que demeure un mystère insondable.

De 1866 à nos jours, quatre campagnes d'observation ont fourni des données, auxquelles se sont ajoutées celles provenant de richissimes astronomes amateurs. Uranus et Neptune sont régulières dans leur dérèglement, ce qui est paradoxal compte tenu du chaos et des potentielles collisions que devrait engendrer le troisième corps. Leur comportement reste constant, ce qui explique sans doute qu'on ait pu prédire la présence de Neptune avant d'avoir eu la preuve de son existence. Le décalage conserve le même ordre de grandeur. Et puis, il y a ces nombres qui ressortent des calculs, toujours compris entre 14,73 et 20,34. Je ne sais pas à quoi ils correspondent, mais ils se retrouvent à différents endroits.

Je me suis demandé si ce n'était pas l'inclinaison de l'axe du corps céleste par rapport à son plan orbital. Ça aurait été une piste vraisemblable, mais cela aurait signifié qu'il s'agirait d'un astre aux contours anormalement inégaux. Cela contredit la régularité des perturbations, j'ai donc écarté cette hypothèse.

J'ai prévu de me replonger dans l'ouvrage sur les lunes de Jupiter, afin de voir si j'y comprends quelque chose maintenant que certaines notions se sont éclaircies. Stone fait preuve d'un dévouement touchant. Il m'a préparé du thé pendant mes nuits blanches et a demandé à Hazel de me monter mon petit déjeuner un matin où je m'étais assoupie sur la banquette du bureau. Pourtant, lui aussi commence à se décourager. Nous devons rendre le projet dans moins d'un mois ! Cela tourne dans ma tête, comme un bruit de fond obsédant, et mes nerfs sont mis à rude épreuve. Mes émotions s'emballent, parfois je m'emporte, parfois je me mure dans un silence obstiné que seule Lucy parvient à briser.

Pour ne rien arranger, je trouve l'aristocrate étrangement soucieux. Je ne me l'explique pas et cela me préoccupe. Peut-être cela a-t-il un lien avec ses affaires, auquel cas cela ne me regarde pas, mais je ne peux m'empêcher de me dire qu'il s'agit du concours. Le monde scientifique est en ébullition. Pas une semaine ne passe sans un mot dans les journaux sur la compétition, des rencontres avec des candidats, des entrevues avec des membres de la Royal Society ou d'éminents chercheurs. Nous nous sommes mis d'accord avec Stone pour ne donner aucune suite aux sollicitations médiatiques. C'est plus prudent et plus sain : personne ici n'a envie de voir débarquer une horde de journalistes. Notre mode de vie est si peu conventionnel qu'il éclipserait toute discussion scientifique. Maintenant que la date de rendu approche, le décompte des soumissions de projet nous parvient tous les jours, et la pression monte d'un cran chaque fois.

Après notre promenade matinale, Adrian et moi savourons des crumpets bien mérités lorsque Kenneth apporte le courrier :

— Un pli pour toi, Stone. Ça vient de Burton Crescent.

La résidence londonienne de Bancroft.

Il fronce les sourcils et décachette l'enveloppe. Celle-ci en contient une plus petite, que Stone observe avec circonspection avant de la donner à Adrian.

— C'est pour vous.

— Pour moi ? Pourquoi ?

— Pour s'assurer que vous l'ayez reçue... et ouverte.

Adrian blêmit et déplie sa lettre. Il la parcourt rapidement des yeux et soupire :

— C'est encore pour me demander de m'installer à Londres.

Stone ne répond pas, focalisé sur sa lecture. Pourquoi est-ce que quelque chose m'inquiète ? Je demande :

— Tout va bien ?

— Je ne sais pas, avoue l'aristocrate. Ce courrier n'est pas le premier que je reçois de Bancroft. Je vous arrête tout de suite, ajoute-t-il en voyant nos réactions, je ne vous ai rien dit pour ne pas vous causer de souci. Il me parle la plupart du temps de sujets beaucoup plus terre à terre. Nous avons en ce moment quelques... oppositions dans nos entreprises respectives, et il arrive que nos intérêts se confrontent, d'où certaines lettres assez virulentes. Je n'y prêtais pas attention jusqu'à présent, mais étant donné que le concours approche... pour être franc, je suis troublé.

Cette déclaration est plus alarmante que n'importe quelle lettre.

— Que voulez-vous dire ?

— Agathe, vous et moi représentons tout ce que Bancroft déteste, car nous détonnons dans son petit monde étriqué et propret. Vous êtes une femme qui s'élève au-dessus du rôle qui lui est traditionnellement assigné et moi, eh bien je suis moi, sans compter que j'ai peut-être contrecarré certains de ses plans. Peter a trop besoin de votre père pour s'attaquer directement à vous, mais ce ne serait pas la première fois qu'il se servirait de mon… inclination pour me nuire sur un plan professionnel. Qu'en pensez-vous, Adrian ?

— Cela faisait longtemps qu'il ne m'avait pas relancé et cela ne m'avait pas manqué. Mais… Il y a quelque chose qu'il ne dit pas dans son message. D'habitude, il n'est jamais aussi pressant. Là, il ne s'embarrasse pas de banalités comme la météo, par exemple. Je me demande ce qui a pu arriver pour qu'il nous envoie ça.

Une sensation très désagréable me remonte le long du dos et Stone perçoit mon malaise :

— Ne vous inquiétez pas outre mesure, Agathe. Dans le doute, je vais écrire à Evelyn et lui dire d'être prudent, mais je pense que nous n'avons rien à craindre.

J'aimerais être aussi confiante que lui.

— Si vous le dites, Stone.

L'aristocrate se lève et dépose son assiette par terre pour que Lancelot, qui n'attend que ça, puisse lécher le beurre fondu.

— Nous n'avons plus beaucoup de temps avant la clôture du concours. Concentrons-nous là-dessus. Le reste n'a pas d'importance.

Il quitte la pièce et je jette un œil à Adrian :

— Tout cela ne me dit rien qui vaille. Qu'allez-vous faire ?

— C'est-à-dire ?

Ne partez pas.

— Allez-vous rentrer à Londres ? Quel intérêt aurait votre père à vous vouloir là-bas ?

J'affronte ses prunelles sombres.

— Me garder sous sa coupe, je présume. S'assurer que je fasse ce qu'on attend d'un Bancroft et que je ne ternisse pas son nom.

Il hausse les épaules et ajoute :

— Non, je ne rentrerai pas. Pas à moins d'y être forcé. Ma vie n'est pas là-bas.

Est-elle ici ? Je n'ose poser la question. Ni lui ni moi n'avons idée de ce qui va se passer après le concours ou après la naissance de l'enfant de Bancroft. D'ici quelques jours, tout aura changé et nous devrons prendre des décisions. Des décisions auxquelles je refuse de songer pour le moment.

À l'heure du déjeuner, Adrian comme Stone semblent avoir oublié les fâcheuses missives de ce matin. Hazel nous a préparé une salade de radis frais et une succulente jardinière de petits pois. En dessert, nous avons droit à une tarte à la rhubarbe accompagnée de sa crème fouettée. À Bloomstone Manor, le printemps a un goût de paradis.

Le traité sur les lunes de Jupiter sur les genoux, je prends mon café dans le jardin d'hiver balayé par les giboulées et me plonge dans ma lecture. Ces travaux se révèlent réellement fascinants et je tourne chaque page avec fébrilité. Je suis peut-être sur une piste, enfin ! Les satellites gravitent autour de la géante gazeuse et leurs périodes de révolution ont un rapport fixe les unes par rapport aux autres. Laplace appelle ça la « résonance orbitale ». Si je comprends bien, Io met un temps X à faire le tour de Jupiter. Europe met un temps équivalant à 2X et Ganymède à 4X. Les trois corps fonctionnent ensemble, en opposition commune avec la force d'attraction galiléenne !

Comment ai-je pu passer à côté d'une étude aussi géniale ? Comment cela se fait-il que je n'en aie jamais entendu parler ? Surexcitée, je m'exclame :

— Mais ça va tout changer !

— Quoi donc ?

Je relève la tête, surprise, forcée de revenir au monde réel. Sur la banquette, Adrian me fait face. Je ne l'avais même pas vu arriver.

— Depuis combien de temps êtes-vous là ?

— Une bonne demi-heure, je crois, répond-il avec un sourire.

La pendule indique 15 h 10, déjà !

— Pardon, je ne vous avais pas entendu. Pourquoi n'avez-vous rien dit ?

— Je ne voulais pas vous déranger, vous sembliez si concentrée.

Il pose son livre et hésite :

— Et puis...

Je l'encourage d'un haussement de sourcils et il s'éclaircit la voix :

— Vous êtes très belle quand vous réfléchissez.

Mon cerveau accuse un arrêt pur et simple.

— Je...

Adrian me fixe et j'aimerais vraiment trouver quelque chose à dire, mais rien ne sort.

— Pardonnez-moi, je n'aurais pas dû vous dévisager de la sorte sans que vous le sachiez, s'excuse-t-il.

Je déglutis difficilement en articulant :

— Ne vous excusez pas.

— Je vous ai détournée de votre lecture.

— Ce n'est pas important. Enfin, si, pour le concours. Je veux dire, non, ce n'est pas…

Je m'énerve toute seule !

— Adrian, je…

Je vous aime.

Il me sourit, se lève et vient me prendre la main :

— Ne vous inquiétez pas. Vous avez beaucoup à penser en ce moment.

Il se penche, m'embrasse sur la joue et j'ai l'impression que mon cœur va exploser.

— Si jamais vous me cherchez, je serai dans la salle de musique.

Il s'éloigne et je reste pétrifiée.

— Revenez…, je murmure, alors que je sais pertinemment qu'il ne m'entendra pas.

Les larmes me montent aux yeux. J'ai tout gâché. C'était l'instant parfait et j'ai tout gâché ! Quelle imbécile !

Je dois aller lui dire !

Au bout de trois pas dans le couloir, je m'arrête. Je veux faire ça bien, sans d'autres soucis parasites qui risqueraient de ruiner le moment. Je me débrouille suffisamment bien toute seule, pas la peine d'en rajouter ! Je grimpe l'escalier quatre à quatre et gagne le bureau. Je dois noter les bribes d'idées qui me traversent l'esprit tant que cette histoire de résonance orbitale est encore claire.

Je tombe sur Stone, en train de chercher quelque chose dans les étagères :

— Agathe ?

— Excusez-moi, mais je n'ai vraiment pas le temps !

— Que vous arrive-t-il ?

— J'ai peut-être découvert l'élément qui résoudrait tout, mais avant, il faut impérativement que... Je vous expliquerai après.

— Eh bien... soit.

Je griffonne en hâte sur la page de mon carnet et m'apprête à repartir en direction de la salle de musique lorsque :

— Agathe ?

Quelque chose dans son ton me coupe dans mon élan et je me retourne. Stone regarde par la fenêtre.

— Qu'y a-t-il ?

Mais il ne répond pas. Je me poste derrière lui. Sous un ciel envahi de lourds nuages gris, un attelage s'avance dans l'allée. Suivi de...

— La police ? Que vient-elle faire ici ?

Silence. Puis :

— M'arrêter, sans doute, déclare Stone, la voix brisée.

Un nœud douloureux se forme dans ma poitrine.

— Quoi ?

— J'aurais dû me méfier davantage de Bancroft. Je l'ai sous-estimé.

— Mais... pourquoi vous arrêteraient-ils ?

— Oh, le choix est vaste. Outrage aux bonnes mœurs, pour commencer. Il existe tout un tas de chefs d'accusation pour les gens comme moi.

Le nœud se resserre, étreignant mon souffle et fissurant mes os.

— Venez, Agathe, nous n'avons pas beaucoup de temps.

Il m'entraîne jusqu'à sa chambre, ouvre le tiroir d'une commode et en sort une demi-douzaine de liasses de petites enveloppes bleues. Des lettres d'Evelyn. Il se saisit d'une sacoche et les fourre à l'intérieur, puis me la tend :

— Ils fouilleront tout, mais ne trouveront pas ce qu'ils cherchent. Je ne garde rien de compromettant, sauf... Agathe, vous devez vous enfuir ! S'ils trouvent ces lettres, c'en est fini de moi, de tout ce que j'ai construit. Prenez le passage qui mène aux écuries et allez chez Iris. Passez le pont près de la ferme et continuez tout droit sur la piste principale.

Il me donne également une carte de visite.

— Contactez cet avocat de ma part. C'est un ami, il sait tout de moi et a toute ma confiance. Et quoi qu'il se passe, promettez-moi de ne pas renoncer au concours !

— Mais Stone...

— Maintenant, partez, je vous en prie, implore-t-il.

Je le vois dans le fond de ses beaux yeux bleus : il est terrorisé.

Rassemblant ce que j'ai de courage et de sang-froid, je dévale l'escalier en colimaçon qui descend à son bureau et traverse le placard, la sacoche cognant contre ma hanche à chaque pas. Le cœur battant à tout rompre, je tente de me repérer dans le couloir. Au lieu de tourner à droite, comme je l'ai fait avec Adrian il y a quelques mois, je pars à gauche, longe le mur de la cuisine derrière lequel je perçois le rire de Martha et débouche sur un passage de terre battue qui se poursuit dans l'obscurité.

Pourquoi n'ai-je pas songé à prendre une lampe ? Je n'ai pas le temps de faire demi-tour !

« MIAAAAW ! »

— Lancelot ? Lancelot !

Je le sens qui frôle mes chevilles et me devance :

« Miaaaaw. »

— Brave bête.

Nous nous enfonçons dans le tunnel. Régulièrement, le chat m'attend et miaule doucement pour me signaler sa présence. Il a l'air ravi que je partage enfin son terrain de jeu et ne réalise pas le drame qui doit se dérouler au-dessus de nous.

Le chemin est long et plus le noir m'avale, plus j'entends le sang qui pulse dans mes tempes. Mon jupon m'entrave et je trébuche sur le sol inégal. Mes bottines ne sont pas faites pour la course et ma jupe m'encombre. Mon corset m'étouffe, à moins que ce ne soit la peur de ne pas savoir ce qui se passe là-haut.

Une lumière grise s'échappe à travers une vieille porte, éclairant faiblement le sol autour. Je m'écrase presque sur elle tant la notion de distance est floue. Je relève le verrou à tâtons et tire la poignée.

La sellerie dégage un parfum de cuir, de paille et de fumier. Lancelot se rue hors du passage. Je traverse la pièce et appelle :

— Alexander !

Le palefrenier sort du box de Storm, une fourche à la main :

— Miss ? Mais d'où sortez-vous ?

— Je n'ai pas le temps de vous expliquer, il faut que je parte au plus vite ! Pouvez-vous m'aider à seller River ?

Il lâche son outil qui retombe dans un fracas métallique. Je me précipite vers le box de la jument qui me regarde d'un air surpris et fais coulisser la porte. Alexander revient avec une selle, son tapis autour des épaules, et sangle le tout sur le dos de River pendant que je récupère son mors à la patère. Ma monture doit sentir ma peur, car elle commence à taper nerveusement le sol avec son sabot en ronflant. Je lui chuchote en terminant de la harnacher :

— Ça va aller, ça va aller...

Mais mon menton tremble et ma gorge se serre.

— Miss, qu'est-ce qu'il se passe ?

— Dites à Lucy de ne pas s'inquiéter, je vais chez Iris. Je vais arranger ça, je le promets.

J'essaie de paraître beaucoup plus sûre de moi que je ne le suis et il n'est pas dupe.

— Aidez-moi à monter, s'il vous plaît.

Je ne peux pas lever la jambe, ma jupe est trop longue. Je tente de la remonter, il y a tellement, tellement de tissu !

— Alexander, votre couteau.

— Mais…

— Votre couteau !

Il sort un canif de sa poche dont je plante sans ménagement la lame sur la ligne de couture, déchirant les points sur toute leur longueur. Je peux enfin me mettre en selle. Je m'assure que la sacoche ne risque pas de s'ouvrir et remercie le palefrenier d'un hochement de tête avant d'encourager River :

— Il va falloir courir, ma belle.

Elle semble comprendre et s'élance. La pluie froide s'abat sur nous, dès que nous quittons les écuries. Un mauvais vent s'est levé. Les mains crispées autour des rênes, je guide River sur le chemin qui mène à la ferme en passant devant le manoir.

J'entends des protestations près de l'entrée. Je traverse la cour d'honneur à toute vitesse, mais j'ai le temps d'embrasser la scène.

Stone, encadré par deux policiers, monte dans le véhicule.

Kenneth, blanc comme un linge, devant la porte.

Et Adrian, traîné hors de la maison par Bancroft.

— AGATHE !

Son cri achève de me réduire en lambeaux. De grosses larmes roulent sur mes joues et se mélangent à la pluie. River ne décélère pas, le martèlement de ses sabots fait écho à celui de mon cœur. La sacoche me scie l'épaule, mes cheveux volent dans tous les sens, se collent à mon visage et s'emmêlent dans mon dos. Nous dépassons la ferme, traversons le pont où le ruisseau s'engorge après des jours de giboulées. Nous arrivons enfin dans les sous-bois et j'autorise River à ralentir.

La forêt m'enveloppe, m'abritant un peu de l'averse. Elle n'a jamais été aussi silencieuse qu'aujourd'hui. Il n'y a presque pas un bruit, à part les gouttes sur les feuilles et le bruissement du vent à la cime des arbres. Je romps cette apparente quiétude. Je m'entends pleurer, je m'entends gémir. Je ne sais pas combien de temps cela dure. Suffisamment pour que j'aie mal aux côtes. Mes mains sont gelées autour des lanières de cuir. La jument avance docilement, suivant la piste de terre qui serpente entre les troncs.

Je dois aller plus vite que ça. Sous mes talons, River force l'allure. Bientôt, la végétation se fait moins dense et je débouche en haut d'une butte. D'ici, je domine tout le domaine des Rutherford. Dans le creux d'un tout petit vallon se dresse une résidence majestueuse aux proportions démesurées, haute de trois étages.

Hors de l'abri de la forêt, la pluie frappe à nouveau et c'est avec prudence que je fais descendre River sur le sol glissant. Sur l'allée de castine, je lui ordonne un dernier galop. Je n'en peux plus.

Devant le porche, je mets pied à terre et monte les marches d'un pas tremblant. Je frappe trois coups au heurtoir et peine à me maintenir debout.

Une jeune domestique m'ouvre en me dévisageant de haut en bas, le visage fermé. Détrempée et grelottante, avec ma jupe déchirée et mes bas apparents, je devine ce qu'elle pense et je m'en moque. Je bredouille :

— Je dois voir Lady Rutherford... de toute urgence.

Elle ne répond rien et me laisse là, appuyée contre le battant de la porte. Après de bien trop longues minutes, Iris arrive.

— Par tous les saints ! Agathe ? Mais que faites-vous ici ? Que s'est-il passé ?

— Oh, Iris...

Je m'écroule, en larmes. Elle me relève, me serre dans ses bras et m'entraîne à l'intérieur.

18

À VOUS, À JAMAIS

Iris m'emmène au salon et me fait asseoir sur un fauteuil, à côté de la cheminée où brûle un feu paresseux.

— Sophie ! ordonne-t-elle à la domestique. Veuillez apporter une tasse de thé, je vous prie. Et corsez-le un peu, ça ne lui fera pas de mal.

Elle ôte son châle et m'en recouvre, puis ajoute :

— Faites apprêter l'ancienne chambre de Lady Cecilia et préparez un bain. Ma pauvre Agathe, vous êtes gelée !

Sophie s'éclipse et Iris s'agenouille à ma hauteur.

— Maintenant, racontez-moi tout.

Les mains crispées sur la sacoche, j'obéis d'une voix chevrotante. Au fur et à mesure de mon récit, Iris passe de l'effarement à l'accablement.

— Ils ont emmené Stone, murmuré-je, incapable de le dire plus fort. Vous auriez vu comment il était… Et Adrian, il… Bancroft l'a récupéré.

La domestique revient à ce moment-là et me tend une tasse de thé qui, à l'odeur, a été allongé au whisky.

— Le bain sera prêt dans dix minutes, milady, annonce-t-elle avant de ressortir.

J'attends que la porte soit fermée, bois une gorgée de thé piquant avec un léger goût de fumée, puis articule en grimaçant :

— Je n'aurais jamais dû provoquer Bancroft au bal.

— Vous n'y êtes pour rien, lâche Iris avec une colère à peine voilée. Bancroft ne vous a pas attendue pour causer du tort à Stone ou à Adrian. On raconte que la grossesse de sa femme est compliquée et qu'elle a dû s'installer dans leur résidence de Londres sous la surveillance d'un médecin. C'est sans doute ce qui l'a décidé à passer à l'action.

Je lui donne la carte de l'avocat que m'a confiée Stone, un certain maître Simon Sanders, et explique :

— Il m'a dit de le contacter de sa part.

Iris hoche la tête, récupère le petit carton avec les coordonnées et son regard noisette rencontre le mien :

— Ne vous inquiétez pas, Agathe. Je m'occupe de tout. Nous allons arranger ça. Allez vous réchauffer, je vais vous trouver des vêtements secs et donner votre jupe à raccommoder. Venez.

Nous quittons le salon et montons à l'étage. Cette maison a l'air tellement grande ! Surtout, quel silence ! Je me laisse guider, dans un état second. J'ai l'impression que le monde flotte autour de moi.

À l'angle de la coursive de pierre, deux domestiques sortent d'une pièce et Sophie apparaît à son tour :

— Tout est prêt pour vous, Miss.

Sa maîtresse la remercie et me précède dans la chambre. Un édredon est proprement plié au pied du lit et on a allumé un feu dans le poêle. Dans le petit cabinet attenant m'attend une baignoire pleine d'eau fumante.

Iris récupère les habits que j'ôte fébrilement derrière un paravent, et les confie aux lingères. Je me glisse dans le bain. L'eau me picote au moindre mouvement tant elle est chaude – ou bien est-ce moi qui suis frigorifiée ? Il me semble que j'ai tout aussi froid *en dedans*. Dans l'intimité embuée de la salle de bains, enveloppée de vapeur parfumée à la lavande et de l'eau jusqu'au cou, les larmes recommencent à couler malgré moi et je n'ai pas la force de résister.

Petit à petit, je me calme. La chaleur m'engourdit, l'odeur des sels me rappelle ma grand-mère. Quand j'étais petite, nous passions toujours quelques jours au bord de la mer, dans sa maison à Brighton, et j'adorais ça. Si elle me voyait maintenant ! Elle me secouerait par les épaules et me dirait : « Ressaisis-toi, ma fille, tu es plus forte que ça ! » Pour l'heure, je n'en suis pas convaincue.

Lorsque l'eau tiédit, je sors et me sèche. Sur un fauteuil, quelqu'un a déposé un ensemble de sous-vêtements avec un corset propre, une jupe safran et un chemisier blanc avec de délicats boutons nacrés. Une fois habillée, je me démêle les cheveux du mieux que je peux devant le miroir de la coiffeuse et les rassemble en un chignon sommaire.

La chambre est jolie et douillette. Une banquette et des coussins occupent le creux d'une fenêtre en encorbellement, près d'une table basse. Le lit, doté d'une tête magistrale, trône au centre du mur principal dans une niche de pierre. Cette maison a l'air bien plus ancienne que Bloomstone Manor, mais tout aussi bien rénovée.

On frappe trois coups à la porte et la voix d'Iris appelle :

— Agathe ? Êtes-vous sortie ?

— Oui. Entrez.

Elle referme derrière elle et tire la chaise du secrétaire pour prendre place à côté de moi.

— J'ai parlé à l'avocat, il sera là à la première heure demain matin. Nous le rejoindrons au commissariat de Bury St Edmunds. C'est à un peu plus d'une demi-heure en voiture, nous partirons tôt. J'ai aussi réussi à joindre Evelyn bien qu'il soit en déplacement. Seigneur, c'est le pire appel que j'aie eu à passer.

Elle semble très émue et soupire :

— Agathe, nous allons sortir Stone de là.

J'ai des difficultés à assimiler tout ce qui s'est passé aujourd'hui, mais j'ai envie de croire à cette déclaration. La gorge nouée, je murmure :

— Au moins, ils n'auront pas trouvé les lettres.

— Stone et Evelyn sont prudents, soyez-en sûre. Si Stone vous a dit qu'il n'y avait rien de compromettant, c'est qu'il en était certain. Voulez-vous que je les mette au coffre ?

— Je… Je préfère les garder avec moi, si ça ne vous ennuie pas.

J'ai confiance en elle, là n'est pas la question. Je veux juste veiller dessus en personne. Ça me paraît important.

Elle sourit et répond simplement :

— D'accord.

Elle respecte mon silence, puis finit par se relever.

— Allons dîner. Il faut que vous mangiez, ne serait-ce qu'un peu. Il n'y aura que vous et moi, nous serons tranquilles.

— Votre mari n'est pas là ?

— Il est chez sa maîtresse.

Je me tourne brusquement vers Iris et je dois avoir l'air un peu choquée, car elle explique :

— Ne vous inquiétez pas, je m'en accommode très bien. Je l'ai même rencontrée plusieurs fois. Une femme tout à fait charmante et cultivée qui n'a pas le souhait de s'encombrer d'un homme à plein temps. Surtout, elle me déleste de certaines tâches auxquelles je refuse de me soumettre avec Henry. Tout le monde y trouve son compte.

Ça a le mérite d'être clair. Nous gagnons la salle à manger, mais avant d'entrer, elle me glisse :

— Un mot, toutefois. Vous n'êtes plus à Bloomstone Manor. Si vous pouvez vous fier à Sophie, faites attention à ce que vous dites en présence des autres domestiques. Ce ne sont pas des fouineurs par essence, mais on n'est jamais trop prudent, surtout avec des affaires aussi délicates que celle-ci.

J'acquiesce en essayant d'ignorer ce sentiment étrange qui m'envahit lorsqu'elle me dit que je ne suis plus à Bloomstone Manor. Je réalise combien j'aime cet endroit, à quel point devoir le quitter serait une souffrance. Qu'arrivera-t-il si nous ne parvenons pas à faire libérer Stone ? Que feront Hazel et Kenneth, et Martha, et tout le monde ?

Que ferai-je, moi ?

Je dîne sans appétit, la sacoche contenant les lettres contre ma cheville. Iris n'est guère bavarde non plus et d'un commun accord, nous mettons un terme à cette soirée triste et montons nous coucher tôt. Demain, la journée risque d'être rude.

Une fois dans le lit, je m'enroule dans les draps après avoir étendu l'édredon par-dessus la courtepointe. J'espère qu'Adrian va bien. La résidence des Bancroft se trouve de l'autre côté du village, sur la route de St Edmunds. À moins qu'il n'ait été emmené à Londres ? À quoi peut-il bien rêver, maintenant que la paix du manoir est brisée ? Qu'est-ce que Bancroft peut bien vouloir de lui, aussi soudainement ?

Et dire que j'allais enfin lui avouer que je l'aime ! Pourquoi, pourquoi est-ce je n'ai pas saisi ma chance dans le jardin d'hiver ?

Que vais-je faire si je n'ai pas l'occasion de le revoir ?

Il me manque.

Pelotonnée au fond du lit, le sommeil m'avale dans un tourbillon sombre et mélancolique, pour me recracher plusieurs heures plus tard lorsque Sophie vient me réveiller avec un plateau de petit déjeuner. Il me faut quelques instants pour rassembler mes esprits, avant que les marques que la sacoche a imprimées autour de mon bras durant la nuit ne me rappellent les terribles évènements d'hier.

Je retrouve Iris dans l'entrée. L'ensemble rouge qu'elle porte lui donne un air à la fois mystérieux et sévère. C'est pourtant avec douceur qu'elle me tend un manteau assorti à ma jupe, un chapeau garni d'œillets en tulle blanc et de petits rubans dorés. Le soleil se lève timidement dans un ciel couvert et l'attelage nous attend déjà, fin prêt.

— Croyez-vous qu'ils nous écouteront ? demandé-je alors que nous nous installons à l'intérieur. Nous ne sommes que deux femmes. Comment être sûres qu'ils ne nous mettront pas à la porte ?

— Qu'ils essaient ! maugrée Iris. Je comprends vos craintes, Agathe, néanmoins vous oubliez deux choses essentielles. Avant tout, maître Sanders sera là, nous ne serons donc pas tout à fait seules. Et je suis non seulement Lady Rutherford, ce qui ouvre déjà bien des portes, mais surtout… moi. Quand je veux quelque chose, je l'obtiens, même si je dois pour cela me mettre à dos tout un commissariat. Je vous le répète : ne sous-estimez jamais la force et la volonté d'une femme. Encore moins la vôtre.

La voiture quitte lentement le domaine et je reste cependant enfermée dans mes doutes. Les lettres d'Evelyn sont dissimulées dans un sac à main prêté par Iris – c'est d'ailleurs la seule chose qu'il contient. Il est si inconvenant et impoli de fouiller le sac d'une dame que je suis sûre que personne ne demandera à voir son contenu.

La campagne se réveille le long du chemin, dans une odeur d'herbe humide, aux chants des merles qui survolent les champs et pépient dans les arbres. Les moutons et brebis commencent à sortir avec leurs agneaux qui caracolent dans les prés en petites boules cotonneuses. La scène pourrait être d'un romantisme prodigieux si les circonstances n'étaient pas aussi sinistres.

Nous atteignons Bury St Edmunds en une demi-heure. Ni moi ni Iris n'avons beaucoup parlé, soupirant parfois dans un mélange étrange d'espoir et de crainte. La place centrale de la ville n'est pas encore très animée à cette heure-ci. Sur un banc, un homme brun d'une quarantaine d'années, en manteau de laine noire, se lève lorsque nous descendons de la voiture. Il s'avance vers nous, la serviette à la main :

– Bonjour. Lady Rutherford, je présume ?

– Maître Sanders, enchantée. Je vous présente Miss Agathe Langley.

– Miss Langley.

Il a le regard doux pour un avocat, un visage rond, des sourcils épais et une barbe en collier.

— Avant que nous entrions, permettez-moi de vous demander : l'une de vous a-t-elle été témoin de l'arrestation ?

Iris se tourne vers moi et je m'éclaircis la voix :

— Pas directement, non. Je l'ai seulement vu monter dans le véhicule de police, escorté par deux hommes.

— Bien. À votre connaissance, y a-t-il eu une fouille de la maison ?

— Je l'ignore, mais quand je l'ai quitté, St... Lord Stone partait du principe qu'il y en aurait une.

— Je vois. Une dernière question...

Il me dévisage, comme s'il cherchait à deviner quelque chose :

— Savez-vous si... Est-il possible que les officiers aient *trouvé* une éventuelle information compromettante ?

Ma main se resserre autour du petit sac de brocart et je secoue la tête :

— Non, je ne crois pas.

Il n'est pas question que j'avoue être en possession des lettres, même à lui. Comme me l'a dit Iris hier, on n'est jamais trop prudent.

— Parfait. Voilà comment cela va se passer. Lady Rutherford et moi allons parler avec le commissaire en premier lieu, pour savoir exactement où en est la situation. Pendant ce temps, Miss Langley, je veux que vous alliez rassurer Stone. Je le connais, il a toujours été extrêmement vigilant, je doute qu'ils puissent le retenir plus longtemps. Dans ce genre d'affaires, tant qu'il n'y a pas de preuves concrètes, il est très probable qu'il ne s'agisse que d'intimidation et donc de détention provisoire. Si tout se déroule comme prévu, il rentrera avec vous. En attendant, voir un visage connu lui fera le plus grand bien, ajoute-t-il avec un bref sourire.

Nous pénétrons dans l'entrée du commissariat, un bâtiment austère en brique et en bois, et sommes accueillis par un jeune agent de police au teint cireux. Maître Sanders explique la raison de sa venue et lorsque le commissaire apparaît, il entraîne Iris et l'avocat dans son bureau et ordonne à l'agent de m'amener jusqu'à la cellule de Stone.

Rien que ce mot me donne des frissons.

Nous passons un étroit couloir au bout duquel il m'ouvre une porte qui se referme dans un claquement sec. J'entends du mouvement dans un coin de la pièce. Le seul occupant de la cage à taille humaine se retourne vers moi et une violente nausée me saisit.

— Oh, Stone…

L'aristocrate a le contour de l'œil gauche violacé, l'arcade sourcilière enflée et une lèvre tuméfiée. Ses cheveux semblent ternes sous la lumière blafarde de la lucarne et ses vêtements sont tout froissés d'avoir passé la nuit ici. Pourtant, en me voyant, son regard bleu s'éclaire :

— Agathe ?

— Que vous ont-ils fait ?

— Vous n'avez pas besoin de connaître les détails. Rassurez-vous, je vais bien. Contrairement à ce qu'on pourrait penser, j'ai de la chance.

Je me rapproche, le cœur serré.

— Iris et maître Sanders sont en train de s'entretenir avec le commissaire.

— Voilà qui est heureux. Un des jeunes policiers m'a discrètement confié que la fouille n'avait rien donné. Je vous dois beaucoup, Agathe.

J'attrape ses mains à travers les barreaux.

— Ne vous inquiétez pas de ça, c'est normal.

— Pas tant que ça. Vous envisagez le monde avec peut-être un peu trop d'optimisme – et c'est une bonne chose. Permettez-moi d'être plus désillusionné.

— Occupons-nous d'abord de rentrer à la maison.

Il sourit faiblement et me détaille des pieds à la tête :

— Vous êtes bien jolie en jaune.

Au fond de la pièce, la porte du couloir s'ouvre sur le commissaire, suivi par maître Sanders et Iris. Le visage de cette dernière se décompose brièvement en apercevant Stone.

— Lord Stone, vous êtes libre ! annonce le commissaire.

Il observe distraitement les blessures en déverrouillant la cellule. Je m'attends à ce qu'il lui présente des excuses, mais il s'éclipse sans rien dire. Ma colère est certainement visible, car Iris m'intime le silence d'un seul regard. Stone sort, avec une noblesse et une dignité admirables, récupère ses effets auprès du jeune agent de police qui, j'ignore pourquoi, n'en mène pas large. Je ne vais sûrement pas le prendre en pitié !

Une fois dehors, maître Sanders s'entretient avec Stone à l'écart pendant qu'Iris et moi attendons que la voiture se rapproche. D'où je suis, je peux encore voir les hématomes. En montant, je souffle avec rage :

— C'est proprement scandaleux…

— Malheureusement, je ne suis pas étonnée, soupire Iris une fois installée.

— Comment osent-ils ?

— Voyez-vous…

Elle pince les lèvres et cherche ses mots :

— Je crois que pour beaucoup de gens, il est tout à fait inconcevable que deux personnes de même sexe tombent amoureuses, tout simplement.

— Est-ce une raison pour recourir à la violence ?

— C'est souvent le seul langage qu'ils connaissent vis-à-vis de ce qui diffère de leur petite personne.

Je fulmine intérieurement, mais m'abstiens de tout commentaire, car Stone revient et monte à son tour dans la voiture après avoir indiqué la destination au cocher.

Lorsque nous quittons la ville, il rompt le silence :

— Merci. À toutes les deux.

Iris tente un sourire qu'elle peine à affirmer. Elle est encore bouleversée.

— Vous nous avez fichu une belle frousse.

— À qui le dites-vous !

Après lui avoir bien précisé qu'il n'était pas obligé de répondre, je lui demande :

— Quel était le motif exact de votre arrestation ?

— Seulement outrage aux bonnes mœurs avec suspicion d'indécence caractérisée.

— Tsss, fait Iris avec dédain. Joli palmarès. Heureusement que maître Sanders connaissait son sujet. Sans preuve et avec seulement la dénonciation de Bancroft, aussi puissant soit-il, le commissaire n'a eu d'autre choix que de vous laisser partir. Bancroft a échoué, encore une fois.

— Je crains malheureusement que cette histoire ne soit pas si simple. Peu importe à Peter que je sois emprisonné ou non, au fond. Cette arrestation était davantage un message qu'autre chose.

— Et pour dire quoi, je vous prie ? réplique Iris, outrée.

— Pour me signifier que je ne peux pas à moi seul entraver la bonne marche du monde. De son monde, en tout cas. Et que mes petites incartades commerciales ne sont pas passées inaperçues, mais c'est un sujet que je n'aborderai pas pour l'instant. Il y a plus important.

Stone se tourne vers moi et attrape ma main :

— L'important, maintenant, c'est de terminer votre projet pour le concours.

Je baisse la tête et murmure :

— Cela me paraît tellement futile, désormais...

— Au contraire ! Ne le laissons pas gagner ! Nous devons nous occuper de ça en priorité et, bien évidemment, tenter de sortir Adrian de cette situation.

Entendre son prénom et le savoir inaccessible est une souffrance atroce. Je tressaille légèrement et avoue enfin :

— J'allais lui dire, Stone. J'allais tout lui dire, mais...

— Je sais, répond-il avec douceur. Mais vous étiez très occupée à me sauver la vie. Nous trouverons un moyen de vous le ramener, je vous en donne ma parole.

Je sens le regard d'Iris sur moi et la devine touchée – et un peu fière, peut-être.

Le ciel s'est éclairci lorsque nous passons le portail de Bloomstone Manor. Je me souviens de la première fois que je suis venue, il y a plusieurs mois. Jamais je n'aurais pu imaginer que j'en viendrais à considérer cet endroit comme ma maison, qu'une telle vie était possible et que j'y avais une place. Tout a changé si vite !

On dirait que le jardin nous accueille à bras ouverts. Les platanes arborent leurs nouvelles feuilles d'un vert tendre, les quelques gouttes sur les buissons resplendissent dans les rayons de soleil et, au bord de la cour d'honneur, les boutons de rose laissent présager une floraison magnifique.

Stone n'est pas encore descendu que Kenneth et Hazel se précipitent sur lui, témoignant d'un soulagement sans borne. Lucy sort à leur suite et se jette littéralement dans mes bras :

— Nous nous sommes fait tellement de souci ! Nous avons cru vous perdre tous les deux.

Je lui rends volontiers son étreinte : moi aussi, je l'ai cru. Derrière nous, Iris referme la porte de la voiture avec un sourire, un véritable, cette fois-ci.

— Stone, je vous laisse entre de bonnes mains. Agathe, je renverrai votre jument demain, ainsi que vos vêtements. Gardez ceux-ci. Ils vous vont si bien que je n'aurai plus le cœur à les porter.

— Merci pour tout, Iris.

L'attelage s'éloigne et nous rentrons enfin. Sans surprise, Stone annonce qu'il ne souhaite rien d'autre qu'un bon bain chaud et une longue sieste, sur quoi Hazel part lui préparer un déjeuner – sans guère lui demander son avis.

En attendant Lucy pour une tasse de thé, le jardin d'hiver me paraît bien vide. Dire qu'il y a à peine une journée, je me trouvais au même endroit avec Adrian. Mon ventre se tord et j'ai soudain très envie de pleurer, mais Lucy revient avec la théière :

— Alexander est venu me chercher juste après votre départ. Quel désastre ! Papa a passé la nuit à remettre en état la chambre de Stone. Pour ce que nous avons dormi, de toute façon... Ces imbéciles avaient tout mis sens dessus dessous. Je ne vous raconte pas ce que j'ai dit à James, un des policiers qui était là. Il est originaire du village. Je crois qu'il ne verra plus jamais en moi la petite fille timide et innocente !

Elle me tend la tasse et une tranche de citron. Ma tristesse devient de plus en plus oppressante chaque minute. Je finis par demander :

— Avez-vous eu la moindre nouvelle d'Adrian ?

Lucy s'assoit à côté de moi.

— Non. En revanche… Il a eu le temps de laisser ça pour vous.

Elle sort de son tablier une toute petite feuille pliée, que je ne reconnais que trop bien pour en avoir régulièrement trouvé dans les livres de la bibliothèque. Je la déplie d'une main tremblante.

À vous, à jamais.

Je me laisse submerger et fonds en larmes.

19

NOCTIS

Toute la tension accumulée ces deux derniers jours s'évacue douloureusement. Et cette lettre a raison de ma retenue. Je pleure à chaudes larmes dans les bras de Lucy. Pour finir, je m'allonge et somnole à moitié sur la banquette du jardin d'hiver. Toutes mes pensées s'emmêlent.

Ces lettres m'étaient donc bien destinées depuis le début. Mais comment s'y prenait-il pour les glisser entre les pages sans que je m'en rende compte ? J'ai trouvé la première à la fin de mon séjour avec Miss Davies, la veille de mon affrontement avec Père. Adrian aurait-il eu des sentiments pour moi alors que nous nous connaissions à peine ? N'était-ce pas un peu précipité ?

J'ai relu ces mots un nombre incalculable de fois, je les connais par cœur. Dans la première, il n'est question que d'une sensation étrange, d'un trouble. Il n'évoque pas l'amour avant la deuxième : « *Laissez-moi vous aimer, même de loin.* » Cette phrase m'a toujours fascinée.

Je repense à tout ce que nous avons partagé, le thé sous les étoiles, nos lectures, les promenades, le bal, la musique. Cette lueur qu'il avait dans les yeux lorsque nous avons joué ou dansé ensemble, cette manière qu'il avait de me serrer dans ses bras sous la colonnade. Dire qu'il m'a écrit tout ceci…

Et si, sans le vouloir, dans des gestes ou des paroles, j'avais été cruelle ?

A-t-il cru que j'ignorais délibérément ses missives ?

Voilà des mois que je me débats avec ce que je ressens pour lui. Quelle idiote ! J'aurais dû écouter Lucy et tout lui avouer ! J'aurais dû prendre mon courage à deux mains. Il l'a bien fait, lui, en m'écrivant ces lettres et en me laissant ce billet alors même que Bancroft l'arrachait à cette maison.

Maintenant, c'est mon tour.

Je me relève avec une détermination nouvelle et me dirige vers ma chambre avec la ferme intention de lui rendre la pareille. Dans la salle de musique tristement silencieuse, je m'arrête devant les partitions sur le piano. Est-ce moi ou… oui, elles ont quelque chose de changé. Je m'approche.

Elles ont un titre. Adrian a enfin baptisé le morceau.

Noctis.

Ce mot, qui semble n'avoir aucune signification propre, résonne pourtant en moi. Est-ce la calligraphie ? Le son des syllabes ? Il m'évoque une nuée d'étoiles dans la nuit froide, le cuir des reliures sous mes doigts et, peut-être, une odeur de genièvre. Tout cela en six lettres.

C'est un beau nom pour une musique.

J'abandonne là les feuillets pour remonter et m'asseoir devant mon secrétaire, et soupire en attrapant mon papier à lettres, celui qu'Adrian m'a offert. Faut-il que je sois aveugle ! Tout cela est tellement évident, désormais.

Je cherche quoi écrire, essaie quelques phrases, rature, chiffonne. Je n'ai définitivement pas son éloquence, mes mots sont faibles, mes tournures empotées et mes images désespérément ternes et sans saveur. Mon écriture me semble niaise et sans aucune poésie.

De la poésie. Cela pourrait être une solution. Je me souviens d'un chant de Robert Burns dont la mélodie se joue également au violon, *A Red, Red Rose*. Mais n'est-ce pas un peu trop ? C'est une déclaration pour le moins enflammée. Ne va-t-il pas trouver que je vais trop loin ? Est-ce vraiment convenable, est-ce... Non ! Je ne me censurerai pas de cette manière ! Je n'en suis pas arrivée là en respectant les convenances, alors autant être honnête.

J'ouvre le recueil qu'Adrian m'a prêté il y a plusieurs mois, et qui repose toujours sur ma table de nuit. Alors que je recopie les quatre strophes, je souris malgré moi. Oui, c'est exactement ce que je ressens, et peu importe si cela paraît trop intense.

Lucy entre alors que j'achève ma missive d'un « *À vous, à jamais* » qui fait remonter un délicieux frisson le long de ma colonne vertébrale.

— Ah, Agathe, je vous cherchais !

Je me retourne sur ma chaise, fébrile :

— Des nouvelles d'Adrian ?

Lucy baisse les yeux et secoue la tête :

— Non, toujours pas. En revanche, Stone veut vous voir.

— Attendez, un instant.

Je plie soigneusement ma lettre et la glisse dans une enveloppe, avant de la tendre à Lucy :

— Pouvez-vous vous rendre au village et tenter de savoir si Adrian est ici ou à Londres ? Je dois absolument lui faire parvenir cette lettre.

La jeune fille me regarde d'un air étonné, avant de sourire :

— Serait-ce ce à quoi je pense ?

J'acquiesce et elle demande :

— Vous n'avez donc plus peur ?

Ma confiance en moi vacille et je réponds :

— Non. Ou plutôt, si, je suis terrorisée, mais je n'ai plus le luxe d'avoir peur, pas après tout ce qui est arrivé. Prenez-la... avant que je ne change d'avis.

Ravie, elle m'arrache presque la missive des mains.

— J'y vais de ce pas.

— Merci.

Je dois me faire violence pour ne pas lui courir après et lui dire que je n'aurais pas dû lui écrire cela. Du courage, Agathe, du courage ! Quand j'entends la porte d'entrée claquer, je sais qu'il est trop tard pour reculer.

Dans le miroir, je réarrange mon chemisier et ma jupe, vérifie mon teint – je ne veux pas que Stone s'aperçoive que j'ai pleuré. Je prends les lettres d'Evelyn dans mon sac à main et me dirige vers sa chambre. L'aristocrate est allongé sur sa méridienne, le dos calé par trois gros coussins, une couverture sur les genoux et Lancelot par-dessus, couvant son maître avec une sérénité absolue.

— Agathe, vous voilà ! s'exclame-t-il en me désignant le fauteuil près de lui. Comment allez-vous ?

— Et c'est vous qui me demandez ça ?

Je prends place à côté de lui et lui rends les lettres d'Evelyn :

— Je crois qu'elles vous appartiennent.

Il les récupère et les pose sur le guéridon, visiblement ému. Quand il se retourne, il lève son regard bleu vers moi. Si sa lèvre va un peu mieux, le contour de son œil mettra quelques jours encore avant de retrouver une couleur normale. Je refoule ma colère.

— Merci beaucoup, Agathe, pour tout ce que vous avez fait. Je crois que vous ne vous rendez pas compte de l'importance que ça a pour moi. Pour Evelyn. En protégeant ceci, vous avez protégé nos existences mêmes.

Je reste silencieuse. Ça ne devrait pas être ainsi, c'est injuste. Quand je vois ses blessures, je n'ai pas l'impression d'avoir vraiment réussi à le protéger. Il doit deviner mes pensées, car il ajoute :

— Croyez-moi, j'ai eu de la chance de ne m'en tirer qu'avec quelques contusions. Certains de mes amis ont essuyé bien pire, et si la police avait trouvé ces lettres, je serais déjà en route vers un procès que je serais certain de perdre, entraînant Evelyn dans ma chute. Avez-vous eu vent d'un poème terrifiant que l'on appelle *La Ballade de la geôle de Reading* ?

— Non. Qu'est-ce que c'est ?

— Il a été écrit sous le pseudonyme de C.C.3 et a circulé dans certains milieux depuis un an. Peu de personnes savent que son auteur n'est autre qu'Oscar Wilde. Il y raconte sa captivité à la prison de Reading, les conditions d'emprisonnement, les travaux forcés. Les morts. C'est un texte à la fois saisissant de beauté et si brutal que je n'ai pas pu le lire sans trembler.

Je me souviens de l'affaire Wilde, il y a quelques années. Seigneur, quand je repense à Père qui commentait les articles de journaux, aux horreurs qu'il a pu déclarer !

Je souffle :

— Je suis désolée, Stone, j'aurais aimé pouvoir faire plus.

— Vous n'y êtes pour rien. Viendra peut-être un temps où je pourrai aimer Evelyn librement, mais je crains que cela ne soit pas encore pour tout de suite. Au siècle prochain, qui sait ?

Lancelot se réveille et s'étire, avant de s'approcher doucement. Il tend son museau vers moi et ronronne dès que je lui caresse affectueusement la tête, en lui promettant :

— Je veillerai à ce que Hazel te réserve une motte entière de beurre frais. Tu l'as bien mérité.

— Puis-je savoir en quel honneur ? rit Stone.

Je fixe les prunelles ambrées du chat et murmure :

— C'est entre lui et moi.

Stone me laisse savourer encore un peu l'instant, puis s'éclaircit la voix et demande :

— Avez-vous eu des nouvelles d'Adrian ?

— Pas la moindre, mais je… je lui ai écrit une lettre. Lucy est partie au village pour savoir où l'envoyer.

— C'est bien. Vous savez, je maintiens ce que j'ai dit à Iris ce matin. Je pense que tout ceci n'était au fond qu'une manœuvre pour récupérer Adrian en premier lieu, et cela lui donnait par ailleurs une heureuse occasion de me mettre des bâtons dans les roues. Tant que j'étais là, je servais de rempart, en quelque sorte. Si Peter me mettait hors jeu, Adrian n'avait plus aucun appui.

— Mais pourquoi ? Et allez-vous enfin m'expliquer le rapport entre vos affaires et Bancroft ?

Stone élude la dernière partie de la question, ne se concentrant que sur Adrian :

— Il ne reste plus qu'un mois avant la naissance de l'enfant. Peut-être veut-il parer à toute éventualité, mettre à jour les papiers, ce genre de choses.

— Adrian ne veut rien de tout ça.

— Je crains que ce choix ne lui appartienne pas, du moins en ce qui concerne la succession. Vous connaissez les règles de la noblesse.

— Hélas, oui, maugréé-je en fixant le tapis.

— Qu'en est-il du concours ? Avant que… tout cela arrive, vous me parliez d'avancées ?

Je prends une grande inspiration et déclare :

— Oui. Cela me paraît si loin… Connaissez-vous le phénomène de résonance orbitale ?

— De nom, seulement. Vous le savez, la mécanique céleste n'était pas ma spécialité.

Je lui explique alors ce que j'ai appris sur les lunes de Jupiter. Petit à petit, son visage s'éclaire :

— C'est absolument fascinant !

— Il faut que je relise mes notes et que je me penche plus avant sur la question, néanmoins je crois que c'est une piste sérieuse. Cela doit pouvoir s'appliquer dans le cas de ma planète mystérieuse, avec le Soleil comme référence, bien entendu. Si c'est le cas, imaginez-vous les ordres de grandeur, les échelles démesurées, ce que ça dirait de notre système solaire ! Cela expliquerait les perturbations orbitales de Neptune.

— Celles d'Uranus également ?

— C'est là que le bât blesse. Je n'en suis pas sûre, mais étant donné que Neptune a été découverte grâce aux projections des perturbations d'Uranus, tout est possible. En attendant, je dois voir si je peux adapter le raisonnement de Laplace à mes paramètres.

— N'auriez-vous pas besoin de la masse du corps céleste ? Ou de ses dimensions, au moins ?

— Je pensais en donner une estimation à plus ou moins dix pour cent de la masse terrestre, en me fondant sur les dernières estimations de Medenhall.

Mes calculs allient dans ce sens et c'est une solide référence universitaire. Cela devrait faire une moyenne acceptable par rapport aux autres planètes.

— C'est prudent, mais ne craignez-vous pas les approximations ?

Je soupire :

— Malheureusement, je n'ai que ça, des approximations. Stone, tout cela se trouve tellement loin de nous ! Je pousse la théorie dans ses derniers retranchements.

— C'est peut-être ce qui fera votre succès, hésite l'aristocrate en haussant les épaules. Parfois, des idées un peu farfelues se sont avérées tout à fait vérifiables, et ce uniquement parce qu'elles étaient fondées sur des modèles mathématiques connus. Malgré un chaos apparent, l'univers ne laisse rien au hasard.

— Et il y a aussi cette constante qui n'a pas de sens !

Je me lève et arpente la pièce de long en large :

— Enfin, pas une constante, mais ces nombres que je retrouve à plusieurs endroits, toujours compris entre 14 et 21. Je pense que cela doit avoir un rapport avec cette erreur d'angle que j'ai faite il y a des semaines. Depuis tout ce temps, je n'arrête pas de me dire que j'ai raté quelque chose, mais quoi ? Un angle par rapport à quoi ?

Stone fronce les sourcils :

— Je me souviens de cela, c'était peu avant Noël. Si cela vous cause encore du souci, il vous faut lui accorder un minimum d'attention.

Il se redresse, retape ses coussins et déclare :

— Il vous manque aussi un élément essentiel.

Je m'arrête net, perplexe :

— Lequel ?

— Il vous faudrait un nom, pour votre planète inconnue. Les explorateurs baptisent bien leurs découvertes, pourquoi pas vous ? Avez-vous déjà une suggestion à faire ?

Le mot franchit la barrière de mes lèvres avant que je puisse le retenir :

— Noctis.

Légèrement surpris, l'aristocrate finit par hocher la tête en souriant :

— Assurément, c'est un bien joli nom.

Le rouge me monte aux joues. Sait-il seulement d'où il vient ?

— Agathe, je sais qu'il est encore tôt, mais je vous propose un sherry pour fêter ce baptême. Auriez-vous la gentillesse de nous servir ?

Je m'empare de la bouteille, posée sur une table dans un coin de la pièce, et verse un peu de liqueur dans deux minuscules verres, quand j'entends des pas pressés dans le couloir. La peur revient au galop et me pétrifie sur place, mais la porte s'ouvre à la volée sur…

— Evelyn ? s'exclame Stone. Mais je te croyais en Cornouailles, qu'est-ce que…

Evelyn se précipite sur lui. Il saisit son visage entre ses mains et l'embrasse avec une tendresse folle, avant de le serrer dans ses bras et je ne peux retenir un sourire.

— Hum…, fait l'aristocrate, à la fois gêné et ravi.

Evelyn me remarque soudain et s'éloigne de son amant avec pudeur.

— Oh. Bonjour, Agathe. Veuillez m'excuser pour ce moment quelque peu… embarrassant.

Je dois avoir l'air parfaitement stupide, plantée là avec mes deux verres de sherry, mais je ne me démonte pas :

— Ne vous excusez pas. Stone, je suppose que c'est un peu notre faute, à Iris et à moi, car nous l'avons prévenu de ce qui était arrivé. Vous avez fait vite, depuis les Cornouailles !

— J'ai peu dormi, murmure Evelyn, la voix nouée.

Je dépose le sherry devant eux avant de déclarer :

— Je vous laisse. Je vais remettre de l'ordre dans le bureau et, si j'en ai le courage, relire mes notes sur la résonance orbitale.

Je sors en refermant bien la porte derrière moi. Que cela a dû être éprouvant pour Evelyn ! Je n'ose imaginer son angoisse depuis hier soir. Ce que m'a raconté Stone sur ses amis… Je le soupçonne d'être resté volontairement évasif pour me dissimuler la laideur du monde.

Le bureau est un véritable capharnaüm. Tout est sens dessus dessous, les tiroirs vidés, les étagères en désordre. La maquette, que j'avais laissée sur la table, gît à moitié tordue sous une pile de livres qui s'est effondrée. Des feuilles volantes parsèment le sol et la lunette astronomique est couchée par terre – heureusement, elle ne semble pas abîmée.

Je retrouve mon carnet et mes notes intacts. Quand j'y pense, j'ai eu de la chance. Bancroft aurait très bien pu s'en emparer, s'il l'avait voulu. Enfin, à la réflexion, je crois qu'il est tout de même trop honnête pour cela – en tant que scientifique, s'entend, car en tant qu'être humain, il s'est révélé tout à fait déplorable. Cela ne lui aurait servi à rien, Mark Selby est biologiste ; il n'aurait pas compris la moitié de ce que j'ai écrit.

Je me masse longuement les tempes en me demandant par quoi je vais bien pouvoir commencer. Je remonte mes manches et entreprends de remettre les livres et les instruments de mesure sur les étagères. Que dirait-on de moi, à Londres, en me voyant ranger à la place des domestiques ?

Peu importe, c'est à moi de faire ça.

Le ciel s'assombrit peu à peu et ce n'est que lorsque Evelyn vient me chercher pour dîner que je réalise que la nuit est en train de tomber. Je range cette pièce depuis plusieurs heures !

— Je termine ce tiroir et je descends, lui lancé-je.

J'entends la porte se fermer et je le suppose parti, mais en fait, il s'approche de moi et déclare :

— Merci mille fois, Agathe.

Décidément, c'est une manie !

— Je vous en prie. Vous restez au moins pour dîner, j'espère ?

— Je reste tout court, pour le moment, affirme-t-il d'un ton sans appel.

Est-ce vraiment prudent ? Je le dévisage et il reprend :

— Quoi que N... Stone en pense, je reste. C'est peut-être dangereux, je le sais et je prends le risque. Il m'a toujours tenu éloigné du scandale, mais cette fois, je ne peux le laisser seul alors que... C'est au-dessus de mes forces.

— Je comprends. Au pire, nous n'aurons qu'à prétendre que je vous ai fait venir pour m'aider à parachever mon projet pour le concours.

— Mais... Mon domaine est la chimie des matériaux et le vôtre l'astronomie !

Je le regarde et précise avec malice :

— Certes, mais cela, la police ne le sait pas.

Evelyn laisse échapper un petit rire :

— Rien ne vous arrête ! Merci.

— Cessez de me remercier. Cela finit par devenir gênant.

Il acquiesce et nous descendons enfin dîner, après que j'ai récupéré mes notes. Je compte les relire ce soir pour me mettre au travail dès demain matin. Je ne laisserai aucun répit à Bancroft, je rendrai mon projet, dussé-je passer une semaine sans dormir. Je ne renoncerai pas.

Lucy m'apporte du thé dans la bibliothèque après le dessert et en profite pour me faire part de ce qu'elle a appris. Apparemment, toute la maisonnée de Bancroft a déménagé à Londres pour la saison il y a près d'un mois. Cela correspond à ce qu'avait dit Iris à propos de la grossesse difficile. Ma lettre a donc été envoyée à Burton Crescent. Maintenant je n'ai plus qu'à patienter – et c'est une torture.

Dehors, une fine pluie de printemps ruisselle le long de la baie vitrée dans un murmure feutré. Les braises rougeoient paisiblement dans le foyer et diffusent une douce chaleur sur mes jambes. Je feuillette mon carnet, compare les remarques du début de mes recherches avec celles des dernières pages, les brouillons d'équations et les schémas. Une langueur me gagne soudain, écrasante et implacable. Je résiste un temps, en vain, puis ferme les yeux.

Je me trouve toujours dans la bibliothèque, devant ce que je sais être des traités d'astronomie et d'autres ouvrages scientifiques. Mais là, en bas à droite, il y a un revers, comme une tapisserie qui se décolle. J'attrape le petit bout de papier, tire un peu dessus. Les livres sur leurs rayonnages ondulent et s'effacent et j'ouvre un voile sur… le système solaire. J'avance d'un pas, je tombe, je vole ; je suis un oiseau dans l'univers. Le Soleil est radieux, les planètes étrangement colorées, les anneaux de Saturne resplendissants et Jupiter me fixe d'un œil rouge. Je vais au-delà. Je dépasse Uranus, je m'éloigne et croise Neptune, et encore plus loin, plus bas…

Je me réveille brusquement, surprise par l'intensité du songe. Mon regard se porte vers l'horloge ; je me suis assoupie un petit quart d'heure pas plus, pourtant, je me sens aussi alerte que si j'avais dormi une journée entière. Je me ressers une tasse de thé, ravive le feu et prends place à une table de travail. Je dois absolument profiter de cette foudroyante clarté d'esprit. Est-ce le rêve ou la réalité ? Aucune idée, mais une certitude s'impose : je touche au but. La réponse est là, dans ce carnet !

Armée d'un crayon et d'une feuille de brouillon, je repose au propre des hypothèses et des données, mes pensées et mes questions saisies au vol. Je n'ose même pas aller chercher les livres de peur de perdre le fil. À 3 heures du matin, Lucy apparaît, tout ensommeillée et en robe de chambre, se demandant ce que je fais encore là. Je prends quelques notes supplémentaires et monte enfin me coucher.

Cela n'a rien de rationnel, c'est intuitif, mais je suis sur une piste, je le sens, je le sais.

20

LA DERNIÈRE PLANÈTE

Le lendemain, je me remets immédiatement au travail après avoir englouti mon petit déjeuner. Stone et Evelyn eux-mêmes s'en étonnent, ils ne m'ont jamais vue comme ça. Ils ont l'air reposés et partent se promener alors que je m'enferme dans le bureau, les fenêtres grandes ouvertes pour profiter de cette matinée radieuse. Ma frénésie reprend de plus belle lorsque je pose les yeux sur mes notes de la veille. Je demande à Hazel de m'apporter une théière supplémentaire et décide d'organiser l'espace pour être la plus efficace possible.

Je sors tous les livres dont j'ai besoin en les ouvrant aux bonnes pages, Laplace, Newton, Kepler, Poincaré, tout le monde trouve sa place sur la longue table. Je récupère aussi quelques exemplaires de l'*Astronomical Journal*, ne serait-ce que pour les gravures. Tout y est, il me suffit de naviguer entre les différents ouvrages. Une tasse de thé plus tard, je m'installe dos au soleil d'avril et poursuis mes réflexions, empêchant de temps à autre les feuilles de s'envoler sous la petite brise qui s'engouffre dans la pièce.

Ça marche. Quelque chose s'esquisse dans ma tête.

Sur la gauche du tableau, je recopie les mesures d'observation de l'équipe française. Je décide de me concentrer d'abord sur celles de Neptune, puisqu'elle subirait davantage l'influence de l'orbite de Noctis. Ce sera plus simple de n'avoir qu'un seul paramètre pour transposer les calculs de Le Verrier et appliquer ensuite le phénomène de résonance. J'indique aussi mes estimations de la planète : masse, volume... À défaut de valeurs réelles, ce sont des périphrases avec des chiffres. Tant pis.

Sur la partie droite, je pose mes équations de référence et commence à les imbriquer les unes dans les autres, avec l'impression tenace de me jeter à l'eau.

Je ne vois pas le temps passer. La pendule sonne 11 heures lorsque Lancelot me fait l'honneur d'une visite. Vexé que je ne le caresse pas, car j'ai les mains pleines de craie et que je ne veux pas risquer de perdre le fil de mes pensées, il saute sur la commode, où j'ai relégué la maquette du système solaire désormais tordue et inutilisable.

Je tourne le tableau et continue. J'y suis presque. Je ne suis jamais allée aussi loin dans le raisonnement. S'il s'avère que j'ai vu juste, cette planète a une période de révolution extrêmement longue, ce qui ne rendra son observation que plus difficile. Déjà que celle de Neptune est proche de cent soixante-cinq ans ! Sera-t-il seulement possible de l'apercevoir de mon vivant, à supposer que nous ayons un jour les instruments capables de le faire ?

« MiaaaaAAAAAAaaw. »

Lancelot m'arrache à ma concentration dans un bâillement sonore. À l'horloge, il est plus de midi.

Je pousse un long soupir en m'essuyant les mains et romps le silence studieux qui régnait jusque-là dans le bureau :

— Je sais. C'est l'heure du déjeuner.

Le chat plisse les yeux et je m'avance vers lui pour le caresser sous le menton. Il se couche lascivement sur le bois et roule sur le dos, en ronronnant si fort qu'on croirait une locomotive. Pour finir, il s'étire et cale ses pattes contre la maquette, manquant de la faire basculer. Le cliquètement mécanique des orbites sort l'animal de sa torpeur et il se redresse, apparemment satisfait de sa séance de câlins. Je recentre le système solaire, ou ce qu'il en reste. Quelque chose m'intrigue. J'observe les planètes miniatures de plus près, mais le sentiment, aussi bref qu'intense, est passé.

« Miaaaaw. »

— Oui, tu as raison, descendons.

Je lui ouvre la porte et retrouve Evelyn et Stone dans la salle à manger.

— Ah, Agathe ! s'exclame l'aristocrate. Je ne savais pas si nous vous verrions.

— Tout va comme vous voulez ? demande Evelyn.

— Oui. Pardonnez mes absences, mais depuis hier soir, tout devient si net ! Je veux profiter de cet état de grâce, si l'on peut dire.

Stone sourit :

— Vous avez bien raison. Je serais curieux de voir vos avancées, dès que vous vous sentirez prête, bien entendu.

Le suis-je ? Je m'assois et réfléchis à sa proposition. Je le pense, oui. Jamais je n'ai ressenti autant de satisfaction pour mon travail.

— Avec joie. Prenons le café ensemble, si cela vous va.

— Parfait !

Kenneth entre à ce moment-là :

— Evelyn ? Un télégramme pour vous de votre père.

Stone observe son amant, l'air soucieux :

— Il ne doit pas être content que tu te sois brusquement absenté.

Evelyn parcourt le télégramme des yeux et le repose loin de lui sur la table.

— Eh bien, il ne sera pas content, tant pis. Rien ne m'empêche de remplir mes obligations familiales à distance, il le fait bien, lui. Pas d'inquiétude, tout ira bien.

Stone hoche la tête et demande :

— Au fait, Kenneth, te souviens-tu de la liste que je t'avais donnée il y a déjà plusieurs semaines ?

— Oui, pourquoi ?

— Peux-tu contacter ces personnes ? Ces affaires n'ont que trop traîné et ma décision est prise.

Le majordome esquisse un sourire en coin et regarde brièvement dans ma direction.

Je ne comprends pas ce que Stone peut bien manigancer, et si j'ai toute confiance en lui, je m'inquiète tout de même un peu.

Après le repas, nous montons donc dans le bureau. Inondé de soleil, il n'en paraît que plus envahi par mes affaires.

— Quelle organisation ! constate Evelyn en s'aménageant une place entre Kepler et le *Nature* de septembre dernier.

— Désolée, Stone, je monopolise tout l'espace.

— N'ayez aucune inquiétude. Vous auriez vu mon bureau à Cambridge quand j'étais étudiant… Vous ne m'arrivez pas à la cheville !

Il sourit et s'assoit face au tableau :

— Alors, dites-nous tout.

Je prends une longue inspiration et commence mes explications, tout ce que j'ai relu hier, les cheminements d'idées, les conclusions. Je fais de mon mieux pour être claire. Au fur et à mesure de mon discours, je gagne en assurance : je crois que j'apprécie l'exercice, et cela m'aide à mettre de l'ordre dans mon raisonnement. Sans compter que je réalise la chance que j'ai. Combien de femmes ont eu l'opportunité de présenter ainsi leurs recherches, à la manière des hommes ?

Une fois que j'ai fini, Stone pose sa tasse sur la table et s'éclaircit la voix :

— Impressionnant. C'est vraiment du beau travail, Agathe.

— Merci. Certaines questions restent sans réponse, toutefois.

— Lesquelles ?

— Comme je vous le disais, je n'ai pris en compte que les perturbations orbitales de Neptune. Celles d'Uranus ne sont toujours pas expliquées. Et il y a aussi ces chiffres, entre 14 et 21, qui reviennent de temps à autre sans que je comprenne pourquoi.

— Montrez-moi.

Je ressors mes notes en entourant les endroits où ils apparaissent et les indique également sur le tableau.

— Vous pensez toujours que cela est lié à cette erreur d'angle ? s'enquiert l'aristocrate.

— Oui, mais ne me demandez pas pourquoi. Je suis incapable de l'expliquer, c'est...

— Une intuition ? complète Evelyn qui se penche sur mon carnet.

— Je pense.

Je voudrais m'épargner le cliché de l'intuition féminine et je crois qu'il le comprend, car il ajoute :

— Vous êtes une scientifique brillante, Agathe, et, croyez-moi, la plupart des grands de ce monde se sont avant tout fiés à leur flair pour leurs découvertes. Faites-vous confiance.

Il examine encore quelques pages et soupire :

— Peut-être que cela n'est qu'une fantaisie.

— Une fantaisie ? répète Stone.

— Oui. Si on en croit la théorie de l'évolution, la nature fait toujours les choix les plus logiques pour sa survie, pas forcément ceux qui nous paraissent à nous, humains modernes, les plus sensés. Le monde serait d'un ennui, si tout devait être parfaitement ordonné, parfaitement droit.

Je me fige. Parfaitement droit.

— Agathe ?

Parfaitement droit.

— Agathe ?

— Evelyn, vous êtes formidable ! m'exclamé-je en poussant les livres pour libérer de la place sur la table.

— Qu'est-ce que j'ai dit ? s'étonne l'intéressé.

— Vous avez diablement raison, *c'est* une fantaisie ! Invraisemblable, mais cela explique tout !

J'attrape la maquette tordue. Bon sang, pourquoi n'y ai-je pas pensé avant ! Tout se bouscule dans ma tête, tant cela remet tout en question, mais je me dois d'être précise :

— Regardez !

Je redresse les orbites pour retrouver un système solaire ordinaire.

— Imaginez que Noctis est Neptune sur la maquette. La dernière planète.

Les deux hommes froncent les sourcils, déconcertés.

— Nous allons estimer ce nombre mystérieux à 17, la moyenne de 14 et 21. J'avais d'abord pensé qu'il s'agissait de l'inclinaison par rapport à l'écliptique, mais si c'était l'orbite elle-même ?

J'incline le cercle de métal à environ 17 degrés et mon cœur bat un peu plus fort.

— Tout ceci est situé tellement loin de nous qu'il y a forcément une marge d'erreur. Les chiffres ne sont disparates qu'en raison des approximations dues aux différences de mesure. Cette solution explique pourtant tout, y compris les perturbations combinées de Neptune et d'Uranus, qui subissent toutes deux l'influence de Noctis sans jamais entrer en collision grâce à ce décalage !

En face, Stone et Evelyn restent silencieux et je retiens ma respiration. L'excitation m'enivre autant que la crainte de faire totalement fausse route. Pourtant, plus je fixe cette maquette, plus mon instinct me confirme que j'ai raison. Tout concorde tellement que cela me donne le tournis.

— Tudieu, mon amie..., souffle enfin l'aristocrate. Voilà sans doute votre plus brillant trait de génie !

Mon soulagement me tire une larme que j'essuie promptement. Stone se lève et m'attrape par les épaules :

— Vous l'avez trouvée, Agathe. Vous avez réussi.

Submergée par l'émotion, je ne réponds pas, les yeux sur le tableau. Le vent apporte soudain une bouffée de fraîcheur, accompagnée d'une odeur d'herbe coupée et des effluves du lilas sous la fenêtre. Je reviens à moi et regarde Stone dont les prunelles bleues débordent de fierté. Je murmure alors :

— Il ne me reste plus beaucoup de temps.

— Vous y arriverez, je n'en doute pas.

Je me dégage doucement de son étreinte et m'empare de ma craie, animée d'une détermination sans bornes :

— Alors, au travail.

Pendant les huit jours suivants, je recommence les calculs encore et encore, de façon à couvrir toutes les possibilités. Grâce à cet angle improbable, j'ai enfin pu mettre sur pied une démonstration valable. Il suffit ensuite d'ajuster les différentes variables. Je me surprends à jubiler tant je constate que tout fonctionne comme je le soupçonnais. Mon exaltation contamine peu à peu toute la maison, jusqu'à Iris qui est venue nous rendre visite plusieurs fois. Elle tient à s'assurer que Stone se rétablit.

Notre ami ne présente plus aucune trace physique de son agression et pour ce qui est de son état émotionnel, la présence d'Evelyn lui est très bénéfique. Il a quasiment retrouvé sa joie de vivre et son caractère sémillant et spontané. Avec Evelyn, ils ont recommencé leur drôle de manège, et discutent d'entreprises et de cours de la Bourse, mais je n'ai guère eu le temps de m'attarder sur cette mystérieuse affaire qui semble les passionner. Officiellement, Evelyn a informé ses parents et ses partenaires qu'il m'aidait à résoudre un problème pour le concours et personne n'a rien trouvé à redire. En vérité, il organise également notre séjour à Londres pour le dépôt du dossier final. Nous partons demain et logerons chez lui. Nous avons jugé plus prudent d'arriver en avance. Au cas où je n'aurais pas terminé à temps, cela me laissait une certaine latitude pour finir la rédaction sans craindre un éventuel contretemps dû au voyage.

Heureusement, et même si cela m'a coûté de nombreuses nuits sans sommeil, mon projet est achevé dix jours avant la date butoir. La pointe de la plume encore en suspens au-dessus de ma conclusion, je réalise que j'ai dit tout ce que j'avais à dire. Je la dépose près de l'encrier d'un geste tremblant, un peu émue. Jamais je n'aurais cru ça possible. Comme ma vie a changé en quelques mois !

Je glisse la pile de feuilles dans la chemise prévue à cet effet. Stone et Evelyn reliront tout dans le train ; cela ne sert à rien que je le fasse. La tête pleine de chiffres, je ne verrais plus mes erreurs. Il m'aurait fallu un vrai temps de repos avant de tout reprendre, mais je n'ai pas ce luxe, c'est pourquoi ils ont gentiment proposé de réviser le projet.

Je traverse l'étage et pénètre dans ma chambre, où Lucy est déjà en train de préparer sa malle. Bien sûr, je n'ai pas envisagé une seconde de partir à Londres sans elle. Je suis heureuse qu'elle ait accepté et non pas en tant que suivante, mais en tant qu'amie.

— Ça y est ? me demande-t-elle. Vous avez terminé ?

— Il semblerait.

— Comment vous sentez-vous ?

Je me laisse tomber dans le fauteuil.

— Je ne sais pas très bien.

Elle soupire, s'approche de moi et tente de me réconforter :

— Il n'y en a plus pour longtemps. Vous verrez, ça va aller.

Je ferme les yeux. Qu'il me tarde d'être à Londres ! Tout le monde trouve mon excitation touchante, mais seule Lucy m'a percée à jour. Je me suis oubliée dans le travail pour éviter de penser à Adrian. Il me manque cruellement. Je relis toutes les missives que j'ai reçues dans les livres. Cela ne m'aide pas, mais c'est plus fort que moi.

Il n'a pas répondu à ma première lettre ni à la seconde, que j'ai envoyée quelques jours après. Ce silence m'inquiète. Lui parviennent-elles seulement ? Cela ne lui ressemble pas de ne pas répondre. Pourquoi Bancroft confisquerait-il son courrier ? Veut-il le couper de son ancienne vie, de ce qu'il croit être l'influence de Stone ? Dans des accès de franche paranoïa, je me demande s'il n'est pas retenu prisonnier, d'une façon ou d'une autre. C'est pourquoi, Lucy et moi avons prévu de nous rendre dès que possible à Burton Crescent, la résidence londonienne de Bancroft. Je *dois* le revoir.

— J'espère.

Je me lève et entreprends de préparer mes affaires à mon tour, le cœur serré. Je suis heureuse et fière d'avoir réussi à venir à bout de mon projet, mais je souhaiterais tellement partager ce moment avec lui. Cette séparation forcée devient de plus en plus difficile à supporter.

Nous prenons le train le lendemain matin. Avant le départ, j'ai pris soin de poster une lettre à Mère pour lui faire savoir que je serai à Londres ces prochains jours. En revanche, je ne lui ai pas dit où je logeais pour éviter qu'elle ne fasse un lien entre Evelyn et Stone. J'ai toute confiance en Hazel et Kenneth pour réorienter le courrier en cas de besoin.

Nous montons dans un fiacre à King's Cross en milieu d'après-midi, après avoir rapidement déjeuné dans un restaurant. Revenir à Londres me fait un effet si étrange. Les rues, pourtant familières, ont perdu leur attrait. Les visages des passants sont fermés, tout me paraît outrageusement guindé et empreint d'une certaine hypocrisie. Les grandes bâtisses me privent de cet horizon auquel je me suis habituée dans le Suffolk et je me rends compte que je trouve cela oppressant. Il est aussi fort possible que Bloomstone Manor ait déteint sur moi et que me confronter à mon ancienne vie me rappelle à quel point elle n'était pas faite pour moi.

La maison d'Evelyn se situe en plein milieu des beaux quartiers de Kensington and Chelsea. Dans un repli de la route, elle apparaît soudain entre deux hautes haies de troènes aux fleurs vaporeuses et odorantes. Récente et bien entretenue, la demeure est cerclée d'un petit jardin coquet.

Une femme blonde au chignon serré et à l'air avenant nous accueille sur le perron :

— Bienvenue, monsieur Carlysle.

— Bonjour, Miss Upward.

— Avez-vous fait bon voyage ?

— Excellent, je vous remercie.

— Tout est prêt. Lord Stone est installé dans la chambre jouxtant la vôtre, comme d'habitude, et ces jeunes dames auront les lits jumeaux de la chambre rose. Oh, et Lord de Lothian a confirmé sa venue pour le dîner de ce soir.

— Parfait. Miss Upward, je vous présente donc Miss Agathe Langley et Miss Lucy Blackwood.

Elle se tourne vers nous et s'incline.

— Misses.

Lucy rougit légèrement de ce traitement si noble et nous suivons la gouvernante dans la maison. Meublée simplement, celle-ci n'en reste pas moins raffinée et chaleureuse. Deux autres domestiques montent nos malles à l'étage et nous découvrons notre chambre. Deux lits se partagent un pan de mur rose pastel et au sol, un splendide tapis aux motifs orientaux donne à la pièce des allures de palais arabe.

— Que c'est ravissant ! s'exclame Lucy. À l'exception de Bloomstone Manor, je crois n'avoir jamais mis les pieds dans une résidence aussi huppée.

— Pourtant, c'est bien ainsi que je m'imaginais la maison d'Evelyn.

— Je vais défaire votre malle.

Je proteste immédiatement :

— Sûrement pas. Vous êtes mon invitée, je vous le rappelle. Je suis assez grande pour installer mes vêtements toute seule !

— Mais…

— N'insistez pas.

Elle finit par sourire, sans doute plus touchée qu'elle n'ose l'exprimer.

— Vous me laisserez au moins vous préparer du thé et vous coiffer de temps à autre, j'espère ?

J'avise un coussin et, avec défi, le lui lance par-dessus le lit. Elle le réceptionne et me le renvoie aussitôt et nous éclatons de rire en nous effondrant en travers d'un des matelas. Je soupire :

— J'ai l'impression que cela fait des jours que je n'ai pas ri ainsi.

Elle me glisse :

— Je crois que c'est le cas. Comment voulez-vous que nous fassions pour Adrian ?

— Hmmm… Compte tenu de l'heure, il semble exclu de partir maintenant, surtout si Evelyn reçoit quelqu'un à dîner en plus de nous trois.

— Demain matin ? suggère Lucy.

— Oui, pourquoi pas ? Je pense que Stone voudra rendre le projet à la première heure, mais je ne peux concevoir de le faire sans Adrian.

L'aristocrate doit se douter que je compte le retrouver. Je ne lui ai rien dit de cela, car au fond, je sais que ce n'est pas très prudent d'aller chez Bancroft, mais je souffre trop. J'ai pris sur moi pour terminer mon projet pour le concours, car c'était la meilleure chose à faire. Mais me trouver si proche d'Adrian sans pouvoir l'atteindre est une torture.

— Nous pouvons toujours prétexter avoir quelque chose de prévu demain et retrouver tout le monde à la Royal Academy ou ailleurs dans l'après-midi.

— Cela me paraît un bon plan, acquiesce la jeune fille.

Nous restons silencieuses un moment, les yeux fixés sur le lambris du plafond, quand la voix de Miss Upward nous parvient de derrière la porte.

— Le thé est servi.

Nous descendons donc dans le jardin où une table en fer forgé est installée sous un pommier. Stone et Evelyn discutent posément autour d'un océan de pâtisseries. Elles n'ont pas la saveur des préparations de Hazel, néanmoins je me régale. Quelques muffins fruités plus tard, Lucy et moi remontons dans la chambre pour nous rafraîchir après le trajet et nous changer pour le repas.

Apparemment, Lord de Lothian est le meilleur ami d'Evelyn. Lorsqu'il arrive, nous nous apprêtons à prendre l'apéritif. Vêtu d'un très beau costume noir – qui me semble étrangement en laine malgré les températures clémentes –, il s'avance vers Evelyn et les deux hommes se saluent comme des frères. Il est également chaleureux avec Stone ; ce ne doit pas être la première fois qu'ils se rencontrent et je pense qu'il *sait*.

Il se tourne ensuite vers moi. Il a des yeux presque aussi sombres que ceux d'Adrian, un sourire séduisant et une voix au timbre posé et plus aigu que ce à quoi je m'attendais :

— Vous devez être Miss Langley. Evelyn m'a beaucoup parlé de vous. À ce qu'il paraît, vous êtes une des étoiles montantes de l'astronomie ?

Astucieux jeu de mots.

— Evelyn, vous parlez de moi en termes bien élogieux, lui lancé-je.

Celui-ci s'éclaircit légèrement la gorge, presque réprobateur, et son ami enchaîne :

— Harold de Lothian, enchanté de vous rencontrer.

Il salue Lucy avec autant de politesse et je la crois plus sensible que moi au charme de cet homme et à son discret parfum d'hibiscus. Ses joues s'empourprent et sa diction se fait hésitante. Il est indéniablement attirant, mais peut-être un peu trop sûr de lui et de son effet sur les femmes. Il doit avoir la moitié de Londres à ses pieds s'il est encore célibataire. Tout à fait le genre d'homme avec qui Mère rêverait d'arranger un mariage.

Nous passons à table dans la salle à manger qui ouvre sur le jardin. Si les circonstances étaient différentes, je profiterais pleinement de la soirée. Harold de Lothian vit une grande partie de l'année au Caire et je dois dire qu'il parle de l'Égypte avec tant de passion que je pourrais l'écouter une journée entière. Pour l'heure, en revanche, j'ai d'autres considérations en tête et toutes convergent vers Adrian.

Au milieu des asperges, je sursaute presque en entendant mon nom. Stone me regarde et poursuit :

— Je disais à Harold que nous allions rendre votre projet pour le concours dès demain matin.

Après un rapide coup d'œil à Lucy, je réponds :

— À vrai dire, j'ai des obligations demain matin. Pouvons-nous nous retrouver pour déjeuner ? Nous irons à Burlington House dans l'après-midi, à moins que vous n'ayez également des engagements de votre côté.

L'aristocrate me dévisage et acquiesce avec un léger sourire :

— Très bien. Retrouvons-nous à Piccadilly Circus à 13 heures si cela vous convient. J'y connais un très bon établissement pour déjeuner.

— Ce sera parfait.

Une fois couchée, alors que Lucy dort déjà, je me tourne et me retourne dans mon lit, meurtrie d'impatience. Peu importe ce qui se passe avec Bancroft. Demain, je vais chercher Adrian.

21

TILL A' THE SEAS GANG DRY[3]

Dans le fiacre qui nous emmène vers Burton Crescent, je peine à articuler trois mots alors que Lucy s'extasie devant Londres. Nous longeons Hyde Park dont les arbres déploient fièrement leurs nouvelles feuilles vert tendre au milieu du rose pâle des fleurs de cerisier. Moins exubérant qu'à Bloomstone Manor, le printemps éclaire pourtant la ville de grandes coulées florales qui s'épanouissent dans les parcs, les jardins et sur les longues avenues arborées.

Nous empruntons certaines des plus belles rues de Londres et passons même devant le British Museum, où je promets d'emmener Lucy. Elle meurt d'envie de visiter l'aile consacrée aux antiquités égyptiennes. De mon côté, je regarde distraitement les bâtisses défiler en triturant l'anse de mon sac à main. Et si Adrian n'avait pas reçu mes lettres ? Ou pire, si je lui avais avoué mes sentiments trop tard ? Et s'il n'était plus à

3. « Jusqu'à ce que toutes les mers s'assèchent », tiré du poème *A Red, Red Rose* de Robert Burns, paru dans *Poems, Chiefly in the Scottish Dialect – enlarged ed.*, W. Creech, 1794. Traduction de l'autrice.

Londres, pour quelque raison que ce soit ? Et si on ne nous laissait pas entrer ?

Comment ferais-je sans lui ?

Le véhicule s'arrête devant une façade gigantesque et immaculée. Nous descendons dans Burton Crescent, dont l'arc de cercle ne dessert que des résidences splendides, séparées les unes des autres par de minuscules allées pavées. Lucy écarquille les yeux en constatant la grandeur de la maison et me lance :

— Nous y allons ?

Je hoche la tête, m'avance sous le porche mais, en suspens à proximité de la sonnette, ma main hésite.

— Allez-y, m'encourage Lucy derrière moi.

Je tire et quelques secondes plus tard, un majordome apparaît, sourcils froncés :

— Bonjour.

Je passe outre le tremblement de ma voix et réponds :

— Bonjour. Je suis Miss Langley et voici Miss Blackwood. Pourrions-nous parler à Mr Carver, s'il est ici ?

— Je suis désolé, Miss, mais je dois refuser. Lord Bancroft n'autorise pas les visites.

Son ton est poli, mais ferme.

— Comment cela ?

— Je regrette, Miss. Si votre venue présente un caractère impératif, ayez l'amabilité de revenir lorsque le maître de maison sera rentré.

Je doute qu'il accepte de me recevoir.

— Je vous remercie. Je vais le contacter. Je vous souhaite une bonne journée et veuillez excuser le dérangement.

— Bonne journée.

La porte se referme et je me retourne vers Lucy :

— Que se passe-t-il dans cette maison ?

La jeune fille hausse les épaules, perturbée :

— Je n'en ai pas la moindre idée. Son comportement était étrange.

— Bancroft ne semble pas être là. Pourquoi refuserait-il les visites ?

— Quelqu'un est malade ?

— Non, je pense plutôt que ça doit avoir un rapport avec la grossesse de sa femme. On raconte qu'elle ne se passe pas très bien.

Sans compter qu'il est très mal vu d'être aperçue dans son état par d'autres personnes que les membres de la famille proche. Je n'avais pas prévu ça. On ne sait même pas si Adrian est ici. Je ne vais tout de même pas rester là à attendre Bancroft ? Lucy n'ajoute rien et fait quelques pas dans la rue, avant de m'adresser un petit signe.

— Résidence londonienne ou pas, il y a toujours une entrée de service, suggère-t-elle. Allons voir par ici.

Nous contournons le mur principal et bifurquons dans une des allées longeant la maison. Lucy s'apprête à frapper à la porte lorsque je la retiens d'un geste :

— Qu'allons-nous dire ?

— Un domestique reste un domestique, Agathe. Vous n'imaginez pas le nombre de personnes, livreurs ou autres, qui défilent chaque jour ici, personne ne peut être au courant de tout. Dans la vie, vous pouvez faire ce que vous voulez avec un tant soit peu d'assurance ! On vous fait entrer et je m'en vais, vous n'avez pas besoin de moi pour le reste. Je vous attendrai dans le petit parc au début de la rue.

— Ça ne marchera jamais !

Elle m'ignore et frappe. La porte s'ouvre sur une large cuisinière, vêtue d'un tablier rayé, qui nous jauge longuement :

— Bonjour. C'est pour quoi ?

Lucy me pousse discrètement dans le dos et je prends une grande inspiration :

— Bonjour. Nous venons de la part de Lord Bancroft. Il nous a explicitement ordonné de traiter avec Mr Carver.

— Ah ! C'est vous les couturières ?

— Tout à fait ! ment Lucy avec un aplomb déconcertant.

— Vous êtes en avance. Bon. Entrez. Par contre, je dois vous demander de ne pas faire de bruit. Madame se repose. Vous trouverez le jeune monsieur dans le petit salon, la porte rouge sur votre droite, m'indique-t-elle en me faisant traverser la cuisine.

— Je vais récupérer les échantillons de tissu, Miss, je vous rejoins plus tard, lance Lucy en repartant en sens inverse.

— Mais...

Je n'ai pas le temps de finir qu'elle a déjà disparu. Pour ne pas éveiller les soupçons des domestiques, je gagne le couloir sagement, en espérant ne pas croiser le majordome. Mon cœur bat la chamade et j'avance, le bruit de mes pas étouffé par le tapis. J'arrive enfin dans un grand vestibule où, à gauche, une volée de marches dessert les étages.

À droite, une porte rouge.

Mon estomac se noue et je tourne la poignée en tremblant. Je ne peux plus reculer. Je me glisse à l'intérieur et referme derrière moi, de crainte que quelqu'un ne me voie.

— Agathe ?

Cette voix.

Je me retourne. Sous une fenêtre, assis dans un fauteuil et en train de rédiger une lettre, Adrian me dévisage, aussi abasourdi que si j'étais descendue par la cheminée.

— Bonjour, Adrian.

Il se lève, traverse la pièce à grands pas et m'attrape tendrement les mains. J'ai l'impression de flotter.

— Que faites-vous ici ? Comment avez-vous réussi à entrer ? Stone est avec vous ?

— J'ai dû faire un détour par la cuisine. Ne vous inquiétez pas pour Stone, il va bien et tout est arrangé.

— J'ai eu si peur pour vous deux. Je suis tellement désolé de ce qui s'est passé.

Je trouve enfin le courage de le regarder en face.

— Que faites-vous ici ?

Mes doigts se resserrent un peu plus autour des siens.

— Je suis venue vous chercher, bien sûr ! Vous sortir de là ! Vous n'avez pas à obéir à votre père, vous avez le droit de refuser cette vie, vous ne lui appartenez pas ! Et je…

Il pose un doigt sur mes lèvres, se rapproche. Son visage tout près du mien, il murmure avec un sourire :

— J'ai reçu vos lettres.

Je me perds dans ses prunelles sombres, enveloppée d'une chaleur paisible qui s'embrase à l'instant où il franchit les derniers centimètres qui nous séparent. Ses lèvres douces appuient sur les miennes un bref instant, avant qu'il ne recule dans un sursaut de timidité.

— Pardon, je…

J'attrape Adrian par la taille et l'attire à moi. Ses mains s'égarent derrière ma nuque, sur mes épaules, dans mon dos, alors qu'il m'embrasse sans plus aucune retenue. Son corps tout contre le mien, je m'agrippe à lui, je voudrais rester là toute ma vie. Il m'étreint plus fort, son souffle aussi court que le mien, et je me sens partir, les reins en feu et le cœur hors de contrôle. J'en pleurerais de bonheur.

Il met fin au baiser et m'entoure de ses bras dans un soupir :

— Agathe…

Je me love dans le creux de son cou et inspire à pleins poumons son odeur de genièvre poudrée :

— Je voulais vous le dire, l'autre jour, avant que... C'était donc vous, les lettres. Comment avez-vous fait ?

Il redresse la tête en souriant :

— Ça n'a pas été chose aisée. Pour la première, j'ai réuni ce que j'avais de courage et je l'ai discrètement glissée contre la couverture avant de vous donner le livre. Je pensais que vous liriez la culpabilité sur mon visage immédiatement, mais vous n'avez rien vu. Pour les suivantes, j'ai fini par lister les livres dont j'étais sûr qu'ils vous plairaient, que je vous conseillerais tôt ou tard. De cette façon, vous les trouveriez aléatoirement. Quand j'ai compris que vous fouilliez la bibliothèque avec Lucy, j'en ai mis quelques-unes dans des livres que vous seriez susceptibles d'ouvrir.

Incrédule devant tant de romantisme, je bredouille :

— Et depuis tout ce temps, vous...

— Je me souviens de votre regard sur moi, le jour de notre rencontre. Jamais personne ne m'avait encore regardé comme ça. Vous n'avez eu de cesse de m'intriguer et plus j'apprenais à vous connaître, plus mon trouble grandissait. Je tombais chaque jour plus amoureux de vous. J'avais peur de vous le dire en face, alors...

Il glisse une mèche de cheveux derrière mon oreille et, de sa voix grave, avoue enfin, en reprenant le poème de Robert Burns :

— Je vous aime, Agathe. *Till a' the seas gang dry.*

Je n'ai pas le temps de répondre que c'est son tour de m'attirer vers lui. Il m'embrasse de nouveau, d'une manière passionnée et parfaitement inconvenante. Je me laisse emporter et en ressors pantelante. Au risque de briser le charme, j'articule alors :

— Mais pourquoi n'avez-vous pas répondu aux miennes ?

Il se rembrunit légèrement :

— Pardonnez-moi. J'étais en train de vous écrire. Je n'ai pas pu le faire avant, tout simplement parce que je n'ai reçu vos lettres qu'hier. Mon père les avait interceptées, tout comme il l'a fait pour celles que je vous avais envoyées dès le lendemain de mon arrivée ici, à vous et à Stone.

— Alors, j'avais raison, vous êtes bien son prisonnier.

Adrian sourit en me caressant la joue :

— Vous lisez trop de romans. Cela dit, nous sommes en plein drame familial, un de ceux que Jane Austen elle-même ne renierait pas. Je ne suis pas à proprement parler prisonnier, mais... la situation est un peu complexe.

— Dans ce cas, pourquoi ne pas être revenu à la maison ? Je... J'avais besoin de vous.

— Je ne le pouvais pas.

— Pourquoi ?

Il entrelace ses doigts aux miens et m'entraîne derrière lui.

— Le mieux, c'est encore que je vous montre.

Je le suis à l'étage et une légère crainte m'aiguillonne le cœur. Pourquoi n'est-il pas revenu ? Que s'est-il passé qui l'en empêche ? Il s'arrête devant une porte blanche et me chuchote :

— Attendez-moi ici.

Je patiente, complètement perdue. Je n'entends rien, sinon un petit bruissement feutré, quelques paroles étouffées, jusqu'à ce que :

— Tout va bien, vous pouvez entrer.

Je pousse la porte et me retrouve devant un spectacle aussi saisissant qu'inattendu.

— Qu'est-ce que...

Au creux des bras d'Adrian, minuscule dans ses grandes mains, repose un bébé tout emmailloté dans une courtepointe au crochet.

— Je suis resté pour elle.

Je relève lentement la tête, submergée d'émotions, et il poursuit, radieux :

— Vous vous rendez compte, Agathe ? J'ai une petite sœur.

Il la contemple comme la huitième merveille du monde alors qu'elle ouvre doucement les yeux, aussi noirs que les siens, et bâille longuement.

— Elle s'appelle Eleanor.

Le bébé lui attrape le bout du doigt et gigote dans sa couverture. Je me sens fondre.

— Je veux être là pour elle, explique-t-il. J'ai été seul toute ma vie. Je ne veux pas qu'elle ressente ça, jamais.

Je suis désolé de ne pas être rentré à Bloomstone Manor, mais…

— Je comprends, soufflé-je.

Une voix mélodieuse et féminine s'élève derrière nous :

— Vous devez être Agathe Langley ?

Je me retourne brusquement. Je n'ai rien à faire là. Va-t-on me chasser ? Pourtant, dans l'encadrement de la porte, une jeune femme brune me sourit. Elle a les traits tirés et quand elle s'approche pour me tendre la main, son pas est lourd et hésitant :

— Enchantée, je suis Jane Bancroft. Je suis heureuse de faire votre connaissance, Adrian m'a beaucoup parlé de vous.

Un peu angoissée, je regarde Adrian qui repose la petite dans son berceau avec délicatesse. Je serre la main de Jane et acquiesce. En deux semaines, le monde semble avoir décidé de tourner à l'envers.

— Jane m'a été d'un grand secours avec mon père, commence Adrian.

— Vous avez beaucoup de choses à vous raconter, tous les deux, intervient-elle. Allez dans le petit salon, je vais dire à la cuisine de préparer du thé.

— Merci, Jane.

Nous sortons en faisant le moins de bruit possible. Ce n'est que lorsque nous nous asseyons sur le canapé que je rassemble mes esprits.

— Racontez-moi tout.

— Eleanor est née il y a un peu plus de deux semaines.

— Et c'est pour cette raison que Bancroft est venu vous arracher de la maison de cette manière ?

— Oui. Je m'en veux tellement, Agathe, si seulement j'avais accepté de rentrer à Londres lorsqu'il me l'a demandé… Ils ont vraiment arrêté Stone ?

— Oh oui, et vous n'avez pas besoin de connaître les détails.

Je lui raconte rapidement ma fuite chez Iris et comment nous avons fait sortir notre ami de prison, ainsi que la venue d'Evelyn. Je m'interromps seulement lorsqu'on nous apporte le thé et trois tasses sur un joli plateau en argent ciselé. Dois-je comprendre que Jane va nous rejoindre ?

— Et le concours ? demande Adrian une fois que la domestique a quitté la pièce. Je vous en supplie, ne me dites pas que vous avez renoncé !

— Non. J'ai terminé. C'est pour ça que je suis venue à Londres. Enfin ça et… vous. Allez-vous enfin me dire ce qui s'est passé pour vous ?

Il ajoute quelques gouttes de citron dans sa tasse et annonce abruptement :

— Mon père et le vôtre se sont arrangés et ont établi un faux contrat de mariage daté d'un an avant ma naissance.

Comme Stone l'avait prédit.

— Je suis depuis quelques jours un Bancroft à part entière. C'est entre autres pour cela que je n'ai eu droit à aucune correspondance, pour ne pas ébruiter la nouvelle. Cependant, j'ai posé mes conditions et me suis expliqué avec lui.

Je m'étonne :

— Vous lui avez tenu tête ?

— J'ai refusé de reprendre en main les affaires familiales. Cela ne m'intéresse pas et je n'en ai de toute façon pas les compétences. Il devra donc désigner des administrateurs de confiance. C'était cela ou rien, et croyez-le ou non, Jane s'est révélée d'une aide précieuse. Quand, de surcroît, elle a compris qu'aucune lettre ne me parvenait, elle me les a rendues, non sans dire à mon père ce qu'elle pensait de ses manières. Je crois que vous vous entendriez bien, toutes les deux. En attendant, c'est surtout vous que je dois remercier.

— Moi ?

— Vous m'avez montré l'exemple. Vous m'avez prouvé qu'il était possible de faire ce que je voulais de ma vie, même si cela incluait de bousculer quelques convenances. Que je n'avais pas à suivre le chemin que quelqu'un d'autre avait tracé pour moi.

Voyant que je ne sais que répondre, il ajoute en me caressant la main :

— Vous vous sous-estimez, Agathe, c'est votre plus grand défaut. Vous êtes aussi belle qu'intelligente, audacieuse et volontaire, et je crois que, malgré vous, vous avez fait de moi quelqu'un de meilleur.

Le rouge me monte aux joues. Je ne pensais pas être capable d'inspirer autant de choses à une seule personne. À vrai dire, je pensais que mon plus grand défaut était précisément... tout ce que j'étais. Rebelle, inconvenante, les qualificatifs ne manquent pas. Qui aurait pu dire, il y a quelques mois, tout ce que mon tempérament allait m'apporter ?

Je comprends ce qu'Iris a voulu m'enseigner, tout ce temps, et Stone aussi, à sa façon. Ma place dans le monde ne dépend pas tant du peu que les gens me donnent mais plutôt de ce que je m'autorise à prendre et des barrières dont je choisis de m'affranchir.

— Merci, Adrian, soufflé-je. Je ne pensais pas que... enfin, je suis très touchée.

Je bois une gorgée de thé quand on frappe trois coups à la porte. Jane apparaît :

— Puis-je ?

Elle vient s'asseoir dans un fauteuil et nous couve des yeux :

— Vous êtes bien charmants, tous les deux. Néanmoins, vous avez de la chance que je ne sois pas une de ces vieilles pies prêtes à appeler un chaperon.

Adrian s'éclaircit la voix :

— Comme je vous le disais, Jane m'a beaucoup aidé avec mon père.

— Je vous en prie, c'était la moindre des choses !

Devant mon air interrogateur, elle se sert une tasse et explique :

— Voyez-vous, Agathe, j'ai appris l'existence d'Adrian il y a seulement quelques semaines. Je savais que Peter me cachait quelque chose et lorsqu'il est enfin passé aux aveux, nous avons eu une terrible dispute. Je n'en revenais pas de la manière dont Adrian avait été traité durant toutes ces années. Je savais ma belle-famille archaïque, mais là, ça dépassait tout ! Et lorsque Eleanor est arrivée et que Peter est allé chercher son fils, je me suis montrée claire avec lui. Adrian deviendrait un membre de la famille à part entière.

Le nez dans ma tasse, je ne dis rien. Sa réaction est pour le moins surprenante et, pour être honnête, je ne la crois qu'à moitié. C'est trop beau pour être vrai, à moins que cette femme ne soit une véritable humaniste. C'est toujours possible, bien entendu, mais... D'un autre côté, que Bancroft se retrouve – certainement sans l'avoir voulu – avec une épouse capable de le remettre en place n'est qu'un juste retour des choses.

Jane m'observe et ajoute :

– Vous doutez de mes intentions, n'est-ce pas ? Je vous comprends, je réagirais pareil à votre place. Je ne suis pas dupe, je connais mon mari et sa vision un peu trop exiguë de la vie. Il a parfois de mauvais réflexes quand il panique, comme cette ridicule histoire de courrier... Enfin. Adrian m'a raconté ce qui s'était passé au bal de l'automne et cette histoire de concours scientifique. Je ne connais pas personnellement Lord Stone, j'ignore tout de ses griefs contre Peter, mais j'ai rencontré Mark Selby lors d'un dîner. Seigneur, ce pauvre garçon n'a aucune conversation si on le sort de son laboratoire ! Surtout...

Elle soupire profondément et une tristesse sincère assombrit ses yeux gris :

— On a dû vous dire que j'ai eu une grossesse compliquée. Je crois que tout Londres l'a appris, d'une façon ou d'une autre. Le fait est que tout ne s'est pas très bien passé et… Les médecins sont catégoriques : je n'aurai pas d'autre enfant. C'est pour cela que Peter et moi avons coupé presque toute communication avec le monde extérieur pour quelques jours, le temps que les choses se calment. C'est aussi pourquoi j'ai autant insisté pour qu'Adrian fasse partie de la famille. S'il me fallait une raison de plus, il suffit de voir le regard qu'il porte sur Eleanor. Dès le moment où nous annoncerons sa naissance, la vie reprendra comme avant. Pour le moment, j'aspire simplement à un peu de tranquillité. En famille.

Sa confession me bouleverse et balaye mes appréhensions. Jane ne correspond pas du tout à l'image que je me faisais de l'épouse de Bancroft et j'avais tout imaginé, sauf peut-être qu'elle se révélerait une alliée.

— Je suis désolée.

Elle rit doucement :

— Ne vous excusez pas. Rien n'est votre faute.

— Non, je veux dire, je suis désolée d'avoir douté.

— Ce n'est pas grave.

Elle termine sa tasse thé et demande :

— Qu'en est-il du concours ? Il vous reste encore une petite dizaine de jours avant de rendre votre dossier, si je ne me trompe pas ?

— À vrai dire, je comptais me rendre à Burlington House cette après-midi, mais…

Je me tourne vers Adrian :

— Je voudrais que vous m'accompagniez. Nous déjeunerons avec Stone et les autres à Piccadilly et irons remettre le projet ensuite. Je n'ai jamais envisagé ce moment sans vous.

Il sourit largement et répond :

— J'en serais ravi.

Sa voix me fait bondir le cœur et si Jane n'était pas là, je crois que je l'embrasserais encore. Celle-ci se ressert du thé et nous lance soudain :

— Eh bien, que faites-vous encore ici, alors ? Dépêchez-vous !

Dans le vestibule, le majordome me jette un œil méfiant, mais garde poliment le silence en allant chercher la veste d'Adrian. Une fois dehors, sous une brise légère, je comprends qu'il est temps pour moi d'oser faire ce pour quoi je suis réellement venue :

— Adrian ?

— Oui ?

Il n'a jamais été aussi beau qu'en cet instant.

— Moi aussi, je vous aime.

Déposant un baiser chaste sur ma joue, il me glisse doucement à l'oreille :

— *Till a' the seas gang dry.*

Il me tend le bras et nous nous mettons en route. Lorsqu'elle nous aperçoit, Lucy arbore un sourire radieux.

22

LA REVANCHE

Nous arrivons à Piccadilly Circus bras dessus bras dessous. Dès qu'ils se retournent et nous aperçoivent, Stone et Evelyn affichent un air ravi. Stone se fend même de trois « clap » discrets. Le rouge me monte aux joues tandis qu'il s'avance vers nous :

— Les félicitations sont de rigueur, il me semble. Bonjour, Adrian, c'est un réel plaisir de vous revoir, déclare-t-il en lui serrant chaleureusement la main.

Mais Adrian baisse la tête.

— Je suis désolé, Stone, je ne voulais pas vous causer tant de problèmes. Je vous ai mis en danger, vous et Evelyn. Comment puis-je me faire pardonner ?

L'aristocrate s'éclaircit la gorge et répond d'un ton péremptoire :

— Écoutez-moi bien, Adrian, je ne le répéterai pas. Vous n'êtes absolument pour rien dans toute cette histoire. S'il y a quelqu'un à blâmer, c'est votre père et j'en fais mon affaire. Ne vous souciez pas de moi ni d'Evelyn, nous savions très bien quels étaient les risques et nous y étions préparés. Je crois que nous pouvons surtout remercier Agathe : sans elle, aucun de nous ne serait là aujourd'hui.

— Stone, vous n'allez pas…

— Ma chère, quand allez-vous arrêter de minimiser votre rôle ? Maintenant, venez, notre table est réservée. Je vous invite et ce n'est pas négociable. J'avais convenu avec Evelyn que si vous arriviez à nous ramener votre homme, j'offrais le déjeuner. Adrian, je compte bien que vous nous racontiez vos aventures !

Je ne peux réprimer un petit rire. Cela ne m'étonne qu'à moitié. Nous pénétrons dans le restaurant, assaillis par d'appétissants fumets. C'est après l'entrée – carottes braisées aux Saint-Jacques – qu'Adrian se lance dans le récit des deux semaines écoulées. De mon côté, alors que je devrais être heureuse à en mourir, une pointe désagréable d'angoisse apparaît au plat principal – un parmentier de canard gratiné – et s'installe confortablement en lieu et place de mon estomac.

Je pense à mon dossier pour le concours, dans la serviette de Stone. À ce qui pourrait se passer quand je le rendrai, à tout ce qui se passera après. Que vais-je devenir ? Je ne peux demeurer à Bloomstone Manor éternellement, mais rentrer chez mes parents me paraît tout à fait inenvisageable. Et Adrian ? Restera-t-il à Londres ? Bancroft le laissera-t-il vraiment vivre sa vie comme il l'entend ? Et cette phrase mystérieuse de Stone m'inquiète. « J'en fais mon affaire. » Que veut-il dire par là ? Aurait-il trouvé un moyen quelconque de se venger de Bancroft ?

— Vous vous sentez bien, Agathe ? demande Evelyn qui a remarqué mon trouble.

— Oui, simplement… je crois que je suis un peu nerveuse.

— C'est le rendu de votre projet qui vous inquiète ? s'enquiert Lucy.

— Entre autres. Et si on refusait ma participation ? Si on ne voulait pas de mon dossier parce que je suis une femme ?

— Le concours est ouvert à tous, le règlement est très clair là-dessus, rétorque Stone. Si vous rencontrez la moindre difficulté, vous avez toujours cet argument.

— Vous et moi savons très bien que la vie n'est pas aussi simple que ça.

— Agathe, je comprends votre peur, mais ne laissez pas vos anciens réflexes prendre le dessus. Considérez plutôt ceci : en quelques mois, vous êtes allée contre la volonté de vos parents, vous avez participé à un concours scientifique avec talent, tenu tête à Bancroft non pas une, mais deux fois, et vous m'avez sauvé la vie. Royal Society ou non, ce n'est certainement pas une secrétaire revêche qui vous arrêtera.

Je souris timidement. Je suis peut-être de retour à Londres, mais je ne suis certainement plus la même. Surtout, je ne suis plus seule. J'ai eu un aperçu du bonheur et je donnerai tout pour le garder.

Adrian me serre amoureusement la main.

— Si vous le souhaitez, je viendrai avec vous.

Les profiteroles arrivent et il termine :

— Vous voir faire la leçon à une secrétaire de la Royal Society, voilà un spectacle que je ne raterais pour rien au monde !

Lucy éclate de rire, emportant mes derniers doutes.

Définitivement, je ne suis plus seule.

Le chocolat fondu dénoue ce qui reste de mon anxiété et la pâte à choux ressemble à un nuage garni de crème vanillée. Tandis que nous savourons le dessert, Stone ne détache pas son regard d'Adrian et moi. Cela finit par m'intriguer tant que je demande :

— Qu'avons-nous de si intéressant, Stone ?

Il s'essuie poliment les lèvres avec sa serviette de table et s'excuse :

— Pardonnez-moi, mais vous semblez radieux, tous les deux. Après des mois à vous voir vous tourner autour, c'est pour moi un soulagement immense. Dieu seul sait à quel point vous avez rendu tout le monde fou à ne pas voir ce qui était juste sous votre nez !

— Croyez-moi, Stone, objecte Lucy, vous n'avez regardé la situation que de loin. Dans l'œil du cyclone, c'était bien pire. Quand je pense que j'ai dû me taire pendant tout ce temps où Agathe cherchait d'où venaient ces lettres !

Adrian est aussi embarrassé que moi, si bien qu'Evelyn lâche un « tsss » réprobateur :

— Ne les grondez pas. Mieux vaut tard que jamais.

— Peut-être, concède l'aristocrate.

Il marque une pause et poursuit, plus sérieusement :

— Je propose que nous prenions rapidement un café et que nous nous rendions directement à Burlington House.

— Êtes-vous pressé ? questionne Adrian.

— J'ai un rendez-vous à 16 heures, pour tout vous avouer.

— Oh, eh bien dans ce cas, Agathe et moi pourrons vous laisser plus tôt, et...

— Non.

Pour une raison que j'ignore, Lucy garde les yeux rivés sur la tasse de café que le serveur vient de lui apporter. J'ai l'impression d'avoir raté un élément essentiel, surtout quand Stone insiste :

— J'aurai besoin de vous deux.

— Pourquoi donc ?

Mon ton est un peu abrupt, mais j'ai un mauvais pressentiment.

— Vous verrez bien. Maintenant, allons-y.

Je me tourne vers Adrian, mais il n'a pas l'air de comprendre quoi que ce soit de plus que moi. Nous sortons du restaurant et remontons la longue avenue pavée, où se pressent des couples qui se promènent, des domestiques qui effectuent des courses, des groupes d'hommes d'affaires, vêtus de costumes sombres, qui discutent de contrats. Les fiacres et voitures se croisent dans les deux sens, et le claquement sec des sabots des chevaux résonne à mes oreilles. Pourtant, lorsque nous parvenons devant la Royal Academy, un silence m'enveloppe et j'entends distinctement chaque battement de mon propre cœur.

Stone me tend le dossier relié, relu tant et tant de fois, et Adrian me serre doucement le bras et murmure :

— Prête ?

J'acquiesce et nous passons sous la première arche pour arriver dans la cour d'honneur. La bâtisse est solennelle. En haut, jusque sous le toit, les statues des plus grands artistes s'alignent sous les colonnades, impassibles et fières. Je me force à garder la tête haute. Des universitaires traversent la place, leurs toges flottant au vent, ils nous remarquent à peine. Ici, le symbole de la Royal Society of Antiquaries, là, celui de la Royal Astronomical Society, comme un soleil radieux, et d'autres encore.

Avant de monter les marches du bâtiment principal, je me retourne vers Stone qui m'encourage :

— Dernière étape.

Un peu ému, il ajoute :

— Je n'ai jamais été aussi fier de vous.

Je réponds par un sourire et Adrian et moi nous engageons sous la deuxième rangée d'arches qui mène à l'intérieur. Un silence religieux, et pas âme qui vive. La voix légèrement tremblante, je souffle :

— Par où est-ce ?

Adrian scrute les deux couloirs sur les côtés et les escaliers jumeaux qui se dressent devant nous. Un bruit de pas résonne entre les murs immaculés, puis un homme en costume gris apparaît, refermant une porte à clé derrière lui. Adrian l'interpelle :

— Pardonnez-moi, sir ?

L'homme se redresse et nous observe, dubitatif.

— Oui ?

— Auriez-vous l'obligeance de nous indiquer la personne à qui nous adresser pour le concours de sciences ?

L'homme soupire longuement et grommelle :

— Vous aussi, vous venez soumettre un projet ?

— En effet.

— Premier étage.

— Je vous remercie.

— Vous devez être le quinzième aujourd'hui. Bonne chance, jeune homme.

Il tourne les talons. Quand j'ai entendu son « jeune homme », une petite étincelle de colère a jailli dans ma poitrine. Je sais pourtant à quoi m'attendre, mais le prendre de plein fouet de cette manière n'augure rien qui vaille. Pourquoi est-ce que je réagis comme ça ?

Nous montons donc les escaliers et une porte à double battant, grande ouverte, nous accueille en haut des marches. Un bureau simple s'y tient devant une grande fenêtre donnant sur la cour. Une dame blonde entre deux âges est en plein entretien avec un jeune homme qui lui tend un dossier semblable au mien, tout en feuilles reliées dans une chemise. Certaines sont très épaisses et gondolées, comme sorties d'un herbier. Un botaniste ?

La secrétaire se contente d'apposer un tampon avant d'écrire quelque chose et indique un comptoir à travers le mur. Le candidat y dépose son dossier et presque immédiatement, dans la pièce voisine, une main s'en empare. Ignorant le vacarme du sang dans mes tempes, j'entends les mots « anonymat » et « neutralité ».

Mon rival salue la femme qui lui répond bien aimablement et lorsqu'il sort, en me jetant un regard interrogatif au passage, je laisse Adrian sur le seuil et m'avance dans la pièce :

— Puis-je vous aider, Miss ?

Je prends une inspiration discrète et me redresse :

— Je viens déposer un dossier pour le concours de sciences.

La secrétaire penche la tête et fait une moue :

— Je suis désolée, Miss, mais les dossiers doivent être déposés en personne par ceux qui les ont rédigés.

La petite flamme près de mon cœur se ravive.

— Je le sais et c'est pour ça que je suis ici. Je viens déposer ma candidature.

Elle rit doucement et cela illumine ses yeux clairs.

— C'est Sir Poole qui vous envoie, c'est ça ? C'est pour me faire une blague ?

Mes doigts se resserrent autour du papier. Je répète :

— Je viens déposer ma candidature. Je suis inscrite comme candidate sous le nom de A. Langley.

Elle se penche sans cesser de rire et lance à Adrian :

— Monsieur, approchez ! Les plaisanteries les plus drôles sont les plus courtes, venez donc soumettre votre projet vous-même – et dites à Sir Poole que c'était vraiment bien trouvé !

Adrian ne bouge pas d'un pouce et le visage de la secrétaire se ferme. Je répète une dernière fois, la mâchoire crispée :

— Je viens déposer *MA* candidature.

— Je vous en prie, Miss, vous avez passé l'âge de ces sottises. Quel égocentrisme !

Je dépose mon projet sur son bureau.

— Je suis inscrite sous le nom de A. Langley et mon référent est Lord Nathanael Stone, professeur de physique à Cambridge.

Je n'ai pas élevé la voix, mais je gronde à l'intérieur. Elle recule un peu, regardant le dossier comme si c'était un grimoire démoniaque.

— C'est ridicule, souffle-t-elle, outrée. Tout à fait ridicule. Vous devriez apprendre à rester à votre place. Ne prenez pas celle d'un honnête étudiant ! Ces gens-là travaillent dur !

Ses paroles me giflent comme jamais. La flamme se transforme en brasier, mais je me maîtrise. Je refuse de jouer le numéro de l'hystérique.

— Mon travail est tout aussi sérieux que celui de n'importe quel étudiant, sinon je n'aurais jamais obtenu ce parrainage.

— Vous avez fait tout ça pour rien. Le concours n'est pas ouvert aux femmes.

— Ce n'est pas ce que le règlement indique et croyez-moi, j'ai vérifié.

Pour la première fois, son assurance vacille.

— Cela ne se fait pas, c'est comme ça !

Je plonge mes yeux dans les siens et articule clairement :

— Vous n'avez aucune raison valable de refuser ma candidature. Vous n'avez aucune idée de ce que j'ai fait pour en arriver là. S'il faut que je vous vole ce tampon, je le ferai. S'il faut que je passe moi-même par cette trappe dans le mur, je le ferai. Si je dois me mettre à dos tout le comité scientifique et choquer les bons sentiments de ces messieurs, je le ferai.

Je pousse mon dossier vers la secrétaire et elle soupire bruyamment, pivote sur sa chaise, attrape une chemise alphabétique et en sort la lettre de parrainage de Stone. Elle la glisse dans la ceinture qui relie les feuilles et tamponne la première page en la frappant presque. Elle griffonne la date, que je prends soin de vérifier, et me le jette presque :

— Tenez. Après tout, cela ne me regarde pas. Vous seule passerez pour une idiote. C'est à cause de gens comme vous que les bonnes valeurs se perdent !

Je l'ignore et ouvre la trappe. Aussitôt, mon projet disparaît et j'ai plus peur que jamais, mais dans un brusque retour de flamme, avant de quitter le bureau, je me tourne vers la secrétaire et ponctue :

— Non, c'est à cause de gens comme vous que notre société avance à reculons. Bonne journée, Miss.

J'attrape vivement le bras d'Adrian, priant pour qu'il ne remarque pas trop vite mon menton tremblant et les larmes qui brouillent ma vue. Il reste silencieux et sur le palier de l'escalier, je m'arrête et murmure :

— Merci de ne pas être intervenu.

— C'était votre combat et vous l'avez gagné haut la main.

— Ce n'est pas l'impression que j'ai. Ce n'était que le rendu du projet. Devrai-je affronter ça toute ma vie ? Ce mépris, la remise en question de mes compétences, même de la part des autres femmes ?

Adrian essuie une petite larme sur ma joue et répond :

— C'est possible, et injuste, mais vous avez les épaules pour tout supporter, je le sais.

Un sourire lui étire le coin des lèvres et il complète :

— Par contre, je ne suis pas sûr que cette pauvre femme se remette de sitôt de votre entretien. Iris serait fière de vous.

Je ris tristement et le serre encore un peu plus contre moi. Sa main est chaude contre mon bras et si cela n'efface rien de ce qui s'est passé, avoir son soutien me console largement.

Sur le parvis, Stone, Evelyn et Lucy nous attendent en observant les fenêtres palladiennes.

— Alors ? demande Stone, l'azur de ses yeux resplendissant au soleil. Votre projet est rendu ?

— Oui. Bien que cela ne se soit pas passé sans mal.

Je lui raconte et sa mine s'obscurcit lorsque je conclus :

— Cela n'augure rien de bon pour la remise des prix. Que se passera-t-il si mon projet est sélectionné et qu'on s'aperçoit que je suis une femme ?

Et que deviendrai-je s'il ne l'est pas ?

— N'y songez pas. Pas encore. Chaque chose en son temps. Le jury rendra son verdict dans plus d'un mois. D'ici là, je vous conjure de ne pas vous morfondre et de profiter du printemps.

J'acquiesce sobrement. Je sais qu'il a raison, mais je suis plus ébranlée que je ne m'y attendais. C'est un peu vexant.

Nous quittons la cour et Stone hèle un fiacre le long de l'avenue. Je me laisse entraîner à travers Londres dans un état second, tout comme ce matin. Cette journée est riche en émotions, c'est le moins qu'on puisse dire.

Ce n'est que lorsque la voiture s'arrête que je jette un œil par la vitre et que je comprends où nous sommes.

— Stone ! C'est le cabinet de mon père !

— En effet.

— Mais… vous n'êtes pas son client !

— Depuis quelques semaines, si. Venez, il ne faudrait pas que nous soyons en retard.

Nous descendons du véhicule et Stone adresse un bref signe de tête à Evelyn qui sort à son tour, un peu pâle. Que se passe-t-il donc ?

J'avise Lucy, qui ne sait plus où se mettre :

— Pardon, Miss, mais ils m'ont fait jurer de garder le silence.

Que faisons-nous ici ?

Je n'ai pas revu mes parents depuis le bal, avant Noël, et quand je repense à la conversation avec Père, j'en ai encore des nœuds dans la gorge. La plaque de métal gravée aux noms de Langley, Wilson & Ravencourt resplendit sur le mur de pierre. Stone frappe le heurtoir et Mr Brown, l'assistant de Mr Wilson, nous ouvre.

— Vous devez être Lord Stone.

— En effet. Enchanté.

— Bienvenue, milord, Mr Langley vous attend.

Il me dévisage alors que j'entre à mon tour, se demandant manifestement ce que je fabrique ici. Je me trouverais bien incapable de lui répondre.

Le cabinet n'a pas changé. Il possède toujours cette lumière particulière des lieux encombrés de papiers, cette odeur de cuir et de poussière. Enfant, j'adorais cet endroit. Lorsque nous étions en ville avec Mère et que nous venions chercher Père pour aller au théâtre ou pour une promenade, je m'enfonçais avec plaisir dans le gros fauteuil de l'entrée pendant qu'il mettait ses affaires en ordre.

Tout cela me paraît si loin – et ce fauteuil semble désormais si petit.

Que faisons-nous ici ?

Père ouvre la porte de son bureau et n'a pas l'air surpris de voir autant de monde dans sa salle d'attente. Un par un, nous pénétrons dans la pièce :

— Lord Stone, c'est un plaisir. Miss Blackwood. Sir Carlysle.

Il a un instant d'hésitation et serre la main d'Adrian :

— Monsieur Bancroft.

Un frisson me parcourt. Il va me falloir du temps pour m'y habituer.

— Agathe.

Il hoche la tête et n'ajoute rien. Je me sens perdue et cela ne va pas en s'arrangeant, car Lord Bancroft lui-même est déjà assis sur une chaise, à l'écart des autres.

— Peter, le salue Stone.

— Stone.

Quelle froideur ! Pourtant, dans la voix de mon ami, je décèle quelque chose d'autre. Une jubilation, bien cachée mais néanmoins présente.

Père s'éclaircit la gorge :

— Nous sommes tous réunis ici pour la rédaction du testament de Lord Nathanael Edward Stone. Sont également présents les principaux concernés : moi-même, son notaire, et ses deux témoins, Sir Evelyn James Carlysle et Miss Lucy Blackwood, dépositaire de la procuration pour son père, Mr Kenneth Blackwood.

Lucy sort une enveloppe de son sac et la tend à Père. Mon cœur bat à tout rompre. Un testament ? Pourquoi ici ? Pourquoi nous avoir fait venir, Adrian et moi ? Nous n'avons aucune valeur officielle. Et pourquoi Bancroft est-il là ?

— Notons en outre la présence de Lord Peter Bancroft, en sa qualité de magistrat honoraire de la circonscription de St Edmundsbury dans le Suffolk.

Mes nerfs survivront-ils à cette journée ?

Père attrape une feuille de papier épais, déjà préparée pour un testament, une plume, un encrier et un buvard. Une fois qu'il est prêt, Stone prend la parole :

— Moi, Lord Nathanael Edward Stone, dernier héritier de ma lignée, me déclare tout à fait sain de corps et d'esprit. Ce testament annule tous les autres l'ayant précédé et je désigne comme exécuteurs testamentaires mes deux témoins, Sir Evelyn James Carlysle et Mr Kenneth Blackwood en qui j'ai toute confiance.

Père note tout cela scrupuleusement et Stone poursuit :

— Je crois que nous savons tous que, pour une raison évidente, je n'aurai jamais d'enfant. La famille Stone ainsi que la famille Altbridge-Clermont, du côté de ma mère, n'ont plus d'autre héritier que moi. C'est pourquoi…

Je pressens soudain ce qui va arriver et le souffle me manque :

— … j'ai décidé de diviser le domaine de Bloomstone Manor en quatre parts égales. Une ira à la famille de Mr Kenneth Blackwood, la deuxième à Sir Carlysle. Les deux dernières parts iront respectivement à Miss Agathe Langley et à Mr Adrian Bancroft.

La plume de Père reste en suspens et, après un instant de silence, Adrian et moi nous élevons en chœur :

— Non, je ne peux pas accepter !

— Stone, vous en avez suffisamment fait !

Notre ami se retourne et nous répond fermement :

— J'attendais cette réaction de votre part, ce qui ne fait que renforcer ma décision. S'il vous plaît, nous en discuterons plus tard, car je n'ai pas encore terminé.

Père semble être à deux doigts de s'évanouir et un peu à l'écart, Bancroft croise les bras. Il devrait être ravi, alors, pourquoi a-t-il l'air si fâché ?

— Puis-je..., articule Père, vous demander ce qui motive cette décision ?

— Plus tard. Je souhaite aussi garantir à Clara et Ruth, les deux filles de Martha Cherry, un fonds de pension de cinq cents livres chacune pour assurer leurs études supérieures.

D'autres petites sommes sont prévues, de moindre importance, pour les autres membres de la maisonnée, présents et passés. Malgré moi, je me sens trembler. C'est trop. Beaucoup trop. Je n'ai rien demandé de tout ça. Adrian me prend la main. Lui non plus ne s'attendait pas à ça et fixe un point abstrait vers la fenêtre.

Stone en vient à ses entreprises familiales. Apparemment, Evelyn a investi dans deux de ses sociétés et en plus de lui, sont nommées trois autres personnes de confiance pour créer un conseil d'administration.

— Qu'est-ce que c'est que cette mascarade ? s'agace Bancroft pendant une pause.

— Je vous avoue ma perplexité, en effet, soupire Père en s'essuyant le front.

Stone devient cassant :

— Il se passe, messieurs, que j'ai passé plus de temps avec vos enfants respectifs que vous deux réunis. Je les sais capables de garder intact l'esprit que j'ai voulu pour mon domaine. J'ai pour eux beaucoup d'estime et de respect. De plus, vous apprendrez que ces deux jeunes gens éprouvent de forts sentiments l'un envers l'autre.

— Ils ne sont pas encore mariés, que je sache ! proteste Bancroft – et je ressens soudain le besoin de le frapper.

— Certes non, confirme Stone, toutefois si l'idée leur venait, je mets au défi quiconque de les en empêcher. Dans le cas où ils ne se marieraient pas, ce dont je doute fortement, je leur ai donné à chacun une part de Bloomstone Manor pour que tous deux puissent s'assurer un futur dans cette maison. Maintenant, si cela vous sied, j'aimerais revenir à notre sujet principal et terminer ce document.

Père reprend sa plume sous la dictée de Stone :

— Enfin, la dernière société de transport maritime, à savoir la Black Sail Trading Compagny Limited, reviendra entièrement à mon associé majoritaire, Sir Evelyn Carlysle.

— La Black..., s'étouffe Bancroft en se levant bruyamment de sa chaise. STONE ! éructe-t-il ensuite.

Du transport maritime ? Je croyais que la famille de Stone travaillait dans les chemins de fer et les télécommunications. L'aristocrate sourit soudain, un sourire glacial que je ne lui connais pas. Je me souviens de la première fois où j'ai entendu la haine dans sa voix, le jour où Bancroft est venu nous rendre visite. Ce sourire me fait le même effet.

— Cette même société qui a racheté le quart de vos actions la semaine dernière, pour vous éviter la banqueroute après le désastre du vote sur le commerce avec l'Inde à la Chambre des Lords. Malgré le parrainage de Mark Selby, Lord Cavendish a voté contre, ainsi que tous ses appuis financiers. Vous qui pensiez économiser sur les taxes d'importations, elles n'en seront que plus coûteuses. Vous avez perdu quoi ? Environ deux mille livres d'actions, si j'en crois mon courtier ? Quoi qu'il en soit, que vous le vouliez ou non, nous voici associés, Peter.

La vérité me frappe brutalement. Stone a divinement bien joué son jeu, c'en est effrayant. En rachetant une part des actions de Bancroft et en nous léguant une partie de son patrimoine, il fait d'une pierre deux coups. Il coince Bancroft là où cela lui fera le plus mal, c'est-à-dire à la fois sur ses affaires et sur sa famille. Stone offre une fortune considérable à Adrian, le fils que son père a toujours négligé jusqu'au moment où il en a eu besoin. Bancroft a des vues sur Bloomstone Manor depuis des années. Jamais le domaine n'aura été aussi près, ni aussi loin de lui, car il est désormais inconcevable qu'Adrian tourne le dos à Stone. Dans le même temps, ce dernier protège cette demeure qu'il aime tant et les gens qu'il chérit.

Et il semblerait que j'en fasse partie.

Quand je comprends tout ce que cela implique, j'éprouve tant de gratitude envers cet homme que je pourrais l'embrasser. Je ne rentrerai pas chez mes parents. Bloomstone Manor devient ma maison. Ni Père ni Bancroft ne pourront plus dire quoi que ce soit quant à l'homosexualité de Stone ; il a tissé entre eux trois des liens invisibles mais tenaces. Jamais la police ne reviendra arrêter qui que ce soit et en s'associant financièrement, Evelyn et lui se créent un capital commun.

Mes nerfs ne survivront définitivement pas à cette journée, mais peu importe. J'exulte de bonheur.

Lord Bancroft, blême de rage, doit tirer les mêmes conclusions que moi. Il enfile sa veste à la hâte, récupère son chapeau et, avant de sortir, grommelle une vague excuse qui ne trompe personne.

— Il devra s'en remettre, d'une façon ou d'une autre, murmure Adrian qui dissimule mal son amusement quand la porte claque.

— Autre chose ? demande Père d'une voix mal assurée.

Sa main tremble un peu et je soupçonne là qu'il s'agit du testament le plus douloureux qu'il ait eu à rédiger de sa carrière.

— Je pense que nous en avons terminé, déclare Stone, ravi, avant de relire et de parapher le document.

Père appose le sceau du cabinet, signe, et demande à Evelyn et Lucy d'en faire autant. Passé les formalités, nous nous apprêtons à partir. Je me tourne vers Père et annonce :

— Sachez que j'ai rendu cette après-midi mon projet pour le concours de la Royal Society. La remise des prix se tiendra le mardi 30 mai à la Royal Academy. J'espère avoir le plaisir de vous y voir, Mère et vous.

Cette invitation l'embarrasse et il hoche nerveusement la tête.

— Nous… verrons.

— Embrassez tout le monde pour moi.

Je referme la porte. En attendant un fiacre, Stone nous prend à part, Adrian et moi.

— Je suis désolé de m'être servi de vous deux, mais maintenant, Peter n'est plus une menace pour personne. J'aurais dû vous mettre au courant, mais Adrian, vous n'étiez pas là et Agathe, vous connaissant, vous auriez tempêté tant et plus au sujet de cette histoire d'héritage. Entendez-moi bien : je ne reviendrai pas sur mes paroles ni sur mes décisions. Je tiens trop à vous deux. Vous pensez que j'ai déjà beaucoup fait pour vous et pourtant, cela ne représente pas le tiers de ce que vous avez fait pour moi. Vous avez apporté plus de joie et d'animation dans mon existence que je ne saurais l'avouer. Vous nous avez protégés, Evelyn et moi. C'est plus précieux que tous les domaines du monde. Alors, je vous en prie, ne protestez pas et acceptez de demeurer à Bloomstone Manor, si tel est votre souhait.

Que répondre à cela ? Je savais qu'il se sentait seul avant notre arrivée. Je n'imaginais pas que c'était à ce point-là.

J'attrape la main d'Adrian et affirme :

— Nous discuterons de tout cela plus tard, à tête reposée. Cette journée a été pour le moins mouvementée.

Stone sourit.

— Dans ce cas, rentrons. Nous avons beaucoup à célébrer.

23

LA REMISE DES PRIX

La salle de réception de la Royal Society est pleine à craquer. Les visiteurs prennent place dans un brouhaha assourdissant et je ne suis pas certaine qu'il y ait assez de sièges pour tout le monde. Sur l'estrade, une tribune a été dressée, décorée de superbes arrangements floraux. Une lumière éclatante illumine la pièce à travers les hautes fenêtres. Nous sommes là depuis un quart d'heure et ma nervosité est à son comble.

Je n'arrive pas à croire qu'il se soit déjà écoulé plus d'un mois depuis que j'ai rendu mon projet. Nous sommes rentrés à Bloomstone Manor et ces semaines de repos m'ont fait le plus grand bien. La présence d'Adrian y a beaucoup contribué, naturellement. Nos promenades matinales sont plus romantiques que jamais – et qu'importe la bienséance. J'avoue rechercher son contact aussi bien que sa compagnie et il arrive que nous nous laissions emporter par nos baisers lorsque nous nous retrouvons seuls. Même maintenant, alors que nous sommes assis l'un à côté de l'autre et qu'un des évènements majeurs de ma vie est sur le point de se jouer, je garde précieusement sa main dans la mienne. Je n'ai cure de ce qu'on dira de moi si on s'en aperçoit.

Tout le monde est venu, y compris Evelyn et Iris, radieuse dans sa robe d'été. Bancroft, installé dans l'une des premières rangées, ne nous a pas accordé plus qu'un bref regard. À ma grande surprise, mes parents sont également présents, ainsi que Miss Davies. Si notre échange a été quelque peu embarrassé au début, elle m'a regardée avec tant de fierté que mon cœur s'est permis un bond de bonheur. Père est resté d'une sobriété à toute épreuve, mais Mère s'est montrée plus démonstrative. Elle est très émotive depuis qu'elle est devenue grand-mère. Euphemia a donné naissance à un garçon, Henry. Je lui ai rendu visite il y a quelques jours et Adrian en a profité pour retourner voir Eleanor.

Le flot de personnes diminue petit à petit. Dix heures sonnent, l'heure officielle du début de la cérémonie. De la majestueuse porte d'entrée s'avance un groupe d'hommes, plus ou moins âgés, dans des mises sombres et classiques ; le président, Lord Joseph Lister, chirurgien et infectiologue, suivi du trésorier et de trois autres officiers du Conseil. Le front dégarni et les tempes grisonnantes, il a le visage fermé et peu avenant, comme la plupart de ses collègues. Ils montent solennellement sur l'estrade alors que le silence gagne la salle.

Lister s'approche de la tribune.

— *Ladies and gentlemen*, l'émotion est grande aujourd'hui. Ce concours que nous avons souhaité organiser pour l'avènement du siècle prochain a remis en perspective nombre de nos certitudes. Tout d'abord, nous prenons plus que jamais conscience que l'avenir de la Grande-Bretagne ne se joue pas sans son Empire. Des candidatures nous sont venues du Canada, d'Inde, de Malte ! Ces étudiants ont pour certains effectué la rédaction de leurs recherches à bord du navire qui les amenait jusqu'ici. Le monde et ses frontières se précisent et nous pouvons fièrement dire que l'amour de la science transcende toutes les barrières.

Il marque une pause et profite des applaudissements feutrés.

— En outre, toutes les disciplines ont été représentées et la majorité des projets qui nous ont été confiés ont fait preuve d'une grande inventivité. Nous ne pouvons que louer nos institutions, qui, année après année, siècle après siècle, assurent à notre nation un futur plus brillant que nous n'aurions jamais pu l'imaginer. Nous avons reçu plusieurs centaines de candidatures et…

Plusieurs centaines ? Mes doutes reviennent brutalement, comme si on m'avait jeté un seau d'eau glacée au visage. Les probabilités d'avoir été sélectionnée sont d'autant plus faibles que l'astronomie n'est pas une science vitale à l'humanité. Comment puis-je rivaliser avec des médecins ou des biologistes ?

— La tentation fut grande de créditer un dossier par spécialité, mais…

Comment ai-je pu croire que j'avais une chance de gagner ce concours ? C'est ridicule !

— … un prix honoraire sera également attribué pour récompenser…

J'ai été trop présomptueuse.

— … départager les candidats…

La panique commence à m'envahir, mais Adrian se penche vers moi. Sa voix grave me chuchote à l'oreille, couvrant le discours de Lister que je n'écoute plus :

— Tranquillisez-vous. Vous n'avez pas besoin de la validation de ces messieurs pour être une brillante scientifique.

Ses doigts se resserrent autour des miens et je prends une profonde inspiration pour tenter de m'apaiser un peu. Assise dans la rangée devant nous, Mère se tourne discrètement vers moi alors que Lister attrape l'enveloppe que lui tend un collègue.

— Nous allons maintenant annoncer le gagnant du concours. Nous rappelons qu'il y a à la clé une bourse de recherche de mille livres sterling. Le candidat, en s'appuyant sur les travaux de ses prédécesseurs, a développé ses propres réflexions et observations pour nous proposer aujourd'hui une hypothèse. Si celle-ci s'avère juste, ce qui nous semble être le cas au regard des nombreux spécialistes qui se sont penchés sur ce dossier, ce travail d'une facture remarquable pourrait se révéler crucial dans les années à venir et servir de pierre angulaire pour toutes les futures expériences dans ce domaine.

Il décachette le pli, en sort le carton et s'éclaircit la gorge :

— Veuillez saluer le gagnant du concours de la Royal Society... Mr Bertram Jones, parrainé par Sir Almroth Wright ! Messieurs, veuillez vous lever.

Les deux hommes se dirigent vers l'estrade sous un tonnerre d'applaudissements. La déception et l'amertume tissent une toile noire qui brouille mes sens jusqu'à ce que la voix de Stone me parvienne :

— Je suis navré, Agathe.

À côté, Adrian lutte manifestement pour ne pas me prendre dans ses bras. J'en aurais pourtant bien besoin.

Sir Wright, un quadragénaire moustachu au nez droit surmonté de petites lunettes rondes, escorte un jeune homme pâle à la démarche empruntée.

— Je plains ce garçon, soupire Stone. Wright a la fâcheuse habitude de s'approprier le succès de ses étudiants.

— Je vous demande pardon ?

— Cela est plus fréquent qu'on ne le croit. Sous prétexte de superviser les travaux, les professeurs en charge des recherches se mettent sur le devant de la scène, en éclipsant le reste de l'équipe.

De mieux en mieux.

Bertram Jones serre la main de Lister, suivi de Wright. Les deux scientifiques échangent quelques mots, puis le lauréat prend la parole quelques minutes pour expliquer le principe de sa découverte. À terme, et certainement avec la récompense du concours, il espère étudier la bactérie de la fièvre typhoïde et ses effets sur le corps humain pour faire de la prévention, accélérer les diagnostics et perfectionner le vaccin mis au point par son mentor il y a trois ans.

Qui pourrait dire non à une telle avancée ? Pourtant, j'ai la gorge nouée. Les applaudissements retentissent de nouveau lorsqu'il termine son exposé et Lister revient avec une seconde enveloppe.

Je me tourne vers Adrian :

— Rentrons, je vous en prie.

Mais il me retient.

— *Ladies and gentlemen*, comme promis en préambule, voici donc la remise du prix honoraire, créé spécialement pour l'occasion. Le projet retenu démontre une précision des connaissances ainsi qu'une démarche scientifique rigoureuse et très en avance sur son temps. Mes éminents collègues ont longuement analysé ce travail qui, si on peut lui reconnaître un léger manque de conformisme, questionne la vision que nous avons de notre monde et même de notre univers. Veuillez applaudir Mr A. Langley, sous la direction de Lord Nathanael Stone ! Messieurs, veuillez vous lever.

La Terre a cessé de tourner. Le tonnerre d'applaudissements n'est qu'un bruissement lointain et ma respiration devient chaotique. Stone se lève, souriant comme jamais. Miss Davies fond en larmes, mes parents se retournent, presque choqués, et un petit éclat de lumière brille dans les yeux d'Adrian. Tous les regards convergent vers nous. Je sais qu'il faut que je me lève, mais j'ai la sensation d'avoir le poids de dix Lancelot sur les genoux.

J'inspire et me redresse lentement. Stone et moi sortons de notre rangée et petit à petit les applaudissements se tarissent, se muant en un calme embarrassé, ponctué d'exclamations étouffées. Je prie pour ne pas rougir alors que l'estrade se rapproche dangereusement. Stone me tend galamment la main pour que je le précède sur les marches. Près de la tribune, le teint de Lister vire à l'olivâtre :

— Mr Langley n'est donc pas présent à la remise des prix ?

J'espère que mon émotion ne transparaît pas quand je déclare, avec une petite révérence polie :

— Je suis *Miss* Agathe Langley, Lord Lister, enchantée.

Mortifié, il consulte silencieusement ses confrères qui fixent le parquet, sauf un qui me dévisage, sourcils froncés. Je m'avance jusqu'à la tribune, accompagnée de Stone qui, s'il ne se départ pas de sa jovialité ordinaire, fait preuve d'une prudence discrète.

Je pressens la catastrophe imminente et décide de prendre les devants :

— Je vous remercie de l'intérêt que vous avez porté à mes recherches, messieurs.

Le conseiller ne retient pas un ricanement :

— Allons ! Comme si ce travail pouvait être celui d'une femme !

Une voix gronde derrière moi, s'adressant à Lister :

— Enfin Joseph, dites quelque chose !

C'est Wright, rouge de colère. Il doit mal digérer les compliments qui m'ont été adressés quelques minutes plus tôt.

Des murmures de protestations s'élèvent aussi dans le public. Le président du Conseil, livide, a l'air perdu :

— Voilà quelque chose que nous n'avions pas anticipé... Lord Stone ? Vous confirmez que c'est bien au nom de cette jeune personne que vous avez adressé votre parrainage ?

— Absolument. J'ajouterai également que je ne lui ai été que peu utile, la mécanique céleste n'étant pas ma spécialité – comme vous vous en souvenez sûrement.

Ennuyé, Lister examine mentalement toutes les solutions qui s'offrent à lui. Je le soupçonne d'être pris au piège de son propre règlement et d'hésiter, malgré les protestations assourdies qui me parviennent de l'assemblée de visages hostiles plantée derrière lui.

La panique revient au galop lorsque le conseiller de tout à l'heure s'avance :

— Lord Lister, si vous le permettez, finissons-en avec ces sottises. Désignons un autre gagnant et n'en parlons plus.

— Ce n'est pas aussi simple, Jesper...

Une vague de colère monte soudain et je propose sèchement :

— Si vous le désirez, je puis aisément vous refaire le détail de chacune de mes démonstrations, si vous mettez à ma disposition un tableau, une craie, et que vous avez quelques heures à tuer.

Cela leur cloue le bec immédiatement. Ils n'ont pas l'habitude qu'une femme prenne librement la parole.

Qu'ils aillent au diable.

Je poursuis plus calmement :

— Lord Lister, permettez-moi de vous citer : « L'amour de la science transcende toutes les barrières. » C'est ce qui a motivé ma participation à ce concours et c'est également la raison de mon parrainage par Lord Stone. Vous avez beaucoup complimenté mes travaux, ce dont je vous suis très reconnaissante. Maintenant que vous savez que je suis une femme, tiendriez-vous le même discours ? Cela change-t-il la qualité de mon projet qui semble avoir été, vous l'avez dit vous-même, longuement analysé par vos collègues ?

Il ouvre la bouche pour répondre, mais dans le public, un homme et une femme que je n'ai jamais vus se sont levés pour applaudir doucement. À leur tour, Adrian, Evelyn et Iris les imitent. Par ricochet, bientôt, la moitié de la salle est debout, y compris mes parents et ma gouvernante. J'ai envie de pleurer et de rire tout à la fois. Père aussi frappe dans ses mains, hagard, se demandant quelle magie opère là.

— Mais enfin…

— Fermez-la, Jesper.

Lister s'efface et me désigne la tribune, sans rien ajouter. Stone m'encourage d'un mouvement de tête, radieux.

Je raconte. Les mesures françaises, comment je me suis inspirée de la découverte de Neptune, le phénomène de résonance orbitale. Les combinaisons d'équations. L'orbite inclinée.

Quand je termine, je réalise qu'à quelques exceptions près, tout le monde m'écoute. La situation me fait frémir de joie. Je me rends compte de la chance que j'ai.

Une chance que j'ai réussi à provoquer.

Je conclus sobrement, pour ne pas me laisser submerger :

— Je vous remercie de m'avoir écoutée.

Ce qui se déroule ensuite, je le regarde de loin alors même que je suis au centre des attentions. Je ne sais pas ce qui me fait le plus plaisir. Wright qui enrage, Lister qui me serre la main en se demandant encore ce qui vient de se passer, les journalistes qui se pressent, Bancroft qui soupire et quitte la salle, ou bien le baisemain si fier et si discret d'Adrian – faute de mieux. De son côté, Stone recroise d'anciens collègues et avant que nous partions, je vois Iris en grande discussion avec le couple qui a retourné l'audience en ma faveur. Le connaît-elle ?

Dans le compartiment du train qui nous ramène à Bloomstone Manor, l'ambiance est à la fête, mais ce n'est rien à côté de ce qui m'attend. Je ne comprenais pas pourquoi Lucy m'avait annoncé un empêchement majeur et n'avait pu se rendre à Londres avec nous.

— Stone ! m'exclamé-je. Comment avez-vous…

Le jardin, déjà éclatant en cette saison, a été transformé en véritable réception ! À l'ombre des hauts platanes, on a dressé de petites tentes d'été. Sur des tables aux nappes amidonnées, un festin s'étale : des montagnes de scones, de la confiture, des sandwiches à toutes les saveurs possibles et deux énormes fraisiers avec assez de crème fouettée pour trois nuages. Ruth et Tillie accrochent des lianes de lierre et Clara retouche les bouquets de narcisses et de jonquilles. C'est féerique.

— Mais…

Stone me pose une main sur l'épaule :

— Il y a quelques jours, j'ai reçu une étrange lettre de la part de Lord Lister en personne. Il me félicitait de mon retour dans le monde scientifique et s'étonnait que je n'aie pas plus médiatisé la chose – du moins dans certains cercles. Indirectement, il s'intéressait à vous. Comme nous n'avons pas donné une seule interview, contrairement à tous les autres candidats, j'en ai conclu qu'il souhaitait en apprendre plus à votre sujet. Si mon intuition ne me trompait pas, quelque chose allait donc se produire. Par précaution, je n'en ai rien dit, j'espère que vous me pardonnerez.

J'en ai les larmes aux yeux.

— Je…

— Profitez du moment, Agathe. Vous méritez cette victoire.

J'observe les invités s'approcher des tables.

— Qu'auriez-vous fait si je n'avais pas eu le prix ?

Il sourit franchement.

— Mon intuition se trompe rarement.

J'entends le bruit d'une voiture qui remonte l'allée. Qui cela peut-il bien être ?

— Oh, j'ai pris la liberté de convier vos parents. Lord Harold de Lothian, que vous avez croisé le mois dernier, va certainement venir aussi, si ses affaires ne le retiennent pas. En revanche, il y a fort à parier que Lord Bancroft passera son tour, ajoute-t-il avec un petit rire.

Père et Mère s'approchent, suivis de Miss Davies, et Stone les salue avant de s'éloigner.

— Agathe ! s'exclame Mère, rose d'émotion. Je n'en reviens pas que tu aies réussi, qui l'aurait cru ? Bon, tu aurais peut-être pu répondre à Lord Lister avec un peu plus de manières, mais il faut dire que son conseiller était d'une impolitesse ! Par contre, ma chérie, tu devras me réexpliquer de quoi il retourne, parce que je n'ai pas compris un mot de ton discours !

— Katherine, je t'en prie, maugrée Père.

Il garde le silence et sa nervosité coutumière prend le dessus. Il soupire et s'essuie le front.

— Je ne te pardonne toujours pas ton comportement de ces derniers mois, que cela soit clair. Mais... force est de reconnaître que...

Cela lui coûte, mais le voir essayer de la sorte me réchauffe le cœur.

— C'est impressionnant.

— Merci, Père.

Il soupire de nouveau et laisse son regard errer derrière moi. Je me rends compte qu'il fixe Adrian, en pleine discussion avec Evelyn.

— Est-ce que c'est sérieux avec ce garçon ?

S'il y a bien une chose dont je suis sûre, c'est ça.

— Oui. Très.

— Oooh, s'extasie Mère, les joues couleur pivoine. Tu dois tout me dire !

Si je veux vivre, certainement pas.

— Peut-être.

J'ignore ce qu'ils se racontent avec Evelyn, mais cela les fait rire et Adrian est plus beau que jamais.

Je l'aime à la folie.

Un petit soupir me tire de ma contemplation. Miss Davies a pris place à côté de moi, visiblement très émue. Je ne l'ai pas revue depuis… ce fameux jour.

— Miss Davies ?

Elle se tourne vers moi :

— Agathe, je…

Rien qu'au son de sa voix, une petite larme discrète dévale ma joue. Ma gouvernante me prend tendrement le visage dans ses mains, comme quand j'étais petite, et l'essuie d'un revers de pouce.

— Vous êtes la plus effrontée, la plus incorrigible de toutes les jeunes filles que j'ai rencontrées. Mais vous êtes aussi, sans nul doute, la plus inspirante de toutes.

Je lutte pour ne pas me liquéfier sur place, tandis qu'elle poursuit :

— Je suis profondément navrée de ma réaction ces derniers mois. J'espère que vous me pardonnerez un jour. Sachez que je n'ai jamais, jamais été plus fière de vous qu'en cet instant précis.

Elle me prend les mains et regarde en direction d'Adrian.

— Je vous souhaite tout le bonheur du monde.

La fête bat son plein. La forêt chante sous une brise tiède et alors que le soleil commence à décliner, éclaboussant l'herbe de lumière dorée, Iris me prend à part et nous éloigne du bourdonnement des conversations.

— Agathe, je partage votre joie, du fond du cœur. Aujourd'hui, vous avez donné une leçon à tout le monde ! Je ne saurais être plus fière de vous, et ce concernant tous les aspects de votre vie, glisse-t-elle d'un ton entendu. Vous vous êtes réconciliée avec vos parents ?

J'observe Père qui parle investissements avec Harold.

— Disons que nous avons franchi une étape importante.

— Je vois.

Elle boit une gorgée de champagne et suit mon regard. Son expression change légèrement et jamais je ne lui ai vu ce visage-là. Elle sourit en observant son verre, avant de demander :

— Qu'allez-vous faire maintenant ?

— Je n'en ai pas la moindre idée.

— Connaissez-vous les Porter, le couple avec qui je discutais avant que nous quittions la Royal Academy ?

Je secoue la tête, interrogative.

— Je pense qu'ils vous enverront une lettre sous peu. Ils ont été très impressionnés par votre prestation.

— Une lettre ?

— Ils ont fondé l'année dernière une université pour femmes près de Cambridge, la Porter Science College for Women. Ils cherchent un professeur de physique. Il ne s'agirait que de deux jours par semaine, mais…

Je manque de recracher mon champagne.

— Vous êtes sérieuse ?

— Bien entendu.

— Je… je ne sais pas quoi dire.

— Vous pouvez refuser.

— C'est si soudain.

Mais au fond, pourquoi pas ?

— J'y réfléchirai.

Iris me serre tendrement le bras.

— N'ayez pas peur, Agathe. Maintenant, veuillez m'excuser, j'essaie de me contenir, mais je ne peux résister aux scones de Hazel plus longtemps.

Je m'étonne :

— Vous n'en avez pas encore mangé ?

— Si, trois. Mais j'ai le sentiment que le quatrième sera nécessaire.

Elle se dirige en riant vers la table où Kenneth sert un sandwich à Harold qui a réussi à s'échapper des griffes de Père.

Soudain, je perçois une présence. Je n'ai pas le temps de me retourner qu'une voix que je reconnaîtrais entre mille me chuchote :

— Que diriez-vous si nous nous éclipsions ?

Je vérifie que mes parents sont trop occupés pour nous garder à l'œil, comme une enfant sur le point de commettre sciemment une bêtise – et je m'en amuse. La voie étant libre, je laisse Adrian m'emmener par la main jusque sous la colonnade. La pierre est fraîche et l'endroit offre l'avantage d'être hors de vue de la réception, car les rosiers sont en pleine floraison. Les roses exhalent un parfum délicat et entêtant et le feuillage nous dissimule entièrement.

Là, il me serre contre lui, respire mes cheveux, le creux de mon cou et vient chercher le baiser que j'ai attendu toute la journée. Je réponds férocement et quand ses lèvres quittent les miennes, nous sommes hors d'haleine. Nous nous asseyons l'un contre l'autre, les doigts entremêlés, à regarder le ciel se teinter de rouge à travers les tiges de la glycine, lourdes de généreuses grappes de fleurs.

Au bout de quelques minutes, il rompt notre silence contemplatif et me glisse doucement :

— Je voudrais rester comme cela toute ma vie.

Je me pelotonne davantage contre lui, ma tête reposant sur son épaule.

— Y a-t-il quelque chose qui nous en empêche ?

Il caresse distraitement ma main et, avant de m'embrasser à nouveau, récite :

— À vous, à jamais.

ÉPILOGUE

Le 26 avril 1930

Mon très cher Stone,

Je vous envoie cette lettre en espérant qu'elle vous parviendra avant notre retour d'Arizona.

Nous sommes arrivés il y a trois jours et la chaleur est intenable comparée à l'Angleterre. Tout le long de notre voyage en train, nous avons constaté à quel point ce pays se révèle surprenant. Aux plaines fertiles ont succédé des montagnes abruptes, puis un désert rougissant est apparu après d'autres étendues vierges. Toutefois, nous avons tant de chance d'être là que cela éclipse presque le plaisir de ces découvertes. Qui aurait cru, après tout ce temps, qu'on se souviendrait de moi ?

J'ai donc rencontré Mr Clyde Tombaugh qui, s'il a d'abord affiché un certain scepticisme à mon égard, s'est fait gentiment reprendre par son assistante, Claire Sanders. Vous souvenez-vous d'elle ? Elle a été une de mes étudiantes pendant mes premières années d'enseignement, et son père se trouvait, par le plus grand des hasards, à la Royal Academy le jour du concours.

Je lui dois donc mon invitation pour l'exposition à l'observatoire de Lowell. Leurs clichés de Pluton sont fascinants. Il va cependant me falloir un peu de temps pour m'habituer à la nommer ainsi. Pour moi, pour nous, elle restera à jamais Noctis.

Après discussion avec l'équipe de Mr Tombaugh, il s'avère que mes craintes étaient fondées. À l'époque, mon idée de s'appuyer sur les mesures des Français semblait bonne, mais j'avais eu des doutes des années plus tard quand Lowell a commencé à chercher à son tour ce qu'il avait appelé la Planète X. Ses travaux préliminaires ne concordaient pas avec les miens. Je vous en parlerai plus en détail lorsque nous reviendrons, mais ma démarche était fausse. Que j'aie réussi à démontrer l'inclinaison de l'écliptique tient du miracle absolu, car contre toute attente, si on l'adapte à nos connaissances actuelles, le modèle mathématique se révèle juste.

Le monde scientifique est en effervescence, ici, et les chercheurs arrivent de loin. À part moi, il n'y a que trois femmes : Cecilia Payne-Gaposchkin, Annie Cannon, bien évidemment, et Edmée Chandon, que j'avais déjà rencontrée, a fait le déplacement depuis Paris. Quelques calculatrices[4] sont également venues à titre privé, mais notre proportion demeure si faible !

Nous devrions rester en Arizona pendant une semaine et retournerons à New York jusqu'au départ du bateau. Nous serons rentrés à Bloomstone Manor avant l'été, après être repassés par Londres pour mettre nos affaires en ordre.
Adrian dévalise consciencieusement les librairies américaines qui ont survécu à la crise économique et repère les auteurs qui pourraient trouver un public en Angleterre. Il dit avoir un ou deux candidats sérieux dont il discutera avec les autres éditeurs. En ce moment même, il me sourit par-dessus sa lecture et me conjure de ne pas encore tout vous raconter !
Embrassez les enfants pour nous. Judith et Emily sont grandes et ont désormais leurs vies bien à elles, mais Arthur, du haut de ses seize ans, est plus réservé. Je suis rassurée qu'il reste avec vous le temps de notre absence. La seconde enveloppe est pour lui.
Prenez bien soin de vous, surtout, et transmettez nos amitiés les plus tendres à Evelyn.

Bien à vous,
Agathe et Adrian Bancroft.

4. NdA : À l'époque, la grande majorité des calculs mathématiques nécessaires au bon déroulement des recherches scientifiques étaient effectués à la main, le plus souvent par des femmes, sous-payées et rarement créditées pour leur travail. Plus tard, le terme a été repris pour désigner l'objet…

NOTES DE L'AUTRICE

À partir de 1905, l'américain Percival Lowell commence des recherches pour localiser la « Planète X » à travers différentes campagnes, toutes sans succès malgré de nombreux investissements. Il meurt en 1916 et son frère accepte de financer un dernier télescope qu'il confiera à l'astronome Clyde Tombaugh.

Des années et plusieurs séries de clichés plus tard, en 1930, ce qui deviendra Pluton apparaît enfin sur les plaques photographiques et la découverte est annoncée le 14 mars 1930.

En 2006, après la découverte de plusieurs autres objets transneptuniens similaires à Pluton, y compris jusque dans la résonance orbitale 2:3 avec Neptune, l'Union Astronomique Internationale organise un congrès en République tchèque. Malgré des débats houleux, les scientifiques décident de compléter la définition de planète en introduisant la notion que pour être qualifié ainsi, le corps céleste doit éliminer de son voisinage proche tout élément qui lui serait comparable. Ce n'est donc pas le cas de Pluton, qui se trouve alors rétrogradée en « planète naine ».

Cette appellation suscite, encore aujourd'hui, de nombreux émois.

* * *

Ce n'est ni le lieu ni le moment de relater cette affaire sordide que fut le procès d'Oscar Wilde, à la suite duquel l'écrivain a été condamné à deux ans d'incarcération dans la prison de Reading, mais il semble néanmoins utile d'expliquer ce qui suit :

Le poème dont parle Stone au chapitre 19, *La Ballade de la geôle de Reading*, a été écrit à la suite de sa captivité et publié pour la première fois en février 1898 sous le pseudonyme de C.C.3, le matricule de Wilde en prison. Malgré le succès du poème, le véritable nom de son auteur n'apparaîtra qu'à la septième édition, en juin 1899.

Néanmoins, c'est un homme brisé qui rédige ce texte. Il ne publiera rien d'autre jusqu'à sa mort, le 30 novembre 1900.

De nos jours, le poème est paru aux éditions Allia dans une formidable édition bilingue, traduit de l'anglais par Bernard Pautrat.

REMERCIEMENTS

Ce livre a eu la chance de croiser la route de plusieurs personnes formidables, sans lesquelles il ne serait pas ce qu'il est, ou bien ne serait pas du tout.

Un immense merci à Frédéric Wozny qui s'est pris de passion pour ce texte (sans que je comprenne réellement comment ni pourquoi, d'ailleurs) et qui l'a fait lire à celle que j'appelle « mon éditrice » avec un brin de fierté dans la voix parce que j'ai beaucoup de chance de la connaître. Merci à toi, Clémence Bard, pour tes retours enrichissants, avisés, et surtout très bienveillants. J'ai adoré travailler avec toi et j'espère qu'on aura l'occasion de recommencer.

Un grand merci également à toutes les équipes de Casterman pour leur accueil, aux correctrices, à Julie Camilotto pour sa relecture précise, à Djohr pour une illustration de couverture digne d'un tour de magie et aux équipes marketing pour nous avoir d'emblée suivies, Clémence et moi (on aura quand même fini par trouver un titre !).

Ce roman, dans sa toute première version, a d'abord été publié sur la plateforme Plume d'Argent, une incroyable communauté en ligne sans laquelle je ne serais jamais devenue l'autrice que je suis. Merci pour votre enthousiasme, vos commentaires pleins de passion, de joie de lire et de remarques constructives. Merci à Isapass, Sorryf, Tiyphe, Hinata, Flammy, AliceLath (Adrian-la-Chaleur est inoubliable), Pluma Atramenta, Gabhany, Renarde et ma petite Palmyyre, ambassadrice de mon lectorat lycéen. Je dois en oublier certain.e.s, qu'iels me pardonnent, ce n'est pas volontaire, mais nous sommes si nombreux.ses ! Par contre, je n'oublie pas le triumvirat, aka Dan, Seja et Cricri, qui administrent PA depuis des années sur leur temps libre et permettent aux miracles d'arriver. Merci.

Merci à Mathilde Levasseur pour tous nos échanges, sur l'écriture et le reste. Elle aussi, elle écrit des trucs cool !

Merci à ma cousine Ga pour son coup de pied aux fesses sur une plage (moche) de Méditerranée. T'as vu, je l'ai fait ! À charge de revanche pour les pirates. Merci également à mon frère Rémi (si t'es d'accord, on va dire ça comme ça, ce sera plus simple, je crois) pour les soirées métal ~~et le rhum~~. On devrait se faire ça plus souvent. Plus généralement, un grand merci à la famille C. pour m'avoir accueillie comme si j'avais toujours été là. Je vous aime.

Merci à Amélie de faire partie de nos vies, de près comme de loin, et à Delphine, libraire géniale, pour ton soutien et ton enthousiasme autour de ce livre.

Merci à Julien, rencontre aussi heureuse qu'inattendue, pour ton amitié, ta confiance et tout le reste.

Merci à Mathilde, best collègue ever – j'espère que le messager et l'impératrice vont bien – et à Steph, Nico et Lison pour des moments de librairie inoubliables.

Merci à mon cousin Paul de lire consciencieusement tout ce que j'écris, de le partager avec ses filles, et pour sa gentillesse et ses conseils. Merci aussi à mon tonton Jean-Pierre de m'avoir abreuvée de hard rock et de BD tous les étés depuis que je sais lire. Finalement, je ne me suis pas mariée avec Thorgal et Blake et Mortimer ne sont pas en couple, mais bon... On n'a pas toujours ce qu'on veut dans la vie.

Merci à ma sœur Madeline d'avoir supporté toute son enfance mes films sous-titrés, ma musique de farfadets et mes moments pas toujours drôles. Tu es ma sœurette d'amour, avec un cœur et un esprit grands comme une galaxie, et jamais rien ne pourra changer ça.

Un merci doux à ma maman, pour qui, une fois n'est pas coutume, je manque de mots, alors qu'il y aurait tant à dire. Si j'en suis là, c'est aussi grâce à toi. Tu m'as mis des livres dans les mains et des belles histoires dans le cœur. Elle est belle, ma vie, maman. Merci pour tout.

Un grand merci à Camille Ollivau, rencontrée inopinément au détour d'un live Twitch de Luposlipaphobya (lui aussi, il fait des trucs beaux !) sur un artwork du roman pendant le premier confinement. Tu es tombée dans cette histoire comme Alice dans le terrier du lapin. Sans toi, Iris n'aurait aucune vie amoureuse et il faut quand même avouer que ce serait très dommage. Merci pour les fanfictions, pour toutes tes questions improbables (oui oui, même celle à laquelle tu penses…) qui m'ont permis d'affiner un peu plus chacun de mes personnages – pour information, le dessert préféré d'Evelyn est le trifle aux fruits jaunes. Merci également de m'avoir gracieusement prêté Harold, création sur mesure pour Iris. En plus de ça, tu es une artiste formidable, et j'espère qu'à le voir écrit là noir sur blanc, tu finiras par y croire.

Merci à Clément, ami prodigieux depuis quinze ans, gardien des secrets, grand compagnon de route, d'études et de boustifaille. Merci de m'avoir écoutée pendant des heures raconter mes histoires autour de la table à Oléron et d'avoir sacrifié des soirées pour mes divagations romanesques. Merci pour tous les souvenirs en commun, les promenades, les apéros-dune, la perdition de Killarney et le fou rire de Galway. Sans toi, il manquerait clairement quelqu'un dans ma vie.

Un immense merci à Élise, d'abord pour m'avoir initiée à cette boisson géniale et délicieuse qu'est le café. J'aurais écrit bien moins vite sans lui. Nos petits déjeuners-débriefs avant l'embauche me manquent. Tu as tout lu, souvent plusieurs fois, avec ton honnêteté et ton bon sens caractéristiques. Tu m'as encouragée, poussée, réconfortée… Tu sais tout de moi et t'es toujours là. C'est fou ce que ça change des vies, des bouteilles en osier ! Il y a une phrase pour toi, dans ce roman, je te mets au défi de la trouver.

Last but not least, un merci plus grand qu'un océan à Rémy, mon mari, mon meilleur ami, mon confident, mon tout. On a passé la moitié de notre vie ensemble (déjà !) et je n'ai rien vu passer. Sans toi, sans ton amour, sans ta douceur, sans ton soutien et ta confiance indéfectibles jour après jour, rien de tout ceci n'aurait pu arriver. Absolument rien. Je t'aime.

Et enfin, merci à vous, chers lecteur.rice.s, d'avoir lu ce roman, et surtout d'être arrivé.e.s au bout de ces remerciements interminables. Bloomstone Manor a été un refuge pour moi autant qu'il l'a été pour Agathe, j'espère qu'il en sera de même pour vous. Dans la recette du bonheur, il doit y avoir du thé, des scones, des roses et des livres.

L'AUTRICE

Libraire spécialisée en littérature jeunesse, **Mary Orchard** est née dans un vallon du Périgord, au bout d'une route que ne peuvent emprunter que ceux qui la connaissent déjà. Grande lectrice depuis l'enfance, elle n'avait pourtant jamais songé à écrire avant un déclic soudain une après-midi de juin. Elle vit désormais aux alentours de Toulouse, dans une maison où on peut lire à loisir, cultiver des roses et écouter du métal sans déranger les voisins.

Composition et mise en pages
Nord Compo à Villeneuve-d'Ascq